MORTEM

BLUTIGER TRAUM

ILONA BULAZEL

Ilona Bulazel
6 B Avenue des Isles d’Amérique
F-34300 Agde

E-Mail: kontakt@autorib.de
Website: https://www.autorib.de
Facebook: https://www.facebook.com/ilonabulazel
Newsletter-Anmeldung über: https://www.autorib.de/newsletter

Ausgabe 7.4/2022

Korrektorat: Natalie Röllig

Covergestaltung: TomJay – bookcover4everyone / www.tomjay.de
Photo Images © Shutterstock / Eky Studio, Radharani

ISBN: 9798448514432
Imprint: Independently published
Weitere Informationen zum Druck: siehe Buchende

NON MORTEM TIMEMUS, SED COGITATIONEM MORTIS

(Wir fürchten nicht den Tod, sondern die Vorstellung des Todes.)
Seneca, römischer Philosoph

INHALT

1

Der Schlag auf den Schädel verursachte ein eigentümliches Geräusch. Nicht laut, aber unangenehm; ähnlich dem Knirschen kleiner Kiesel unter den Schuhsohlen, die hartnäckig über einen Fliesenboden kratzten.

Durch die Wucht, mit der die Schädeldecke verletzt wurde, entstanden blutige Spuren am Tatort. Rote Spritzer verteilten sich auf dem Teppich. Es war ein schönes Rot. Im künstlichen Licht des Raumes glich es dem fuchsiafarbenen Ton eines verführerischen Lippenstifts. Hingerissen von dem Kontrast, den die Flecken zum hellen Teint des Opfers bildeten, entstanden immer mehr der roten Tropfen, bedeckten den Körper der Toten und veränderten das Bild. Aber das war nicht das, was er wollte – nicht Blut sollte den Tatort dominieren, sondern unbändige Wut, womöglich Rachsucht und eventuell auch Mordlust. Wie konnte man diese dunkle Gefühlspalette besser ausdrücken als durch die hassverzerrten Züge eines Mörders, der bereit war, seinem Opfer ins Gesicht zu blicken, während er seine Hände dazu benutzte, um es zu töten?

Die Frau war zwar ohnmächtig, als er ihr die Luftröhre zusammenquetschte – aber dennoch am Leben. Er hatte keine Scheu, sich ihr zuzuwenden, rechnete durchaus damit, sie würde noch einmal zu sich kommen, während er ihr die Kehle zudrückte.

Konnte man in diesem Moment in seinem Gesicht lesen? Zugegeben, es war ein sehr apartes Gesicht; das Gesicht eines Mannes, der das Leben nicht nur genoss, sondern auch kontrollierte. Der nicht nur gewohnt war, alles zu bekommen, was er wollte, sondern auch davon überzeugt, es verdient zu haben. Was bedeutete also die schräge Falte über seiner Nasenwurzel? Sollte sie lediglich ein Zeichen der Anstrengung sein, die er beim Erwürgen der Frau empfand? Auch ohne Gegenwehr war ein menschlicher Körper nicht einfach gewillt, aufzugeben. Die Muskeln und Sehnen seiner Finger wurden beim Bündeln der Kraft, die notwendig war, um der Frau den Zugang zum lebensnotwendigen Sauerstoff zu verweigern, gefordert.

Die Falte hätte auch Unmut ausdrücken können, weil es nicht so schnell ging wie erwartet, womöglich ein Zeichen von Ungeduld. Man könnte dem Mann, der alles hatte und für den die Welt nichts weiter als ein riesiges Einkaufsparadies war, unterstellen, dass das Morden für ihn zur einzigen Herausforderung geworden war. Selbst kindliche Neugier wäre ein denkbarer Antrieb gewesen. Wie war es, ein Leben zu nehmen, wie war es, einen anderen sterben zu sehen?

Am Ende sollte die kleine steile Falte womöglich auch nur die Überraschung darüber ausdrücken, wie einfach es doch war, die eigene Mutter umzubringen …

»Der Typ ist Geschichte«, zischte der Mann neben Thomas Brand, was diesen zusammenfahren ließ. Hastig schob er seine Skizze mit den fuchsiaroten Blutspritzern, dem bleichen Opfer und dem Mann mit der steilen Falte zwischen den Augenbrauen unter die anderen Blätter, als er bemerkte, dass sein Nachbar versuchte, einen Blick darauf zu erhaschen.

Ohne eine Antwort zu geben, schnappte sich Thomas ein leeres Blatt, setzte den Stift an und skizzierte das Gesicht der Vorsitzenden Richterin. Innerhalb weniger Sekunden erkannte man bereits, wen er zeichnete.

»Respekt«, sagte der Fremde neben ihm. »Das muss man können …«

Ein »Psst!« aus der Reihe hinter ihnen ließ den Mann verstummen und ersparte Thomas eine Antwort.

Er war heute unkonzentriert, was vermutlich daran lag, dass die langwierigen Ausführungen des Gutachters das Sitzen auf den harten Bänken nicht gerade kurzweilig gestalteten. Der erlösende Satz, der die Mittagspause ankündigte, und das daraufhin folgende Öffnen der Türen des Sitzungssaals kamen daher wie gerufen.

Wieder suchte sein Banknachbar das Gespräch: »Ich gehe um die Ecke was essen.«

Das war eindeutig eine Einladung, aber Thomas hatte keine Lust auf den aufdringlichen Kerl, der ihm schon seit dem Morgen mit seinen Kommentaren auf die Nerven ging.

»Bin verabredet«, log er kurzerhand und ließ sich beim Zusammenräumen seines Skizzenblocks absichtlich mehr Zeit als nötig.

Der andere zog schulterzuckend ab. Offenbar handelte es sich bei dem Mann um kein besonders sensibles Gemüt, denn noch bevor er den Saal verließ, hatte er bereits Anschluss bei einer Gruppe Journalisten gefunden.

Der fünfunddreißigjährige Thomas Brand hatte es nicht eilig, ließ deshalb den anderen den Vortritt und ging als einer der Letzten aus dem Saal. Auf dem Flur des Gerichtsgebäudes roch es nach Putzmittel; amüsiert nahm er den Aufsteller wahr, der die Leute daran erinnern sollte, dass der Boden frisch geputzt war und so zur tödlichen Gefahr werden konnte – zumindest, wenn man dem Bild, das als Warnhinweis diente, glauben schenkte. Mit einem Grinsen betrachtete Thomas die Zeichnung von der schwarzen menschlichen Silhouette, die auf dem Rücken lag, alle viere in die Höhe streckte und über der ein dilettantisch gezeichneter Totenkopf schwebte.

Als er aufblickte, schien der lange Gang leer.

Er war schon oft genug im Gebäude gewesen, um auch die Seitenausgänge zu kennen, und so entschied er sich heute, dem Hauptportal den Rücken zu kehren, um nicht zwischen die Schaulustigen, die Medienvertreter und die Anhänger und Gegner des Angeklagten zu geraten.

Seine Gedanken wurden plötzlich düster, er dachte an eine andere Zeit, andere Morde, die mindestens genauso viel Aufsehen erregt hatten, und er erinnerte sich an Schmerz, viel Schmerz.

Vielleicht war das der Grund, warum er dem Schluchzen folgte und sich der jungen Frau näherte, die auf einer Bank, versteckt neben dem Getränkeautomaten, hockte und hektisch ein Taschentuch in den Fingern knüllte.

»Alles in Ordnung?«, fragte er behutsam, wohl wissend, dass diese Frage völlig überflüssig war.

Offenkundig ging es der Frau alles andere als gut. Er kannte sogar den Anlass. Immerhin handelte es sich bei ihr um Miriam Fuller, die Verlobte des Angeklagten.

»Geht schon«, schniefte sie tapfer, nur um gleich darauf erneut in Tränen auszubrechen.

Sie hatte blondes Haar, und es glänzte, als ein verirrter Sonnenstrahl darauf fiel. Ein sanftes Parfüm unterstrich ihre Zartheit. Sie wirkte mager, vermutlich war sie immer schon schlank gewesen, aber er nahm an, dass sie durch den Prozess weitere Kilos verloren hatte. Das Haar erinnerte Thomas an Verena … Sie war immer so stolz auf den dichten langen Haarschopf gewesen, bis sie sich entschlossen hatte, daraus eine rothaarige Igelfrisur zu machen, sehr zum Leidwesen ihrer Mutter. Hatte da alles angefangen?

»Tut mir leid, ich wollte niemanden stören«, sagte die Frau auf der Bank nun verlegen und riss Thomas damit aus seinen traurigen Erinnerungen.

»Ich dachte, hier bin ich allein …« Sie zögerte kurz und stammelte dann: »Manchmal kann ich mich nicht beherrschen. Ich weiß, das ist kindisch.«

Ohne zu wissen, warum er das tat, gab er dem Bedürfnis nach, der Frau seine Hilfe anzubieten. Er nahm an, dass nach dem Verlassen der Steinzeithöhlen seinen Vorfahren ein edles Ritter-Gen erhalten geblieben war, das nach einem größeren Generationensprung nun voll ausgeprägt bei ihm gelandet sein musste.

»Vielleicht sollten Sie ein paar Schritte spazieren gehen, ganz in der Nähe gibt es ein kleines Café, die machen hervorragende *Franzbrötchen.*«

Sie sah ihn forschend an, und er befürchtete, sie würde ihn falsch verstehen, glauben, er versuche sie auf eine schräge Art anzumachen. »Ich möchte mich nicht aufdrängen«, entschuldigte er sich deshalb schnell.

»Nein, das tun Sie nicht, Sie sind nett«, reagierte sie überrascht. »Eigentlich war in der letzten Zeit niemand besonders nett zu mir«, platzte sie plötzlich heraus. »Die meisten halten mich für dumm, aber ich bin nicht dumm.« Sie weinte wieder.

»Natürlich nicht«, antwortete Thomas perplex, und ganz tief in seinem Inneren befürchtete er, dass sein Gegenüber zwar nicht dumm war, aber doch eine kindliche Naivität besaß, die gelegentlich Schaden anrichten konnte.

»Ich mag diese Franzbrötchen, vor allem, wenn ordentlich Zimt drin ist«, sagte sie schluchzend, und Thomas hatte mehr denn je das Gefühl, sich um diese Frau kümmern zu müssen.

»Lassen Sie uns gehen. In diesem Gemäuer fühle ich mich auch immer deprimiert«, sagte er deshalb aufmunternd.

Sie stand auf, zögerte und meinte: »Sie sind doch kein Reporter, oder? Ich spreche nicht mit Reportern.«

Es klang überzeugt, aber er wusste, sie wäre leicht zu knacken, könnte ein geschicktes Täuschungsmanöver nicht durchschauen.

»Keine Sorge, ich bin nur der Gerichtszeichner. Ich skizziere lediglich die Dinge, die im Gerichtssaal passieren, ich schreibe und rede nicht darüber«, erwiderte er ehrlich und lächelte verschwörerisch.

* * *

Bruno Rubian ging nervös in dem kleinen Raum auf und ab. Er wartete auf seinen Mandanten, für den es alles andere als rosig aussah.

Als man Kevin Hagen hereinführte, hätte der Anwalt dem Sechsunddreißigjährigen am liebsten mit der flachen Hand ins Gesicht geschlagen. Auf die Handgreiflichkeit verzichtete er dann zwar, ließ sich aber nicht nehmen, sein Gegenüber als Vollidioten zu bezeichnen.

»Was fällt Ihnen ein!«, schnauzte Kevin. »Sie sind mein Anwalt, mein *Angestellter*, ich zahle Ihre Rechnungen!«

»Und ich bin der Einzige, der Ihnen bei dem Schlamassel noch helfen kann, sonst sind *Sie* nämlich ganz schnell der *Angestellte* einer Justizvollzugsanstalt und verdienen dort mit dem Zusammenheften von Wäscheklammern gerade mal genug, um sich eine Tüte Gummibärchen leisten zu können, die Sie dann mit Ihren Zellenkumpels teilen dürfen. Also sagen Sie mir nicht, was ich darf und was nicht.«

Bruno Rubian, der fast zwei Köpfe kleiner war als der hochgewachsene Kevin und auch nichts von dessen durchtrainierter Figur hatte, war dennoch gefürchtet. Man hielt ihn für einen der besten Strafverteidiger, aber auch für einen miesen Charakter. Was ihm das zweifelhafte Privileg bescherte, überall mit Respekt behandelt zu werden, denn schließlich wusste man nie, wann man einen wie Rubian brauchen konnte. Gemocht wurde er indessen nicht, aber das spielte für den kleinen Mann mit den pomadigen Haaren und dem schweren Siegelring am Finger keine Rolle. Er hatte längst mehr erreicht, als er sich je erträumt hatte, und er liebte es, wenn die Menschen auf ihn angewiesen waren. Diese Abhängigkeit sah er auch in Kevins Blick.

Verwöhntes reiches Bürschchen, dachte Rubian bei sich und empfand eine kurze sadistische Freude bei der Vorstellung, dass ausgerechnet so ein Schönling die nächsten Jahrzehnte im Knast verbringen musste. Allerdings war Rubian auch und vor allem Geschäftsmann. Würde Kevin Hagen fallen, dann hätte das auch einen Sturz für die Kanzlei von Bruno Rubian zur Folge. Retten konnte er den Erben eines der größten Hamburger Unternehmen sicherlich nicht, aber ein vertretbarer Abschluss dieser leidigen Angelegenheit würde bereits genügen, um wieder einmal zu beweisen, wie genial Bruno Rubian war. Deshalb besann er sich darauf, dass Emotionen an dieser Stelle nicht weiterhalfen, und ließ der Logik den Vortritt.

»Wir waren uns doch einig, dass Sie sich in den Gesprächen mit den Gutachtern und Psychologen zurückhalten«, sagte er ruhig, wenn auch anklagend.

»Ich habe dem Kerl nichts erzählt«, wehrte sich Kevin. »Ich schwöre es Ihnen.«

»Und woher wusste der gute Mann dann davon, dass Sie sich als Kind mit Ihrem jüngeren Bruder gezankt haben, dass Sie eifersüchtig auf ihn waren, dass Sie es hassten, ihn mit der Mutter zu teilen?«

»Das habe ich nie gesagt«, erwiderte Kevin kleinlaut. »Das hat der sich zusammengereimt«, erklärte er nun jämmerlich.

»Das konnte er sich jedoch nur zusammenreimen, weil Sie ihm dazu entsprechende Vorlagen geliefert haben. Was also, verdammt noch mal, haben Sie diesem Quacksalber erzählt?«

»Nichts!«, schrie Kevin.

Er sah den starren Blick seines Anwalts und lenkte ein: »Vielleicht, dass wir uns nicht immer gut vertragen haben, ich und Sven, aber das ist doch normal unter Geschwistern. Aber ich war nie eifersüchtig auf Sven, schon gar nicht wegen meiner Mutter, die hat sich um keinen von uns gekümmert.«

Erneut kribbelte es Bruno Rubian in den Fingern. Hatte er es denn nur noch mit Idioten zu tun?

Er atmete tief durch und brummte: »Gut, ich werde mir etwas einfallen lassen.«

»Die glauben mir nicht«, sagte Kevin leise. All die Arroganz und Großspurigkeit waren aus seinen Zügen verschwunden. Nackte Angst lag in seinem Blick. »Ich habe das nicht getan«, fügte er mit Nachdruck an.

»Natürlich nicht«, reagierte der Anwalt gelangweilt. Es war offensichtlich, dass er nicht an die Unschuld seines Mandanten glaubte. Er sah sich ausschließlich in der Pflicht, für Kevin Hagen ein möglichst mildes Urteil zu erstreiten.

»Sie halten mich ebenfalls für schuldig«, zischte der nun wütend.

»Wir hatten das doch besprochen. Es spielt keine Rolle, was ich glaube. Es geht nur darum, dass das Gericht an Ihrer Schuld zweifelt«, gab sich Rubian gelassen. Er hatte nicht vor, eine derartige Diskussion zu führen, und sagte deshalb bestimmt: »Sie halten sich an meine Anweisungen, sorgen dafür, dass Ihre Familie und Ihre reizende Verlobte mitspielen, und lassen mich meinen Job erledigen.«

Kevin Hagen, der es nicht gewohnt war, Befehle zu befolgen, presste zornig die Kiefer aufeinander, verkniff sich jedoch einen Kommentar und nickte stattdessen.

Rubian nahm das zufrieden zur Kenntnis und sagte geschäftig: »Dann sehen wir uns später wieder im Gerichtssaal.«

* * *

Zur gleichen Zeit in der nahe gelegenen Villa der Familie Hagen

»Das Gutachten wird Kevin das Genick brechen«, sagte die sechsundzwanzigjährige Beatrice von Ehrstein-Hagen nicht ohne Genugtuung.

Ihr Ehemann Sven schien ihre süffisante Art nicht zu registrieren, er saß mit versteinerter Miene im Sessel. Sie hatten sich in der Bibliothek versammelt.

Den großen Salon nutzten sie seit dem Mord nur noch selten. Zu oft war dort die ganze Familie versammelt gewesen, deshalb tat sich Sven mit den Erinnerungen daran immer noch schwer.

Sein Onkel Arno Hagen drückte ihm mitfühlend die Schulter und reichte ihm einen Whiskey. »Hier, mein Lieber, zur Stärkung.«

Sven nahm das Glas, sah Arno jedoch nicht an, sondern murmelte: »Könnte es sein, dass es meine Schuld ist? Dass Kevin geglaubt hat, unsere Mutter würde mich ihm vorziehen?«

»Dein Bruder ist geisteskrank, du solltest dir nicht den Kopf über so jemands Gefühle zerbrechen. Vermutlich hasst er alle Menschen. Denk nur daran, wie er Miriam behandelt.« Beatrice ließ sich graziös auf dem Sessel gegenüber nieder. Sie schlug die langen Beine übereinander und nippte an ihrem Drink.

»Er ist mein älterer Bruder«, begehrte Sven auf. »Was dieser Gutachter da von sich gab, das kann ich einfach nicht glauben.«

Beatrice und Arno warfen sich verstohlene Blicke zu. Beide waren davon überzeugt, dass Kevin Hagen das Mitgefühl seines Bruders nicht verdiente.

Beatrice zögerte nicht länger und wurde deutlicher: »Mein Schatz«, wandte sie sich an Sven, »es wäre besser, du würdest dich damit abfinden, dass Kevin die Dinge, die ihm vorgeworfen werden, auch getan hat.« Sie vermied das Wort »Mörder«, weil sie wusste, dass Sven darauf entsprechend reagierte, trotzdem brachte sie ihn auch mit ihrer diplomatischen Formulierung in Rage.

»Ich kann und will das nicht glauben. Und ich halte es für falsch, dass wir alle nur stillschweigend dasitzen, anstatt für Kevin auszusagen.«

»Junge«, mischte sich Onkel Arno ein, »ich bin kurz davor, meinen sechzigsten Geburtstag zu feiern. Ich bin kein Geschäftsmann, wie es dein Vater war, aber eines habe ich von ihm gelernt: Wenn du einen Anwalt bezahlst, dann höre auch auf seinen Rat.«

Sven verzog das Gesicht, wollte widersprechen, aber Arno ließ ihn nicht zu Wort kommen. »Bruno Rubian ist der beste, den man für Geld bekommen kann. Lass ihn seinen Job erledigen. Wenn es nach seinem Dafürhalten besser ist, dass die Familie dem Zeugenstand fernbleibt, dann sollte sie das auch tun.«

»Meiner Meinung nach zeigen wir damit nur, dass wir Kevin für schuldig halten«, erwiderte Sven trotzig.

Beatrice mischte sich erneut ein. »Sei nicht albern. Wenn dich der Staatsanwalt fragen würde, ob es Streit in der Familie gab, was willst du dann antworten?« Ihr Blick war herausfordernd. Sie hatte ein schönes Gesicht, alles an ihr war schön, etwas, das Sven sofort beeindruckt hatte. Zu ihrer einnehmenden äußeren Erscheinung kam das ausgeprägte Selbstbewusstsein, mit dem Beatrice durchs Leben ging, sich gegen andere durchsetzte und meist auch bekam, was sie wollte. Aber in manchen Momenten, so wie jetzt, da hätte Sven sich gewünscht, sie wäre weicher, sanfter und würde nicht einer unerbittlichen Eisprinzessin gleichen.

»Denkst du, es würde Kevin helfen, wenn du dem

Gericht von den Streitereien zwischen euch erzählen würdest? Erinnere dich daran, dass ihr euch einmal beinahe geprügelt hättet.«

Sven winkte ab, aber Beatrice ließ nicht locker: »Deine Mutter ging dazwischen, und er hat sie verletzt.«

»Hör auf«, blaffte ihr Mann. »Er hat sie nicht verletzt, er hat sie aus Versehen gestoßen, und es tat ihm sofort leid. Er hat sich bei ihr entschuldigt, und sie hat es auch nicht als Angriff empfunden. Wir sind Brüder, wir gehen ruppig miteinander um, aber deshalb lieben wir uns trotzdem.«

»Du klingst wie jemand, der einen schuldigen Mann verteidigt«, warf ihm Beatrice schnippisch an den Kopf und ignorierte seinen Blick.

»Deine Frau hat recht«, ergriff Arno das Wort. »Wir alle könnten nur eines bestätigen, nämlich dass Kevin ein schwieriger Charakter ist, dass es in der Vergangenheit öfter Streit zwischen ihm und deiner Mutter gegeben hat. Wenn wir ihm helfen wollen, dann sollten wir dafür sorgen, dass davon nichts an die Öffentlichkeit gelangt.«

»Aber ihr glaubt doch nicht wirklich, dass er das getan hat. Er hat Mutter geliebt, obwohl sie es einem nicht immer leicht gemacht hat.«

Die beiden anderen schwiegen, und Sven setzte nach: »Wenn überhaupt, dann war Kevin Mutters Liebling. Warum um alles in der Welt hätte ausgerechnet er sie töten sollen? Dafür gab es absolut keinen Grund.«

Wieder reagierten seine Gesprächspartner nicht, und Sven schnauzte: »Was ist los mit euch?«

Beatrice schnalzte gelangweilt mit der Zunge. »Du leugnest das Offensichtliche, genau wie Kevins dämliche *Freundin* oder *Verlobte*, was auch immer sie gerade ist.«

»Miriam ist nicht dämlich«, verteidigte Sven die Frau. »Sie ist loyal.« Ein vorwurfsvoller Blick streifte Beatrice.

Verärgert entgegnete die: »Meine Loyalität gilt ausschließlich dir, deshalb schließe ich mich Onkel Arno an.

Halten wir uns an das, was der Anwalt empfiehlt, keine Presseerklärungen, keine Aussagen.« Und da sie sich ungern maßregeln ließ, ergänzte sie noch: »Apropos Miriam. Es wird sich noch herausstellen, dass ich recht habe. Diese Frau ist *dämlich.* Nach der Verhandlung hat sie mit einem von der Presse gesprochen.«

»Was?«, stieß Sven ungläubig hervor.

Beatrice zuckte lässig mit den Schultern. »Nun, ich weiß natürlich nicht sicher, ob er zur Presse gehört, ich hatte nur den Eindruck.«

»Herrgott, wieso hast du sie nicht davon abgehalten?«, schnauzte Sven.

»Bin ich ihr Kindermädchen?«, gab Beatrice giftig zurück. »Außerdem«, wechselte sie in einen versöhnlicheren Ton, »kann ich mich auch geirrt haben.«

»Wir müssen dafür sorgen, dass Miriam in unserer Nähe bleibt, am besten, sie zieht in die Villa«, schlug Sven vor.

Hilfe suchend wanderte Beatrices Blick zu Arno.

Der sprang ihr sofort bei: »Wir sollten das erst mit Kevin besprechen. Schließlich wissen wir nicht, ob das seinen Wünschen entspricht.«

»Sie ist seine Verlobte«, konterte Sven.

»Ja, und wir wissen auch alle, warum sie das ist«, antwortete sein Onkel mit leichtem Bedauern.

* * *

Zur gleichen Zeit in einem Café nahe dem Gerichtsgebäude

»… und Kevins Anwalt meinte dann, wenn wir verlobt sind, dann müsste ich nicht aussagen … Du weißt schon, Zeugnisverweigerungsrecht«, erzählte Miriam ohne Scheu, nachdem sie ihr zweites Franzbrötchen verdrückt hatte. »Mann, sind die gut, ich habe das Gefühl, seit Ewigkeiten nichts mehr gegessen zu haben. Die letzten Tage war mir auch nur elend.«

»Verständlich unter diesen Umständen, also bestell dir noch eines, ich lade dich ein«, reagierte Thomas Brand galant.

Miriam Fuller, die Verlobte von Kevin Hagen, seufzte. »Nein, ich sollte es mit dem Zucker nicht übertreiben, ist schließlich ungesund.« Die Fünfundzwanzigjährige klang so, als hätte sie das eben erst erfahren, und tatsächlich fügte sie noch an: »Solche Sachen weiß ich von Kevin, er ist richtig schlau.« Plötzlich verstummte sie, und ihre Augen füllten sich mit Tränen. »Ich sollte nicht hier sitzen und mich wohlfühlen, das ist ihm gegenüber ungerecht. Er hat sicher kein gutes Essen, da, wo er jetzt ist …«

»Ich gehe davon aus, dass man ihn ordentlich versorgt«, beruhigte sie Thomas, der sich bei dieser Floskel verlogen vorkam, immerhin saß der Mann im Gefängnis.

»Das hoffe ich«, meinte Miriam und putzte sich geräuschvoll die Nase. »Ich bin wirklich froh, wenn das alles vorbei ist. Dann werden wir als Erstes in Urlaub fahren.«

Thomas Brand fragte sich, ob er und die junge Frau der Verlesung der gleichen Anklageschrift beigewohnt hatten. Nichts, aber auch wirklich gar nichts deutete nämlich im Moment darauf hin, dass Kevin Hagen in den nächsten Jahren oder überhaupt jemals wieder in seinem Leben in Urlaub fahren würde.

»Er hat das nicht getan«, sagte sie unvermittelt. Sie sprach leise, als würde sie ihm ein großes Geheimnis verraten. Die Sätze, die nun folgten, hatte er schon im Gerichtssaal gehört. Kevins Anwalt wurde nicht müde, sie bei jeder erdenklichen Gelegenheit einfließen zu lassen.

»Kevin hat seine Mutter *geliebt*«, versicherte ihm nun auch Miriam. »Er hätte ihr nie ein Haar gekrümmt.« Eine gewisse Bitterkeit lag im letzten Satz.

Thomas glaubte, Eifersucht herauszuhören. Eigentlich wollte er sich nicht mit irgendwelchem Wissen belasten, gleichzeitig konnte er jedoch nicht widerstehen zu fragen: »Hattest du ein gutes Verhältnis zu Dorothea Hagen?«

Kevins Verlobte verzog sofort das Gesicht. Bemüht, neutral zu klingen, schließlich sprach man nicht schlecht über Tote, antwortete sie: »Ging so, ich glaube, sie hat mich nicht leiden können. Aber Mütter sind ja immer eifersüchtig auf die Freundinnen ihrer Söhne«, fügte sie noch leichthin an. Dabei warf sie ihm einen fragenden Blick zu.

Er hielt es nur für fair, auch etwas über sich zu erzählen, deshalb entgegnete Thomas ehrlich: »Meine Mutter und ich haben nicht viel Kontakt.«

»Tut mir leid für dich«, reagierte sie mitfühlend, ergänzte dann aber: »Macht es für deine Frau sicher leichter.« Offensichtlich nahm sie automatisch an, dass der Fünfunddreißigjährige – wie es so schön hieß – längst in geordneten Verhältnissen lebte.

»Kann sein, vielleicht sollte ich das beim nächsten Date als einen meiner Vorzüge aufzählen.« Er lehnte sich ein Stück zurück und sagte theatralisch: »Positive Eigenschaften: Single-Mann ohne Bindung zur Mutter.«

Miriam kicherte, erinnerte ihn damit erneut an Verena, die seine Scherze geliebt hatte.

»Erzähl mir von deinem Beruf«, bat ihn Miriam nun interessiert und schielte auf den Skizzenblock.

»Da gibt es keine Geheimnisse. Solange Kameras

während Gerichtsverhandlungen verboten sind, liefere ich die Bilder mit meinen handgemachten Skizzen.«

»Darf ich sie sehen?«

Thomas zögerte, suchte nach einer Ausrede und sagte schließlich: »Eigentlich nicht, die sind quasi schon an ein Medienunternehmen verkauft, aber ich mache dir einen Vorschlag.« Er schlug schnell seinen Block auf, griff zum Stift, und noch während sie ihn verwirrt anblickte und fragte: »Und was wird das jetzt?«, hatte er schon die Umrisse ihres Gesichts skizziert. Er benötigte nicht viel Zeit, und als er ihr das Porträt aushändigte, rief sie voller Anerkennung: »Wow, das ist wunderschön.«

Mit einem Lächeln nahm er das Kompliment an. Er wusste, dass sein Gegenüber es gut meinte, aber ihm bedeutete diese Art von Lob nicht allzu viel. Er hätte sich gewünscht, mit seinen abstrakten Gemälden so viel Begeisterung hervorzurufen, aber Kunst zu bewerten war eben nicht einfach. Die meisten Menschen bevorzugten im Leben wie auch auf der Leinwand Dinge, die ihnen vertraut waren.

Sie sah auf die Uhr. »Die Pause ist vorbei.« Dann blickte sie ihn dankbar an. »Es war schön, mal mit jemandem zu reden.« Miriam erhob sich, um am Tresen zu bezahlen, aber er kam ihr zuvor.

»Lass mich das übernehmen, schließlich waren die Franzbrötchen meine Idee.« Noch bevor sie widersprechen konnte, eilte er mit dem Geldbeutel in der Hand zur Kasse.

Erst als er das Wechselgeld in die Hosentasche stopfte, fiel ihm ein, dass sein Skizzenblock noch auf dem Tisch lag. Für einen Moment schloss er die Augen, sendete ein Stoßgebet Richtung Himmel mit der Bitte, Miriam würde ihrer Neugier nicht nachgeben. Langsam drehte er sich um, sah sofort, dass sie die Zeichnungen betrachtete, und wusste sogar ziemlich genau, welcher Skizze gerade ihre Aufmerksamkeit gehörte, als er wieder an den Tisch trat. Ihr Gesicht im Profil wirkte verzerrt, angespannt.

Sie blickte auf, als sie ihn bemerkte. »So siehst du ihn also?« Ihre Lippen bebten. »So ist er nicht.«

»Ich weiß«, versuchte er sie zu besänftigen. »Das ist nur eine Zeichenübung.«

»Du hast Kevin zu einem Monster gemacht. Sein Gesicht voller Wut, als wäre er irrsinnig.«

Offensichtlich war es ihm gelungen, genau das auszudrücken, was er hatte ausdrücken wollen. Die steile Falte zwischen den Augen hatte dem Mann auf dem Bild, der seine Hände um den Hals einer gesichtslosen Gestalt schlang, das Aussehen eines Wahnsinnigen gegeben.

»Das ist kein Bild, das ich verkaufe.«

Sie zog das nächste darunter hervor. Es war eine Nachbildung des Tatorts, die Skizze, bei der das Fuchsiarot die vorherrschende Farbe war.

»Das kann nicht dein Ernst sein!«, rief sie außer sich. »Du hältst Kevin für fähig, seine Mutter abgeschlachtet zu haben?«

»Nein, das tue ich nicht«, reagierte er nun leicht genervt. Sie sprach laut, und die Gäste an den umliegenden Tischen waren auf sie aufmerksam geworden.

»Ich sagte doch, das sind nur ein paar Zeichenübungen, die weder etwas über meine Meinung aussagen noch verkauft werden.«

»Sie sind gemein«, warf ihm Miriam an den Kopf und stand auf. »Ich dachte, du bist anders, nett.«

»Ich führe nichts Böses im Schilde«, versuchte er erneut, sie zu überzeugen.

»Das glaube ich dir nicht mehr.« Sie schleuderte das Porträt, das er von ihr gezeichnet hatte, auf den Tisch. »Das kannst du behalten, ich will nichts von einem falschen Freund.«

Hektisch schnappte sie sich ihre Handtasche und rauschte davon.

Thomas Brand schüttelte den Kopf. Es war nicht das erste Mal, dass man ihn missverstand, aber in Miriams Fall verletzte es ihn irgendwie besonders. Er musste aufhören, sich für alle Frauen verantwortlich zu fühlen, die ihn an Verena erinnerten. Das brachte nur Ärger und würde sie ihm ohnehin nicht zurückbringen.

Ohne die hämischen Blicke der anwesenden Männer und die mitfühlenden der Frauen zu bemerken, packte er seine Zeichnungen zusammen. Auch er musste zurück ins Gericht, am Nachmittag sollten die Hausangestellten vernommen werden.

2

Im Gerichtssaal

Kevin Hagen hatte die Aussage verweigert. Für viele galt das schon als Schuldeingeständnis und auch Thomas hatte sich gefragt, warum der Sechsunddreißigjährige nicht wenigstens versuchte, sich zu verteidigen. Fast hatte er ihn dafür bewundert, wie er mit stoischem Blick alle Vorwürfe ertragen und auch die nicht gerade schmeichelhaften Worte des Gutachters hingenommen hatte.

Thomas hatte daraufhin eine entsprechende Skizze des Angeklagten angefertigt. Wenn er dieses Bild Miriam gezeigt hätte, wäre es nie zu einem Streit gekommen. Darauf wirkte Kevin nämlich ganz anders als ein wahnsinniger Killer.

Er hatte versucht, Blickkontakt mit der jungen Frau aufzunehmen. Sie saß am anderen Ende des Saals bei der Familie und sah sich nicht nach ihm um. Dafür war sein Banknachbar vom Morgen wieder mit neuem Elan erschienen, bereit, auch die zweite Tageshälfte dazu zu nutzen, Thomas zu nerven. Der konzentrierte sich deshalb völlig auf die erste aufgerufene Zeugin, die Haushälterin. Die Frau wirkte verlässlich, glaubhaft und erfahren.

»Ja, ich bin schon seit meiner Jugend bei der Familie, das sind jetzt sechsundvierzig Jahre. Ja, ich kenne die *Lütten*, habe sie aufwachsen sehen, gute Jungs. Kevin hätte das niemals getan!«

Der Staatsanwalt bohrte nach, brachte die Frau aus dem Konzept und ließ sie in die Falle tappen, als er fragte: »Sie wollen damit also sagen, dass es nie Streit unter den Geschwistern gab?«

»Oh, natürlich gab es den«, antwortete die Angestellte, die auf den Plauderton des Anklägers hereingefallen war, ohne nachzudenken. »Kevin hat seinen kleinen Bruder ganz schön getriezt, die …«

Das leichte Kopfschütteln des Verteidigers bemerkte sie nicht, dennoch wurde ihr noch rechtzeitig bewusst, dass man sie aufs Glatteis führen wollte. Sie richtete sich ein Stück auf und zischte: »Das waren Streitereien wie in allen Familien, wie Geschwister eben miteinander umgehen. Sven hat seinen großen Bruder genauso geärgert. Dennoch sind die beiden Brüder.«

Bruno Rubian ließ es sich nicht nehmen, noch einmal nachzuhaken.

»Nein«, sagte die Angestellte, ohne mit der Wimper zu zucken, »da gab es keine Eifersucht. Warum auch? Beide Kinder bekamen alles, was sie wollten.«

Thomas hätte die Frau gern mit erregtem rotem Gesicht und drohend schwingendem Regenschirm gezeichnet, denn das hätte zu ihrer harschen Art gepasst, aber er war schließlich nicht als Karikaturist engagiert worden. Es folgten der Gärtner und sein Gehilfe, beide maulfaul. Interessant fand Thomas die Aussage des Gärtners, der Kevin als besonders tierlieb darstellte. »Das Grundstück ist groß, da taucht einiges auf, das uns das Leben schwer macht. Maulwürfe, zum Beispiel.« Er sprach das Wort voller Abscheu aus. »Elende Plagegeister«, fügte er noch an, und da Thomas einen Blick zu Bruno Rubian warf, konnte er sehen, wie dessen Augen sich für einen Augenblick verengten. Vermutlich ärgerte er sich über den Zeugen, der durch seine offenkundige Abscheu gegen etwas so Liebenswürdiges wie Maulwürfe die Zeugenaussage verdarb. »Jedenfalls hat uns Herr Hagen verboten, gegen die Biester vorzugehen. Jetzt haben wir auf der hinteren Wiese überall Erdhügel.« Er schüttelte den Kopf. »Herr Hagen hat ein weiches Herz«, fügte er dann zum Glück noch an, »der kann keiner Fliege etwas zuleide tun und schon gar nicht der eigenen Mutter.«

Der Staatsanwalt grätschte dazwischen, sprach von Mutmaßungen, das Gericht winkte sehr zur Freude des Verteidigers ab.

Thomas fragte sich, ob die Maulwurfgeschichte wirklich stimmen konnte. Es gab einiges über Kevin Hagen in den einschlägigen Klatschblättern, das gegen solche zärtlichen Neigungen sprach. Schnelle Autos und Motorräder, rücksichtslose Pöbeleien in angetrunkenem Zustand, Drogen. Zumindest hatte er in seinen Zwanzigern vor allem dadurch einen gewissen Bekanntheitsgrad erlangt. Die weiche Seite würde man ihm vermutlich nur schwer abnehmen.

Der Staatsanwalt konnte es sich dann nicht verkneifen zu fragen, wer denn nun genau der Arbeitgeber des Gärtners sei.

Erst verdutzt, dann auf der Hut antwortete der: »Die Familie Hagen natürlich.«

Thomas skizzierte mit viel Freude den in alle Richtungen abstehenden grauen Haarschopf des Anklägers, der dem Bild das gewisse Etwas gab. Der Mann hatte ansonsten ein eher nichtssagendes Gesicht, das ihn heimtückisch harmlos aussehen ließ.

Auch jetzt traf der Staatsanwalt empfindlich ins Schwarze, als er fragte: »Ist es nicht so, dass genau genommen

Kevin Hagen als Erbe der Villa und des Unternehmens Ihr Arbeitgeber ist?«

Der Zeuge gab das zu, und ohne es auszusprechen, stand damit die Behauptung im Raum, dass alles, was der Gärtner zugunsten des Angeklagten ausgesagt hatte, nichts weiter war als der klägliche Versuch, den eigenen Job zu sichern.

Bruno Rubian konterte sofort. »Jeder mit etwas juristischem Sachverstand weiß, dass unser Arbeitsrecht so gestaltet ist, dass ein Angestellter vor Gericht gewiss nicht in die Zwangslage gerät, irgendwelche Gefälligkeitsaussagen zu machen.«

Dieser Hinweis würde kaum etwas ändern, denn der Zweifel war gesät, aber zumindest behielt der Verteidiger das letzte Wort.

Thomas Brand sah bereits verstohlen auf die Uhr. Nicht anzunehmen, dass bei der Vernehmung der Angestellten etwas Neues herauskäme. Am Tag des Mordes war keiner von ihnen in der Villa, nur an den Wochenenden hielt sich dort bis zum späten Abend Personal auf, weil dann gemeinsame Abendessen und Einladungen stattfanden.

Am Mordtag, so hatten es die Ermittlungen ergeben, befand sich Dorothea Hagen mit Arno Hagen in der Villa. Letzterer verließ offenbar kurz vor der Tat das Haus, um in die Lüneburger Heide zu fahren. Kurz darauf traf Dorotheas Sohn Kevin in der Villa ein und beging den Mord an der eigenen Mutter. Gefunden wurde sie dann wenig später von dem Mitarbeiter eines privaten Wachdienstes. Der Mann hatte am Abend das Grundstück betreten und seine übliche Runde gedreht. Beim Blick durch das Fenster im Erdgeschoss entdeckte er die Leiche und verständigte sofort die Polizei.

Thomas gähnte und zeichnete lustlos den nächsten Zeugen, einen gewissen André Merker, der als Fahrer der Familie angestellt war. Ein junger Mann Mitte zwanzig, der sehr viel

Wert auf sein Äußeres zu legen schien. Er hatte schlaue blaue Augen, einen Bart, so wie ihn die jungen Männer zurzeit trugen, und kurze, dunkle Haare. Er wirkte weder nervös noch unwillig. Im Gegenteil, es schien ihm zu gefallen, vor einem Publikum zu sprechen, wobei er sich sehr viel Mühe gab, respektvoll gegenüber dem Gericht zu sein.

Bruno Rubian stellte ihm ähnliche Fragen wie bereits den anderen Angestellten; erst ganz allgemeine, dann gezielte zum Verhältnis der Brüder untereinander und zur Mutter.

Man konnte davon ausgehen, dass die Zeugen vom Verteidiger vorbereitet worden waren, deshalb rechnete niemand mit einer großen Überraschung – aber an diesem späten Nachmittag sollte dann doch noch die von vielen Schaulustigen erhoffte Bombe platzen.

* * *

Am späten Abend am Ufer der Elbe

André Merker atmete durch, die Luft hatte sich nach dem von der Frühlingssonne verwöhnten Apriltag merklich abgekühlt, und es nieselte, aber das störte ihn nicht. Im Gegenteil, er genoss die kühle Feuchtigkeit, die sich auf sein erhitztes Gesicht legte. Der Geruch des Flusses, das orangefarbene Licht der gedimmten Laterne und die entfernten Laute eines Nebelhorns ließen ihn entspannen. Es war anstrengend gewesen, im Gerichtssaal routiniert und unaufgeregt zu wirken. Schließlich war es nicht so, dass er schon einmal seine Bürgerpflicht auf diese Weise erfüllt hätte.

»Ich denke, ich habe mich gut geschlagen«, sagte er zu sich selbst. »Und ich habe das Richtige getan«, fügte er überzeugt an.

André gehörte nicht zu den Menschen, die Skrupel plagten oder glaubten, einem anderen etwas schuldig zu sein.

Wie hatte dieser fette Anwalt noch gesagt? André verzog ärgerlich das Gesicht, als er sich an Bruno Rubians Anfeindungen erinnerte.

Wenigstens hatte ihn der Staatsanwalt in Schutz genommen und für seinen Mut, die Wahrheit zu sagen, gelobt. André grinste bei der Erinnerung.

»Damit schließt sich der Kreis ganz offensichtlich. Mit der Aussage von André Merker haben wir nun eindeutig das Motiv der Tat.« Der Staatsanwalt mit den abstehenden Haaren hatte mit dem Zeigefinger auf den Angeklagten gedeutet und theatralisch gerufen: »Geld! Kevin Hagen hat die eigene Mutter aus reiner Geldgier zuerst niedergeschlagen und dann mit bloßen Händen erwürgt!«

Das erste Mal seit Beginn der Verhandlung hatte es einen Tumult gegeben.

»Nein, das ist eine Lüge, ich habe nichts getan«, schrie Kevin plötzlich außer sich und sprang auf. Das Gesicht wutverzerrt, bereit, sich mit seinem Ankläger gegebenenfalls auch körperlich auseinanderzusetzen.

Bruno Rubian hatte Mühe, seinen Mandanten zu bändigen. Die Richterin ermahnte Kevin, die Verlobte Miriam Fuller schrie auf und die Zuschauer nutzten die Gelegenheit, um gegen das verordnete Redeverbot zu verstoßen, und tauschten sich eifrig mit ihren Sitznachbarn aus. Während er, André, wartete, bis sich alle beruhigten, und vermied, Blickkontakt mit Kevin Hagen zu haben. Gleichzeitig versuchte er, das nervöse Zappeln seiner Füße zu unterdrücken.

»Warum?«, kam dann wie erwartet die Frage von Bruno Rubian. »Warum haben Sie mit Ihrer Aussage bis zur Gerichtsverhandlung gewartet? Warum haben Sie Ihre Informationen nicht bereits mit den ermittelnden Beamten geteilt?«

André wollte reagieren, aber der Verteidiger war noch nicht fertig. Mit schneidender Stimme nahm er die Antwort vorweg: »Kann es vielleicht sein, dass diese Aussage erfunden ist, weil ein Mann wie Sie, einer, der im grauen Brei der breiten Masse selten mit dem Kopf ganz oben schwimmt, auch mal in die Nachrichten möchte? Erwarten Sie einen Auftritt im Fernsehen, Ihr Bild in der Zeitung? Glauben Sie, Ihre Enkel werden später bewundernd in die Hände klatschen, wenn sich herausstellt, dass Opa mit einer Falschaussage einen unschuldigen Mann ins Gefängnis gebracht hat?«

Der Staatsanwalt empörte sich, die Vorsitzende Richterin griff ein, blaffte: »Ich werde nicht zulassen, dass man in meinem Gerichtssaal einen Zeugen bedrängt.«

Wie ein dressierter Hund, der von seinem Herrchen zurückgepfiffen wurde, nachdem er im Übermut seine Zähne in das Fleisch des Postboten gehauen hatte, hob Rubian entschuldigend die Hand und murmelte: »Tut mir leid, aber ich verliere die Geduld, wenn jemand durch solche unverfrorenen Lügen das Gericht missachtet.«

Wieder meckerte der Staatsanwalt: »Der Herr Verteidiger bedrängt den Zeugen erneut«, und auch die Richterin sah das ähnlich.

Bruno Rubian hatte jedoch bereits gesagt, was gesagt werden musste, um zumindest die Glaubwürdigkeit von André Merker in Zweifel zu ziehen; jetzt sprach er schnell weiter, um einer erneuten Rüge zu entgehen. Auch wenn er gleichmütig tat, konnte man doch eine ordentliche Portion Sarkasmus heraushören, als er in Richtung Merker fragte: »Nun verraten Sie uns schon, warum Sie Ihre tiefen Einblicke in die Familiengeschichte der Hagens erst heute mitteilen.«

André Merker sah den Anwalt herausfordernd an. Er hatte nicht vor, sich von dem Typen einschüchtern zu lassen, und antwortete bedacht: »Weil ich Angst hatte.«

»Vor wem?«, schnappte Rubian.

Zögerlich wanderte Merkers Blick in Richtung Kevin. Er räusperte sich, bevor er heiser antwortete: »Vor Herrn Hagen.«

Rubian stieß ein verächtliches Lachen aus. »Sie haben

Angst vor einem Mann, der im Gefängnis sitzt? Das ist Ihre Entschuldigung dafür, dass Sie durch Ihr Schweigen die Ermittlungen behindert haben?«

»Ich entschuldige mich für gar nichts«, erwiderte André scharf. »Ich sage, wie es ist. Kevin Hagen ist reich und mächtig. Hätte ich auf der Zeugenliste des Staatsanwalts gestanden, dann hätte er mir auch vom Gefängnis aus etwas antun können. So einer hat entsprechende Helfer.«

Rubian legte den Kopf in den Nacken, lachte laut und mitleidvoll auf. »Du liebe Güte, Sie haben zu viele Romane gelesen.« Sein Blick fiel zweifelnd auf Merker und er korrigierte sich: »Vermutlich waren es keine Bücher, sondern Filme, die Ihnen derlei unglaubhafte Szenarien in den Kopf gesetzt haben. Ich möchte im Protokoll vermerkt wissen, dass der Zeuge über eine ausgesprochen blühende Fantasie verfügt.«

Die Richterin wollte den Verteidiger erneut in seine Schranken weisen, aber dieses Mal war André Merker schneller. »Sie reden über Dinge, von denen Sie keine Ahnung haben. Vielleicht gehöre ich zum grauen Brei. Das heißt aber nicht, dass ich nicht sehe, was um mich herum passiert. Ich habe jeden Tag mit Menschen zu tun, die mehr Geld beim Friseur ausgeben, als andere im Monat verdienen. Ich weiß, wie die über unsereins denken, und ich weiß, dass ich denen scheißegal bin. Wenn sich jemand wie Kevin Hagen von einem wie mir bedroht fühlt, dann schafft er ihn sich vom Hals. Entweder mit Geld oder Gewalt. Aber ich spiele da nicht länger mit. Ich lasse mich nicht kaufen und auch nicht einschüchtern. Ich will, dass auch ein reicher Typ wie Kevin Hagen bestraft wird, wenn er die eigene Mutter umbringt.«

Dieses Mal hatte Rubian Einspruch erhoben und angemerkt: »Noch ist niemandes Schuld bewiesen«, aber die Richterin hatte nicht reagiert, vermutlich um dem Verteidiger eine Lektion für sein Verhalten von eben zu erteilen.

»Dorothea Hagen hat sich keine drei Tage vor ihrem Tod

bei mir darüber beschwert, dass ihr ältester Sohn kein Verständnis dafür hat, dass sie die Firmennachfolge neu regeln möchte. Dass sie plante, ihre Anteile an Sven weiterzugeben, damit beide Söhne an dem Unternehmen beteiligt sind. Und sie hat auch gesagt, dass ihr Kevin manchmal Angst machen würde.« André holte Luft, sprach etwas ruhiger weiter: »Was auch immer das zu bedeuten hat. Motiv oder nicht Motiv, jedenfalls war es das, was sie zu mir gesagt hat, und das schwöre ich vor diesem Gericht und vor Gott.«

André hatte trotzig in die Zuschauerreihen geblickt und Anerkennung in den Gesichtern der Menschen gesehen. Vermutlich hatte er nicht zum letzten Mal bei diesem Prozess ausgesagt. Rubian würde sicher versuchen, ihn zu widerlegen. Aber das schreckte André nicht, er würde bei seiner nächsten Runde im Zeugenstand noch selbstsicherer auftreten.

Jetzt am Ufer der Elbe, wo ihn das raue Wetter, das andere Menschen abschreckte, wie ein erfrischendes Bad belebte, wunderte er sich selbst über die großen Worte, die ihm so leicht über die Lippen gekommen waren. Allerdings erfüllte es ihn mit Stolz, dass er die Sache auf diese Weise durchgezogen hatte. Immer noch schwelgte er in der Erinnerung an das Wortgefecht, das er mit einem der berühmtesten Anwälte geführt hatte und aus dem er als klarer Sieger hervorgegangen war.

Vielleicht bemerkte er die andere Person am Kai deshalb erst im letzten Moment.

»Du schwörst also vor Gott? Ausgezeichnet«, hörte er jemanden hinter sich sagen, drehte sich schnell um und wurde im nächsten Augenblick von einem starken Schmerz gepackt. Sein Schädel dröhnte, als würde er direkt neben einem gewaltigen schwingenden Gong stehen. Das Griffstück der schweren Stabtaschenlampe hatte ihn mit voller Wucht an der Schläfe getroffen, dennoch konnte er sich gerade noch so auf den Füßen halten.

Überrascht zögerte sein Gegenüber, hatte offensichtlich nicht damit gerechnet, erneut ausholen zu müssen. Dieses Zögern hätte Merker einen Vorteil verschafft, wenn der sich, anstatt zu versuchen zu fliehen, verteidigt hätte. Der zweite Schlag traf André gnadenlos direkt am Hinterkopf. Dieses Mal brach der Fünfundzwanzigjährige zusammen. Allerdings hatte die Fraktur der Schädeldecke ihn nur in die Knie gezwungen, aber noch nicht sein Herz zum Stillstand gebracht. Dafür war ein anderes Werkzeug vorgesehen – das Skalpell durchtrennte mühelos die Halsschlagader des Mannes; Blut spritzte auf den Boden, aber es war zu dunkel, um bestimmen zu können, welche Rottönung es hatte. Das Gefühl, das es auf der Haut hinterließ, als es aus der Wunde floss, zeugte von dem bevorstehenden Tod des Opfers. Je mehr warmes Blut aus dem Körper von André Merker strömte, desto mehr Platz blieb der Kälte, die sich in dem sterbenden Leib wie ein gefräßiger Parasit ausbreitete.

André Merker spürte, wie seine Gliedmaßen taub wurden, so als hätte man sie in Eiswasser getaucht. Doch der Blutverlust wirkte sich auch auf seinen Geist aus: Die letzten ihm verbleibenden Minuten sah er sich selbst, den Kopf und die Arme nach oben streckend. Dann tauchte das Bild seiner Mutter auf, die ihn mahnte: »Junge, du darfst nicht nach den Sternen greifen wollen!« Ihre Züge wurden langsam weicher, ihre Umrisse verschwammen und er hatte nur noch den einen Wunsch, ihr zu folgen. André Merkers Herz hörte auf zu schlagen.

Die Person, die neben ihm stand, hatte geduldig auf sein Ende gewartet. Sie durchsuchte nun seine Taschen und nahm alles an sich, was sie fand. Bevor sie ging, flüsterte sie mit einem grausamen Lächeln: »Du wirst keinen Schwur mehr leisten müssen, zumindest keinen mehr vor einem irdischen Gericht.«

* * *

Etwas später, kurz nach Mitternacht

Thomas Brand saß immer noch über seine Skizzen gebeugt. So hatte er sich den Tag eigentlich nicht vorgestellt. Er hatte schon öfter als Gerichtszeichner an Verhandlungen teilgenommen, aber der Fall Kevin Hagen war sein erster Mordprozess.

Für Betrüger, Diebe und Drogendealer hatte er bereits ein gutes Auge, in vielen Fällen konnte er die Lügen in ihren Gesichtern ablesen. Er war ein guter Beobachter, ihm fielen verräterische Signale auf: das nervöse Zucken über dem linken Auge, das kurze Aufeinanderpressen der Lippen, das hektische Berühren des eigenen Ohrläppchens immer dann, wenn man die Unwahrheit sagte.

Allerdings half ihm das nicht bei der Beurteilung von Kevin Hagens Schuld – und ehrlich gesagt war er dankbar dafür, dass das nicht in seiner Verantwortung lag. Er hatte den jungen Mann heute das erste Mal emotional erlebt. Kevins Wutanfall während André Merkers Befragung und sein gequältes Versichern der eigenen Unschuld hatten Thomas zwar nicht überzeugt, aber nachdenklich gestimmt. Natürlich hatte er diesen kurzen Moment skizziert, betrachtete nun das Ergebnis und legte eine andere Zeichnung daneben. Es war die, die er am frühen Morgen angefertigt hatte und Kevin zeigte, wie er seine Mutter erwürgte. Immer noch ärgerte er sich darüber, dass Miriam diesen privaten Entwurf in die Hände bekommen hatte.

Kopfschüttelnd erinnerte er sich auch an ihre Reaktion im Gerichtssaal. Sie war aufgesprungen, hatte für ihren Freund einstehen wollen. Während Kevin von seinem Anwalt zur Vernunft gebracht worden war, hatte niemand dafür gesorgt, dass Miriam den Mund hielt.

»Das ist nicht wahr, Kevin hätte das nie getan. Er hat seine Mutter verehrt, er hat sie geliebt, und Dorothea war wirklich keine einfache Frau!«

Thomas ließ mit Grausen ihren Wortschwall Revue passieren.

Sie hatte neben Beatrice von Ehrstein-Hagen gestanden, die an Miriams Ärmel gezogen und irgendetwas gesagt hatte.

Anstatt sich daraufhin jedoch zu beruhigen, schrie Miriam: »Ich mache mich nicht lächerlich, denn ich stehe wenigstens zu Kevin, im Gegensatz zu seiner Familie. Du und Sven, ihr wartet doch nur darauf, dass ihr euch alles unter den Nagel reißen könnt! Ihr wollt ihm wegnehmen, was ihm gehört, so war das doch immer schon.«

Auch wenn das nicht ihre Absicht gewesen war, unterstützte sie damit indirekt die Aussage von André Merker, der den Ausbruch der jungen Frau mit Genugtuung registrierte. Der Staatsanwalt hingegen hatte lauernd auf weitere Bekenntnisse gewartet und durch seine senkrecht in die Höhe stehende Haarpracht wie ein angriffslustiger Vogel gewirkt.

Was Bruno Rubian betraf, so nahm Thomas an, dass der in genau diesem Augenblick erkannte, dass ihm der Fall entglitten war.

Die Richterin hatte weitere Ermahnungen ausgesprochen, und die Verhandlung war für diesen Tag beendet worden. Die Skizzen, die der Sender am Abend veröffentlicht hatte, waren allesamt gelungen gewesen.

»Haben Sie keine von der Verlobten, als sie zur Furie wird?«, hatte ihn sein Redaktionschef angeknurrt.

»Nein, die konnte ich schlecht sehen«, log er ohne Scham und fügte ein »Vielleicht beim nächsten Mal« an.

»Suchen Sie sich einen besseren Platz, Sie sind doch sonst nicht so unbeholfen.«

»Das werde ich tun«, hatte Thomas knapp geantwortet und war gegangen.

* * *

Am Morgen in der Villa der Hagens

Beatrice von Ehrstein-Hagen betrachtete sich im Spiegel. Sie hatte einen ausgesprochen guten Geschmack und ein Händchen für Mode. Mit Genugtuung verfolgte sie das positive Feedback der Medien bezüglich ihrer Erscheinung und ihres Auftretens während des Prozesses: »… gut gekleidet, dem Anlass entsprechend … für ihr Alter bereits eine Stilikone.«

Es gefiel ihr, bewundert zu werden, zumal Miriam weit weniger gut ankam.

Heute würde Beatrice das Haar streng zurückkämmen und mit einem schlichten Band zusammenfassen. Keine Ohrringe, nur eine dezente Tönungscreme, dafür aber einen auffälligen brombeerfarbenen Lippenstift.

Als Sven das Zimmer betrat, war sie bereits fertig.

»Du siehst fantastisch aus«, bewunderte er seine Frau, und sie gab das Kompliment mit einem charmanten Lächeln zurück. »Wir werden vermutlich bald das meist fotografierte Paar in Hamburg sein«, sagte sie wie nebenbei und überging den erschrockenen Gesichtsausdruck ihres Mannes.

»Das hoffe ich doch nicht«, äußerte der sich entsetzt.

»Schatz, aber das liegt doch auf der Hand. Wenn du die Geschäfte übernimmst, wird man über dich schreiben. Und ich werde mich natürlich ebenfalls einbringen. Ich will dir beistehen, dich nicht nur zu wichtigen Terminen begleiten und die reizende Gattin bei deinen Geschäftsessen spielen. Ich kann dir mit der Firma helfen.«

Er stand nun hinter ihr und sah in den Spiegel, um in ihren Gesichtszügen zu lesen. Unschlüssig, ob sie ihm nur signalisieren wollte, immer für ihn da zu sein, oder ob sie sich ein solches Leben wirklich wünschte, fragte er deshalb: »Das ist nicht dein Ernst, oder?«

Sie fuhr ruckartig herum. Ihre Augen funkelten wütend. »Wie sonst stellst du dir denn unsere Zukunft vor?«

Ihr anklagender Tonfall überraschte und verärgerte ihn zugleich. Sie meinte es also ernst, deshalb sah er sich genötigt zu entgegnen: »Du gehst also davon aus, dass Kevin nicht mehr nach Hause kommen wird?«

Beatrice erhob sich grazil, beinahe wie eine Balletttänzerin, und trat auf ihn zu. Sanft berührte sie mit der Hand seine Wange. »Ich bitte dich«, hauchte sie geduldig, »nach gestern wird wohl niemand mehr mit einem Freispruch rechnen.« Sie ließ von ihm ab, griff nach einem der zahllosen Parfümfläschchen und benetzte mit dem sündhaft teuren Duft ihren Hals. »Vermutlich gab es von Anfang an keine Hoffnung, aber nach der Aussage des Fahrers … Zumindest erklärt das, warum André Merker Anfang der Woche seinen Jahresurlaub eingereicht hat. Sicher hatte er Angst vor unserer Reaktion.« Sie schnalzte mit der Zunge. »Dabei braucht er wirklich nichts zu befürchten, schließlich muss er vor Gericht die Wahrheit sagen. Jemand sollte sich mit dem Mann in Verbindung setzen und ihn dahingehend beruhigen.«

Sven schnaufte verächtlich. »Ich kann mir einfach nicht vorstellen, dass Mutter das ausgerechnet mit André Merker besprochen hat anstatt mit mir. Schließlich ist das ein sehr heikles Thema.«

Beatrice überzeugte sein Argument nicht. »Auf dem Rücksitz eines Wagens kann so manches passieren«, sagte sie zweideutig, erklärte dann aber schnell: »Dorothea hat sich das vermutlich einfach von der Seele reden müssen. Taxifahrer, Friseure, Barkeeper – allesamt dafür bekannt, gute Zuhörer zu sein. Das ist quasi deren Aufgabe. Man weiß einfach, dass die nichts weitererzählen.«

»André Merker ist für Mutter kein Fremder gewesen, dem sie die Familiengeheimnisse anvertraut hätte, in der irrigen Annahme, der Mann wäre verschwiegen und würde ihr zudem nie wieder begegnen.«

»Ein so großes Geheimnis ist die Nachfolgeregelung der Familie Hagen nun auch wieder nicht. In einem Anfall von Wut oder Verzweiflung rutscht einem eben auch mal etwas gegenüber den Angestellten heraus. Man kann sich schließlich darauf verlassen, dass die den Mund halten, um nicht den Job zu verlieren«, warf Beatrice gelangweilt ein, während sie sich verschiedene Halsketten ans Dekolleté hielt. »Jedem ist bekannt, dass ihr ein patriarchalischer Haufen seid und es eure Tradition verlangt, dass die Leitung der Firma immer an den erstgeborenen Sohn geht. Welch ein Glück, dass weder deine Urgroßmutter noch deine Großmutter oder deine Mutter Mädchen auf die Welt gebracht haben. Die hättet ihr vermutlich wie junge Katzen ertränkt.«

»Red keinen Unsinn«, erwiderte Sven scharf, grinste dann aber und meinte: »Niemand in dieser Familie würde je einer Katze etwas zuleide tun.«

Sie warf ihm gespielt verärgert einen Schminkpinsel entgegen. »Ich sage dir jedenfalls gleich, dass ich diese Tradition nicht fortführen werde. Unsere Kinder erben eines Tages zu gleichen Teilen.«

»Worüber beschwerst du dich? Die jüngeren Geschwister wurden in der Vergangenheit immer bestens versorgt. Onkel Arno konnte seit seiner Jugend tun und lassen, was er wollte, genau wie ich, während mein Vater die Verantwortung für das Familienunternehmen hatte. Papa war nie zu Hause oder jemals im Urlaub. Schließlich starb er vor zwei Jahren mit gerade einmal sechsundsechzig Jahren wegen Überarbeitung an einem frühen Herztod. Ist das wirklich so erstrebenswert? Ich habe genug Geld, warum sollte ich mir den Stress machen, die Firma zu leiten?«

Dieses Mal war es an Beatrice, entsetzt zu sein. »Das

kannst du unmöglich wirklich so meinen. Geld zu haben ist eine Sache, aber was nützt es dir, wenn niemand weiß, wer du bist? Wenn dir der Einfluss fehlt, die Macht? Wie sonst willst du dich von all den anderen abheben?«

»Wozu *abheben?*«, konterte ihr Mann.

Sie riss die Augen auf, setzte zu einer entsprechenden Erwiderung an, aber er kam ihr zuvor.

»Ich habe mich nie darüber beklagt, dass Kevin sein Leben lang als *Thronfolger* aufgebaut wurde. Ich konnte sehen, was das aus ihm gemacht hat. Er stand ständig unter Druck. Was glaubst du, warum er das ganze Zeug geschluckt hat?«

»Weil er ein Versager ist, jemand, der nicht dafür geschaffen wurde, etwas zu bewirken, und schon gar nicht als Firmenchef taugt. Für mich ist es durchaus nachvollziehbar, dass deine Mutter sich besonnen hat und dich ebenfalls in die Chefetage holen wollte. Du hast die gleichen Schulen besucht, bist weit intelligenter als dein Bruder und siehst zudem besser aus«, fügte sie noch scherzhaft an.

»Erstens glaube ich nicht, dass Mutter sich über die Wünsche meines verstorbenen Vaters hinweggesetzt hätte, und der hat definitiv Kevin als seinen Nachfolger bestimmt. Ihre Anteile sollten nach einer Übergangszeit an Kevin gehen, nicht an mich. Und zweitens denke ich nach wie vor, dass sie, falls sie wirklich etwas anderes geplant hatte, mich und nicht den Chauffeur davon unterrichtet hätte.«

»Vermutlich wollte sie das auch, hatte aber keine Gelegenheit mehr dazu. Und was die Wünsche deines Vaters angeht: Das Wohl eines so großen Unternehmens hat Vorrang vor alten Traditionen. Aber das spielt nun keine Rolle mehr, denn jetzt geht alles an den Zweitgeborenen«, erwiderte Beatrice mit einem zufriedenen Gesichtsausdruck.

»Und wenn ich das gar nicht will?«, reagierte Sven und klang hilflos.

»Oh doch«, ließ seine Frau nicht locker, »du willst und

ich werde dir dabei helfen.« Sie trat erneut zu ihm und legte ihre schlanken Arme um seinen Hals. »Außerdem bin ich mir sicher, wenn du erst einmal fühlst, wie es ist, ganz oben angekommen zu sein, wirst du diesen Platz mit allen dir zur Verfügung stehenden Mitteln verteidigen.«

* * *

Etwa zur gleichen Zeit

Miriam Fuller versuchte, nicht zu aufgeregt zu sein. Sie fröstelte. Der Raum, in den man sie gebracht hatte, schien winzig und Miriam hatte das Gefühl zu ersticken. Sie fragte sich, ob sie eine einzige Nacht im Gefängnis überstehen würde. An der Wand war eine Kamera, sie wusste, dass man ihre Besuche bei Kevin überwachte. Solange der Prozess lief, hatten sie kein Anrecht auf Privatsphäre. Unruhig sah sie auf die Uhr. Warum dauerte das so lange? Ganz tief in ihrem Inneren befürchtete sie, Kevin würde nicht erscheinen wollen.

Sein Anwalt war sie bereits extrem heftig angegangen. »Wir waren uns doch einig, dass Sie nicht aussagen werden!«, hatte er sie nach dem gestrigen Verhandlungstag angeschrien.

»Jemand musste endlich für Kevin Partei ergreifen«, hatte sie sich verteidigt.

Rubian war daraufhin sehr deutlich geworden, geradezu schmerzhaft deutlich: »Durch Ihr *Parteiergreifen* steht Kevin nun da wie ein Mann, der eifersüchtig auf den eigenen Bruder ist, eine mehr als ungesunde Beziehung zur Mutter hatte und unter dem Wahn leidet, die eigene Familie wolle ihn um sein Erbe betrügen. Man hält ihn dank *Ihnen* nun endgültig für schuldig. Wenn Sie zu dämlich sind, das zu kapieren, dann kann Ihnen niemand helfen.«

Sie hatte geschluchzt und erwidert: »Wie kann ich das wiedergutmachen?«

Die Antwort des Anwalts war ernüchternd gewesen: »Das können Sie nicht, außer Sie gestehen, dass Sie den Mord an Dorothea Hagen begangen haben.«

Obwohl Miriam tatsächlich eine Sekunde überlegt hatte, sich zu opfern, entschied sie sich dagegen. Nein, das konnte man nun wirklich nicht von ihr verlangen. Immerhin litt sie unter Platzangst.

Kevins Auftauchen erlöste sie aus ihren Grübeleien.

»Wie geht es dir?«, fragte sie sofort atemlos, als die Wachen ihn zum gegenüberliegenden Stuhl führten und er sich setzen durfte.

Er blickte sie finster an und Miriam fürchtete, dass nun einer seiner Wutausbrüche folgen würde, aber nichts dergleichen geschah. Nur das Starren und die zusammengepressten Lippen verrieten ihr seinen Zorn.

Automatisch sagte sie: »Es tut mir leid.«

Er antwortete nicht sofort, warf zuerst genervt den Kopf in den Nacken, so als hätte er nun eine lästige Pflicht zu erfüllen. »Du solltest dich vorerst aus der Öffentlichkeit fernhalten. Bleib in deiner Wohnung, komm nicht in den Gerichtssaal und besuche mich auch nicht mehr«, sagte er schließlich ruhig.

»Aber das macht mir nichts aus. Die sind alle freundlich, ich fühle mich nicht wie in einem Gefängnis, es ist fast wie der Besuch in einem Krankenhaus. Eines, in dem ansteckende Krankheiten behandelt werden und man immer genau überprüft werden muss, bevor man einen Patienten besucht. Ich stelle mir einfach vor, dass du im Dschungel warst und dich ein riesengroßes unbekanntes Insekt gestochen hat und du nun zur Beobachtung …«

»Halt den Mund«, fuhr er sie an. Er sprach so laut, dass die Wachen vor der Tür den Raum betraten und fragend zu Miriam blickten.

»Alles in Ordnung«, sagte die schnell, aber erneut wurde Kevin laut. »Nichts ist in Ordnung, schaffen Sie diese dämliche Kuh aus meinem Sichtfeld.«

»Kevin?«, stammelte Miriam heiser.

»Geh auf direktem Weg nach Hause und sprich mit niemandem«, schnauzte er sie an, »und halte dich vom Gerichtssaal fern. Wenn ich dich noch einmal dort sehe, dann ist es vorbei mit uns. Ich bin echt sauer und will dich vorerst nicht sehen.«

Sein Blick wanderte zu einem der Beamten. »Wird's bald?«, forderte er den Mann auf. »Kann ich als Gefangener nicht erwarten, dass man mich in meine Zelle bringt? Ich habe schließlich dafür bezahlt«, fügte er noch künstlich lachend an.

Ohne sich noch einmal zu Miriam umzudrehen, ließ er sich abführen.

Einer der Justizbeamten an seiner Seite schüttelte mitleidig den Kopf. »Das werden Sie noch bereuen«, ließ er sich zu einem Kommentar hinreißen.

»Warum?«, ging Kevin darauf ein.

»Weil Besuch in den nächsten Jahren vermutlich der einzige Lichtblick in Ihrem Leben sein wird, den hätte ich deshalb an Ihrer Stelle nicht vergrault.«

Kevin stieß ein abfälliges »Pah!« aus, fühlte sich aber, nachdem er Miriam nun diese Abfuhr erteilt hatte, bereits ein ganzes Stück einsamer.

Rubian hatte ihn dazu angehalten: »Schaffen Sie uns dieses Weib vom Hals, bis der Prozess vorbei ist! Ihre Verlobte soll sich aus der Öffentlichkeit fernhalten, drohen Sie ihr damit, sich sonst zu trennen.«

»Sie hat es nicht so gemeint«, war er sogar für Miriam eingesprungen.

»Das macht es ja so schlimm. Diese Frau kann nicht *denken*, die ist wie eine Zeitbombe.«

Kevin gab dem Anwalt recht. Ohnehin war Miriam nie

seine erste, nicht einmal seine zweite Wahl gewesen. Genau genommen rangierte sie irgendwo auf den hinteren Plätzen. Aber sie war stets greifbar und bei ihr brauchte er sich nicht zu bemühen oder zu verstellen. Schnellen Sex, einen Prellbock, den man anschreien konnte – Miriam war für jede seiner Aufmerksamkeiten dankbar. Gleichgültig ob grob, gemein oder zärtlich, sie stand parat, wenn es sonst niemand tat. So waren sie zu einem Paar geworden. Nicht einmal sein ständiges Fremdgehen und die heftigen Streits konnten sie vertreiben.

Unter anderen Umständen hätte er sie nie zu seiner Verlobten gemacht und gewiss niemals zu seiner Ehefrau. Alle wussten das, nur Miriam wollte es nicht wahrhaben. Daher war ihm auch klar, dass es sehr eindeutiger Worte bedurfte, um sie vorübergehend von sich fernzuhalten.

Allerdings war ihm das nicht ganz so leicht gefallen, wie er jetzt tat. Sie war schließlich die Einzige, die ihm bedingungslos zur Seite stand. Von wem konnte er das noch behaupten?

3

Etwa zur gleichen Zeit

Hauptkommissar Peter Donner griff erneut in die Tüte mit Fruchtgummis, als sein Dienstwagen zum Stehen kam. Er verkniff sich eine Bemerkung wegen des bestenfalls als unorthodox zu bezeichnenden Fahrstils seiner jüngeren Kollegin und wünschte sich erneut, der Anruf am Morgen wäre ihm erspart geblieben.

Donner sprach nicht, als sie ausstiegen und mit eingezogenen Köpfen gegen den Wind und den Nieselregen antraten.

»Schietwetter«, meckerte Heide Lindner, die nun schon seit fast fünf Jahren an Donners Seite arbeitete.

Die zweiunddreißigjährige Oberkommissarin fuhr sich mit den Fingern durch das kurze rote Haar, nur um festzustellen, dass das Styling des Morgens völlig umsonst gewesen war und sich bereits wieder lauter Locken gebildet hatten – etwas, das sie hasste, seit sie denken konnte.

Peter Donner brummte zustimmend.

Heide war den manchmal wortkargen Vorgesetzten jedoch gewohnt und plapperte munter drauflos. »Wird immer enger für Kevin Hagen.«

Wieder ein Brummen, dann folgte doch noch eine Antwort: »Warten wir es ab.«

Heide rollte mit den Augen. Auch das kannte sie längst: Pessimismus. Deshalb schwieg sie und nickte den anderen Beamten lediglich zu, als sie den Tatort erreichten. Die Streifenkollegen hatten alles vorbildlich abgesperrt, und die Gerichtsmedizin war ebenfalls schon vor Ort.

Hauptkommissar Donner musste nur einen kurzen Blick in das bleiche Gesicht des Toten werfen, um zu bestätigen, dass es sich bei ihm um André Merker handelte, den Fahrer der Familie Hagen.

Überflüssige Phrasen lagen dem Hauptkommissar nicht, das war allgemein bekannt, deshalb fasste der Gerichtsmediziner das mehr oder weniger Offensichtliche so kurz wie möglich zusammen: »Ein Schlag auf die Schläfe, der nächste auf den Hinterkopf, aufgeschnittene Halsschlagader. Todeszeitpunkt schätzungsweise zwischen 23.00 Uhr und 1.00 Uhr morgens.«

Donner nickte, sah genauer hin. »Ist es hier passiert?«

»Ja«, antwortete ihm der Mediziner. »Der Regen hat zwar einiges an Blut weggespült, aber es deutet trotzdem alles darauf hin, dass wir hier unseren Tatort haben.«

»Ist nachts sicher eine dunkle, zugige Ecke«, warf Oberkommissarin Lindner ein, »guter Platz für einen Mord.«

»Und ein guter Platz, um eine Leiche verschwinden zu lassen«, erwiderte Donner und lenkte seinen Blick vielsagend Richtung Elbe. »Es wäre ein Leichtes gewesen, den Mann ins Wasser zu werfen.«

»Vielleicht war der, der das getan hat, zu schwach«, hielt Heide sofort dagegen. »Vielleicht eine Frau?«

»Vielleicht«, antwortete Donner knapp, und sie wusste nicht, ob er sich über ihre vielen *Vielleichts* lustig machte oder ihre Vorschläge ernsthaft in Erwägung zog.

Dennoch setzte sie erneut an und meinte dieses Mal: »Sieht so aus, als hätte man ihn an einer weiteren Aussage vor Gericht hindern wollen, damit macht sich Kevin Hagen erst recht verdächtig.«

»Du denkst also tatsächlich, dass er jemanden engagiert hat, um einen unliebsamen Zeugen kaltzustellen?«, fragte Donner interessiert.

»Du etwa nicht?«, gab sie irritiert zurück. »Merker hat es doch selbst gesagt, er hatte Angst vor Kevin, fürchtete wegen der Aussage um sein Leben.«

»Und dennoch hat er sie gestern gemacht«, warf der Hauptkommissar nachdenklich ein und ging langsam in die Knie. Er betrachtete nun eingehend das Gesicht des Toten. Es war ein attraktives Gesicht, selbst jetzt, nachdem der Leichnam der Witterung ausgesetzt gewesen war. André Merker hatte zweifelsohne keine Probleme gehabt, die Blicke der Frauen auf sich zu ziehen.

»Was wissen wir über den Mann?«, fragte Donner, ohne aufzublicken.

»Wie alle Angestellten war auch der Fahrer während der Ermittlungen nicht besonders entgegenkommend gewesen«, erwiderte Oberkommissarin Lindner. »Fünfundzwanzig Jahre alt, ledig, gelernter Kfz-Mechaniker und seit knapp zwei Jahren festangestellter Chauffeur bei den Hagens.«

»Ich will mir seine Wohnung ansehen«, entschied der Hauptkommissar, »haben wir die Schlüssel?«

»Keine persönlichen Gegenstände«, antwortete der Gerichtsmediziner bedauernd. »Seine Taschen sind leer, keine Papiere, auch keine Schmuckstücke oder eine Uhr am Handgelenk.«

Der Hauptkommissar wandte sich alarmiert an Heide: »Schick sofort jemanden zu seiner Wohnung und überprüfe, ob auf den Mann ein Fahrzeug zugelassen ist. Irgendwie muss er ja hierhergekommen sein, sucht den Parkplatz danach ab.«

Eine halbe Stunde später befanden sich die Beamten in André Merkers Wohnung. Ein Ein-Zimmer-Appartement in einem gesichtslosen Wohnturm, in dem alle Etagen von der Wandfarbe bis zum Müll in den Ecken identisch aussahen. Niemand in diesem Gebäude interessierte sich für die Polizisten, und es war zu befürchten, dass nicht einmal die direkten Nachbarn von Merker etwas über den Mann wussten. Donner fühlte sich hier nicht fremd, denn er war in einer ähnlichen Umgebung aufgewachsen. Deshalb wusste er, dass es immer die Ausnahme von der Regel gab; in jedem Mehrfamilienhaus fand man mindestens einen Neugierigen. Daher würde er sein Team anweisen, mit den Bewohnern über André Merker zu sprechen.

»Scheint viel Geld ausgegeben zu haben«, riss ihn Heide aus seinen Gedanken.

Der Hauptkommissar nickte. »Vermutlich hat er über seine Verhältnisse gelebt, überprüft seine Finanzen. Wenn das allerdings der Fall ist, dann frage ich mich, warum er sein Wissen über Kevin Hagen nicht zu Geld gemacht hat, sondern bereit war, gegen die mögliche Futterhand auszusagen.«

»Angst oder Dummheit«, mutmaßte die Oberkommissarin.

»Oder Rechtschaffenheit«, warf ihr Kollege ein, und wie so oft rätselte sie, ob er das nun ernst oder ironisch meinte.

Nachdem sie sich Handschuhe übergestreift hatten, durchforstete die Oberkommissarin den Kleiderschrank. Murmelnd sprach sie dabei die Markennamen aus, die die Kleidungstücke zierten. »Da hat jemand viel Wert auf sein

Äußeres gelegt«, kommentierte sie danach die überbordende Ablage im Badezimmer. »Bartpflege, Gesichtsmaske, Haarspülungen und Feuchtigkeitslotionen. Hier stehen mehr Kosmetikartikel als bei mir zu Hause.«

Donner studierte einen Stapel Briefe. Meist Rechnungen, unter anderem auch die Mahnung eines Onlineversands wegen unbezahlter Raten für ein Laptop. »Hat irgendwer den Computer gesehen?«, fragte der Hauptkommissar sofort in die Runde.

Als Antwort folgte ein kollektives Kopfschütteln.

»Vielleicht hatte er keinen«, warf Heide ein. »Viele Menschen benutzen nur noch ihr Smartphone.«

Er zeigte ihr das Mahnschreiben des Computerhändlers.

»Bei dem Lebenswandel würde es mich nicht wundern, wenn er das Teil verkauft hat, um damit ein anderes Schuldenloch zu stopfen«, schlug die Oberkommissarin vor.

»Möglich«, entgegnete ihr Kollege. »Oder aber jemand hat ihn gestohlen.«

»Natürlich«, stieg sie darauf ein. »Man hat André Merker alle persönlichen Gegenstände abgenommen. Entweder das war ein Raubmord oder aber man wollte den Mann zum Schweigen bringen und alles beseitigen, was er an belastendem Material hatte. Man tötet ihn, stiehlt ihm die Schlüssel, geht in seine Wohnung, durchsucht sie gründlich, aber ohne auffällige Spuren zu hinterlassen, und entwendet den Laptop, weil darauf vielleicht kompromittierende Dateien abgelegt wurden. Womit wir wieder bei Kevin Hagen wären. Wenn er den Zeugen hat umbringen lassen, dann musste er auch sichergehen, dass nicht noch irgendwelche Unterlagen zu finden sind. Womöglich hat Merker Gespräche aufgenommen.«

»Allerdings ist das totaler Blödsinn«, warf ihr der Hauptkommissar ohne jedes Feingefühl an den Kopf.

Heide Lindner zog eine Schnute, war derlei unverblümte Reaktionen gewohnt und wartete geduldig darauf, widerlegt zu werden. Anfangs hatte es sie getroffen, wenn ihr der Vorgesetzte so gnadenlos die eigenen Denkfehler aufgezeigt hatte, aber mit der Zeit lernte sie seine Ehrlichkeit zu schätzen. Denn so deutlich und direkt Donner Kritik aussprach, so verteilte er auch ein Lob.

»Also, wieso liege ich falsch?«, forderte sie ihn daher geduldig auf.

»Merker hat doch bereits vor Gericht seine Karten ausgespielt, was hätte er noch zurückhalten sollen? Er hat das Motiv geliefert und seine Aussage gemacht. Viel belastender hätte es nicht werden können, außer ihm wäre es gelungen, ein Video von dem Mord selbst aufzunehmen. Aber das halte ich dann doch für unwahrscheinlich. Warum sollte ihn Kevin Hagen jetzt noch umbringen?«

»Wir wissen, dass Hagen jähzornig sein kann, vielleicht war es einfach Rache und Abschreckung für andere. ›Haltet den Mund, sonst geht es euch wie André Merker.‹«

»Ein hohes Risiko, wo sein Anwalt doch gerade um ein mildes Urteil ringt. Zumal Rubian den Chauffeur im Zeugenstand sicher noch einmal in die Mangel genommen hätte. Und außerdem bezweifle ich, dass Kevin Hagen so mir nichts, dir nichts einen *Auftragskiller* aus dem Hut zaubern könnte. Taktisch wird ihm der Tod von André Merker jedenfalls nur schaden.«

»Womöglich hat es gar nichts mit dem Hagen-Prozess zu tun«, schlug Heide vor. »André Merker könnte Feinde gehabt haben. Vielleicht Geldschulden, deshalb hat man ihn umgebracht und anschließend in seiner Wohnung nach Wertgegenständen gesucht und das Laptop gestohlen. Nach seinem Auftritt vor Gericht befürchteten seine Gläubiger womöglich, dass er eines Tages auch deren kriminelle Machenschaften ausplaudern würde.«

Ihr Kollege blieb unschlüssig. »Wir werden versuchen, so viel wie möglich über ihn herauszufinden, und wir sprechen auch mit der Familie Hagen, soweit die dazu bereit ist. Aber

Kevin Hagen schließe ich tatsächlich als Drahtzieher des Mordes aus, denn der wird garantiert nicht davon profitieren.«

* * *

Die Verhandlung war für den Nachmittag angesetzt, aber schon seit dem späten Vormittag warteten Menschen vor dem Gerichtsgebäude. Die Nachricht vom Tod des Hauptbelastungszeugen André Merker hatte sich schnell herumgesprochen. Nach den ersten Befragungen gab es bislang noch keine weiteren Erkenntnisse. Die Pressevertreter fingen Kevins Anwalt ab – Bruno Rubian war bekannt dafür, dass er gerne und umfängliche Interviews gab. Er liebte das Rampenlicht und die Herausforderung, sich auch schwierigen Fragen zu stellen.

»Man hat die Leiche von André Merker gefunden, was sagen Sie dazu?«, rief ihm ein Reporter zu.

»Sehr bedauerlich, mein Beileid an die Familie«, antwortete Rubian mitfühlend und verzog den Mund, sodass seine dicken Backen nach unten hingen und er einem treu dreinblickenden Bernhardiner glich.

»Der Mann wurde ermordet, nachdem er gegen Ihren Mandanten ausgesagt hatte«, ließ der Journalist nicht locker.

An Rubian prallten Andeutungen ab, sein Motto war im Gerichtssaal wie auch im Leben, nur auf Fragen zu antworten, die ihm tatsächlich gestellt wurden. Eine Empfehlung, die er stets auch seinen Klienten gab. Deshalb schwieg er.

»Ist Ihr Mandant für den Mord verantwortlich?«, wurde eine junge Redakteurin deutlicher.

Rubian kannte die Frau, fand sie äußerst attraktiv, hatte leider aber die bittere Erfahrung machen müssen, dass das nicht auf Gegenseitigkeit beruhte.

Da er allerdings mit dieser Frage rechnete, seit man ihm von Merkers Tod berichtet hatte, zuckte er mit den Schultern und warf einen gekonnt müden Blick in die Runde, bevor er sagte: »Solcherlei Verdächtigungen entbehren jeder Grundlage, sprechen lediglich für eine ausgeprägte Fantasie derer, die ein solches Szenario ernsthaft in Erwägung ziehen. Laut meinen Kenntnissen wurde André Merker überfallen und ausgeraubt, dabei kam er zu Tode. Gestern Nacht ist an einem jungen Mann ein schreckliches Verbrechen begangen worden und ich frage mich, wann wir endlich darüber sprechen, wie so etwas künftig verhindert werden kann. Stellen Sie Ihre Fragen denjenigen, die für die Sicherheit der Menschen verantwortlich sind.«

Tatsächlich lenkte er damit die Aufmerksamkeit der Zuschauer kurz in eine andere Richtung, aber die Medienvertreter waren geschult genug im Umgang mit einem Mann wie Rubian, und erneut fragte jemand: »Kevin Hagen war wütend, hat er den Zeugen deshalb töten lassen?«

Rubian kniff seine Augen zusammen, die zwischen den dicken Backen und der schwulstigen Stirn fast ganz zu verschwinden schienen. »Ich verwehre mich gegen solche Unterstellungen und bitte Sie im Sinne der Gerechtigkeit, auf Verleumdungen dieser Art zu verzichten.« Er unterließ es, anzufügen, dass er sich sonst genötigt sähe, die Pressevertreter zu verklagen, aber man wusste auch so, worauf Rubian hinauswollte. Er hatte schon viele Prozesse gegen diverse Medien geführt, dabei oft verloren, aber auch den ein oder anderen Sieg davongetragen, der sich finanziell äußerst schmerzhaft beim Gegner ausgewirkt hatte.

Thomas Brand stand mit seinem Skizzenblock abseits. Er würde später nur zum Spaß Bruno Rubian auf dem Papier verewigen, denn so zwielichtig er den Mann auch fand, so ergiebig schien er Thomas als Motiv. Etwas, das vermutlich an Rubians unverwechselbarem Mienenspiel lag.

Allerdings hatte er sich nicht wegen des Anwalts vor

dem Gebäude eingefunden. Er hatte gehofft, irgendwo Miriam zu entdecken. Sven Hagen, dessen Frau und den Onkel hatte er bereits auf dem Flur im Gerichtsgebäude gesehen, aber Miriam war nicht bei ihnen gewesen. Auf gut Glück war Thomas sogar an dem kleinen Café vorbeigegangen, in dem sie die Franzbrötchen gegessen hatten, in der Hoffnung, sie zu finden, aber ohne Erfolg. Länger konnte er allerdings nicht warten, denn die Verhandlung würde gleich beginnen und er musste seinen Platz einnehmen.

* * *

Einige Wochen später, der Tod von Miriam Fuller

Es war ein ungewöhnlich kühler Tag für Mitte Mai, dennoch ein strahlender. Zumindest für den Teil der Bevölkerung, der sich nicht vor einem Friedhof aufhielt und auf die Trauergäste wartete. Der klare Himmel wirkte wie die kühlen blauen Augen eines überirdischen Wesens, das sie mit eisigem Blick betrachtete. Die Sonne schien zwar, aber ihre Wärme wurde von einem stetigen Nordostwind abgefangen und davongetragen, bevor sie die Menschen auf der Erde erreichte.

Thomas Brand fröstelte, während er durch seine dunkle Sonnenbrille blickte und die Gesichter der Menschen studierte, die um ihn herumstanden. Er würde den ein oder anderen später skizzieren, sich von den Mienen, die Anteilnahme heuchelten, inspirieren lassen und sie in eines seiner abstrakten Bilder einfügen. Auf seiner Leinwand sollten die Scheinheiligkeit, die Sensationslust und die Neugier im Kontrast zum Schmerz stehen und die eigene Ohnmacht, die

die Trauer mit sich brachte, widerspiegeln. Zumindest war das der Plan.

In die Menge kam Bewegung, der Leichenwagen fuhr vor. Fast wie bei einem Staatsbegräbnis eilten nun Männer, ganz in Schwarz gekleidet und mit ernster Miene, zu dem Fahrzeug.

Wer hat sich das nur ausgedacht?, überlegte Thomas zornig. Was er hier sah, war kein Abschiednehmen von einem geliebten Menschen, sondern eine Inszenierung für die Öffentlichkeit.

Ein zweites Auto kam zum Stehen, eine dunkle Luxuslimousine. Türen wurden geöffnet, Familie Hagen war eingetroffen. Beatrice von Ehrstein-Hagen wirkte wie ein leuchtender Diamant inmitten blinden Glases. Ihr Haar glänzte, das bleiche Gesicht mit den dezent rosafarben geschminkten Lippen war völlig bewegungslos und erinnerte an eine griechische Götterstatue. Ihr Mann Sven verblasste daneben, wie auch der ältere Mann, den Thomas als den Onkel erkannte. Einen Augenblick später drängte man Thomas Brand zur Seite, und als würde apokalyptisches Feuer über sie regnen, begannen die Fotoapparate zu blitzen. Zeitgleich kamen die geladenen Gäste an, die mit ans Grab durften.

Die Öffentlichkeit musste der Beerdigung fernbleiben, dennoch wollte man ihr die Chance geben, Anteil zu nehmen, so hieß es zumindest. Deshalb war das Aufgebot an Presse und Schaulustigen vor den Friedhofspforten nicht nur gestattet, sondern, wie es Thomas schien, sogar erwünscht.

Er konnte nicht behaupten, dass er gern an einem offenen Grab gestanden hätte, aber es wäre ehrlicher gewesen, als diesem Treiben auf dem Vorplatz beizuwohnen.

Wie bei einer Parade bezog die Familie Aufstellung. Eine kleine Frau, die Thomas völlig übersehen hatte und die ebenfalls unbeholfen aus der Limousine geklettert war, schrie auf, als der Sarg aus dem Leichenwagen gehievt und zum Portal getragen wurde.

Fürsorglich hakte sich Beatrice bei ihr unter, überragte das von Weinkrämpfen geschüttelte und verloren wirkende Bündel um beinahe zwei Köpfe und machte ein entsprechend pikiertes Gesicht, als die Reporter riefen: »Frau Fuller …«

Thomas hatte es geahnt, Miriams Mutter wurde hier präsentiert und zum Motiv des Tages gemacht. Ob es wohl Zufall war, dass sich Beatrice so dicht bei der Frau aufhielt?

Wenige Minuten später verschwand die Prozession hinter den Friedhofstoren, die heute für die Öffentlichkeit geschlossen blieben. Thomas sah den dunkel gekleideten Gestalten hinterher. Nach wie vor verabscheute er schwarze Kleidung.

Damals hatte er sich gesträubt, den anthrazitfarbenen Anzug zu tragen. »Verena würde er nicht gefallen«, waren seine Worte gewesen, »und Papa hätte es verstanden.«

Er spürte den alten Zorn, die Wut und die Trauer. Plötzlich bemerkte er, wie ihm eine Träne über die Wange lief. Verstohlen wischte er sie mit dem Finger weg, so als würden ihm vom kühlen Wind die Augen tränen. Er hatte vor zwanzig Jahren kaum geweint, wieso tat er es heute? Miriam Fuller war für ihn doch eine Fremde gewesen, eine, mit der er lediglich bei Kaffee und Franzbrötchen gesessen hatte. Die Erinnerung überwältigte ihn, und weitere warme Tränen benetzten seine Haut.

Er nahm auf seine Art Abschied, störte sich nicht an dem Geplapper der Menschen um ihn herum, die Mutmaßungen anstellten, über Beatrices Designeroutfit diskutierten, Nachrichten per Smartphone verschickten und sich benahmen, als wäre das hier nichts anderes als eine Veranstaltung, die nur der Unterhaltung diente.

Keiner beachtete den jungen Mann, der sich zurückgezogen hatte und zum Friedhofstor stierte. Von seinem Platz aus konnte er einige verwitterte Grabsteine sehen und dachte an Verenas letzte Ruhestätte. Seine Mutter hatte die Gestaltung in Auftrag gegeben, aber auch ihr war es nicht gelungen, darüber hinwegzutäuschen, dass Verena für immer fort war.

Irgendwann kamen die Trauergäste zurück, um in ihre Limousinen zu steigen. Thomas hatte sich vorgenommen, in den nächsten Tagen, wenn sich die allgemeine Aufmerksamkeit auf andere Ereignisse richtete, Miriams Grab zu besuchen.

Ohne großes Interesse beobachtete er die Menschen, die nun zu ihren Fahrzeugen strömten, die meisten hatten dieses »Nur schnell hier weg«-Gesicht aufgelegt, das Thomas zu gut von sich selbst kannte.

Aber dann fiel ihm ein Mann auf, der weder mit trauriger Miene noch mit Desinteresse von der Zeremonie zurückkehrte. Thomas erkannte ihn sofort, ganz offensichtlich war ihm dessen Anwesenheit vorhin entgangen, obwohl die hagere Gestalt aus der Menge hervorstach. Die rothaarige Frau an dessen Seite kannte er nicht, aber Hauptkommissar Donner war kein Fremder für Thomas, obwohl er sich wünschte, er wäre dem Polizisten niemals begegnet, zumindest nicht unter solchen Umständen.

Auf seinem Weg nach Hause dachte Thomas erneut an Miriam Fuller. Die Zeitungen hatten sich auf ihren Tod gestürzt und deshalb auch ihr ganzes Leben ausgegraben. Miriam war eine Zeit lang so gläsern gewesen wie kein Mensch sonst. Jedes Geheimnis ihres kurzen, nur fünfundzwanzig Jahre langen Lebens war veröffentlicht worden. Zumindest kam es einem so vor.

Die Bergung ihres Leichnams beschrieb einer der Reporter, der sich offenbar ein wenig hatte hinreißen lassen, als »das Herausziehen einer leblosen Gliederpuppe aus der Elbe, deren sanftes kindliches Gesicht von weißer Gischt bedeckt war, die sich wie Schneeflocken in den langen Haaren verfangen hatte«.

Thomas bezweifelte, dass ein Körper, der mehrere Tage in der Elbe getrieben hatte, diesem poetischen Vergleich standhielt, auch wenn er sich das gewünscht hätte.

Allerdings hatte er im letzten Jahr als Gerichtszeichner einem Prozess beigewohnt, in dem ein Bootsbauer beschuldigt worden war, nicht alle Sicherheitsvorkehrungen auf einem von ihm verkauften Boot erfüllt zu haben. Etwas, das dann zu einem tödlichen Unfall geführt hatte. Thomas erinnerte sich an die Bilder aus der Gerichtsmedizin. Jedenfalls glich der Tote von damals nicht einer Puppe, sondern eher den Überresten einer Schlachterei. Schiffsschrauben hatten ihm nach seinem Sturz ins Wasser das Gesicht zerfetzt. Erst Laboranalysen machten seine eindeutige Identifizierung möglich, und auch der Ehering an seiner rechten Hand half dabei. Sein linker Arm war am Schultergelenk herausgerissen worden und verschwunden. Somit fehlte auch die Uhr mit der Widmung »ein Geschenk zum zehnten Hochzeitstag«. Bei der Beerdigung des Mannes war der Sarg geschlossen gewesen – auch weil sich am Leichnam durch die längere Liegezeit im Wasser Teile der Oberhaut abgelöst und Algenwuchs begonnen hatte. Das Urteil war letzten Endes zugunsten des Bootsbauers ausgefallen.

Thomas wollte sich Miriam so nicht vorstellen und sah sie dann in seiner Fantasie doch lieber als Gliederpuppe oder schlafende Meerjungfrau, deren nasses Haar sorgsam um das Gesicht drapiert lag, anstatt verfilzt und unordentlich in tropfenden Strähnen am Kopf zu kleben. Besser, sich an ein blasses unversehrtes Gesicht erinnern als an eines, das von Wunden entstellt war.

Müde betrat er den Hausflur und entschied, einen Blick in den Briefkasten zu werfen, den er für ein Relikt hielt. Schließlich erhielt man heute doch alles online, außer natürlich Mahnungen und Werbeprospekte.

Auch dieses Mal fielen ihm als Erstes die Druckausgaben mehrerer Discounter in die Hände, die sich mit günstigen Preisknüllern gegenseitig überboten. Er rollte sie zusammen, um sie in den Sammelbehälter für Altpapier zu stopfen, der direkt vor der Tür stand. Beinahe hätte er dabei den Fetzen Papier übersehen, der wie eine Feder langsam nach links und rechts segelte und dann auf dem rauen Steinboden liegen blieb.

Thomas hob ihn auf und erstarrte. Jemand hatte ihm eine Nachricht hinterlassen – und dieser Jemand war Miriam Fuller gewesen.

* * *

Etwas später

»Ist eine Weile her«, sagte Hauptkommissar Donner freundlich und blickte Thomas Brand forschend an.

»Ja«, hauchte der, und wieder traf ihn die Erinnerung mit voller Wucht. Es fiel ihm schwer, in der Nähe des Mannes zu sein, auch wenn es ungerecht war, dem Beamten gegenüber solche Gefühle zu haben.

»Was kann ich für Sie tun?«, kam der nun direkt zur Sache.

Ein skeptischer Blick seines Besuchers wanderte zu Heide Lindner, um deutlich zu machen, dass er nicht vor ihr sprechen wollte.

Spitzbübisch sah die nun von einem zum anderen und

meinte schnippisch: »Ich geh dann mal zum Lokus. Wenn sich Mädels Geheimnisse erzählen, dann sollte man schließlich nicht stören.«

Bevor Thomas etwas erwidern konnte, war die rothaarige Frau bereits verschwunden. Genervt fragte er: »Ist die immer so?«

Donner schien sich nicht über die Bemerkung seiner Kollegin zu ärgern und zuckte mit den Schultern, was wirkte wie ein »Keine Ahnung, ich kenne die Frau kaum«. Dann besann er sich, nahm wahrscheinlich an, dass es das Eis brechen würde, wenn er etwas mitteilsamer wäre, und fügte an: »Heide Lindner ist eine gute Beamtin. Kommt aus dem Rheinland, da hat man eben einen anderen Humor.«

»Ja, schlechten«, ärgerte sich Thomas, den die Frau mit den kupferroten Haaren und den Sommersprossen aus einem unerfindlichen Grund in mehrfacher Hinsicht reizte.

»Sie glaubt, wir hätten hier im Norden überhaupt keinen Humor«, gab Donner mit einem feinen Lächeln zurück, und Thomas ließ sich stöhnend auf den angebotenen Platz fallen.

»Vermutlich ist mir das Lachen einfach vergangen«, lenkte er ein. Ihn traf ein besorgter Blick und sofort hob er abwehrend die Hände. »Keine Sorge, ich bin nicht wegen …« Er stockte, sprach den Satz nicht zu Ende, sondern sagte stattdessen: »Es geht um Miriam Fuller.«

Donner gab sich keine Mühe, seine Überraschung zu verbergen, und fragte erstaunt: »Was haben Sie mit *Miriam Fuller* zu tun?«

»Ich war bei Kevin Hagens Prozess Gerichtszeichner, da sind wir uns begegnet. Als ich Sie heute bei der Beerdigung gesehen habe, da dachte ich, ich könnte mit Ihnen über Miriam sprechen.«

Noch bevor Thomas mehr sagen konnte, stand Donner auf. »Wir sollten spazieren gehen.«

Wenige Minuten später standen die beiden Männer vor

dem Polizeigebäude und schlugen den Weg zum nächsten Kiosk ein.

* * *

In der Villa der Hagens

Der Leichenschmaus fand in der Villa der Hagens statt. Miriams Mutter kannte keinen der Gäste und saß verloren auf der weißen Ledercouch, ständig in Sorge, ihr könne Tee auf den edlen Bezug tropfen. Sie hätte gern selbst etwas getan, Platten mit Schnittchen herumgereicht, einen Kuchen gebacken, vielleicht einen Marmorkuchen mit Zimt, den hatte Miriam geliebt. Bei diesem Gedanken liefen der Frau sofort Tränen über das Gesicht, und ihre Hand, die die feine Teetasse hielt, begann zu zittern. Schnell stellte sie das Geschirr auf den Beistelltisch und wischte sich über die Augen. Alle waren nett zu ihr, trotzdem fühlte sie sich unwohl, wäre gern in ihrer eigenen Wohnung in Domsbüttel gewesen und hätte ihr einziges Kind dort auf dem Friedhof beerdigt.

Beatrice eilte herbei. »Haben Sie alles?«, fragte sie besorgt und drückte mitfühlend den Arm der Frau.

»Ja, danke«, antwortete Miriams Mutter förmlich. Sie hatte zwar nicht so viel Geld wie die Hagens, aber wusste sich dennoch zu benehmen. Deshalb beklagte sie sich auch nicht darüber, dass nichts von dieser Trauerfeier ihren Wünschen entsprach. Überhaupt hatte sie nur um Miriams willen allem zugestimmt.

»Sie war immer so eigensinnig gewesen«, brach es dann doch aus ihr heraus. »Ich wollte nicht, dass sie nach Hamburg geht, und als sie sich dann mit Kevin getroffen hat …« Offenbar überlegte sie, ob es angebracht sei, weiterzusprechen, schließlich gehörte Beatrice zu Kevins Familie.

Die nahm ihr jedoch die Scheu, indem sie erklärte: »Ich weiß genau, was Sie meinen. Ich würde meine Tochter auch nur ungern im Schlepptau eines Mannes wie Kevin wissen wollen. Miriam war einfach zu gutmütig.«

»Ja«, reagierte Frau Fuller erleichtert, auf ein offenes Ohr für ihre Sorgen zu stoßen. »Ich habe das Mädchen gewarnt. Aber sie konnte so stur sein, hat behauptet, er wäre ihre einzige, ihre große Liebe.«

»Sie war viel zu nett«, heuchelte Beatrice.

»Ich bin froh, dass Sie in Ihnen eine Freundin hatte«, fügte Miriams Mutter an.

»Leider hat sie sich mir nicht anvertraut«, warf Beatrice gekonnt beklommen ein. »Wenn ich gewusst hätte, wie es um sie stand.«

Nun war es an Frau Fuller, den Arm von Beatrice zu berühren und zu tätscheln. »Machen Sie sich keine Vorwürfe, so war Miriam eben, eigenwillig und verschlossen. Sie hatte immer schon ihren eigenen Kopf.«

»Dennoch hätte Kevin sie nicht so behandeln dürfen. Immerhin hat sie stets alles für ihn getan und zu ihm gehalten. Ihr die Besuche bei ihm zu verbieten und sie vom Prozess auszuschließen …«, stichelte Beatrice weiter.

»Da stimme ich Ihnen zu, er hatte sie nicht verdient«, sagte Miriams Mutter und begann wieder zu weinen. »Und jetzt habe ich meine Tochter und mein Enkelkind verloren.«

»Ihr *Enkelkind?*«, rief Beatrice ein wenig zu laut, und wer in der Nähe stand, drehte sich zu ihr um.

»Ja«, schluchzte Frau Fuller, »Miriam war schwanger, aber das habe ich erst von der Polizei erfahren. Sie hat sich mir nicht anvertraut.« Sie schluchzte herzzerreißend. »Ich war eine schlechte Mutter.«

Beatrice, die sich wieder gefangen hatte, versicherte, dass das gewiss nicht der Fall gewesen sei, und nutzte die erstbeste Gelegenheit, die Frau auf der Couch sich selbst zu überlassen, um zu ihrem Mann zu eilen. Ihre Sätze klangen wie ein

Zischen, als sie leise zu ihm sagte: »Wusstest du, dass Miriam schwanger war?«

Sie hatte mit einer erstaunten Reaktion gerechnet, aber Sven schien ihre Aufregung nicht zu teilen und meinte lediglich: »Nein, das wusste ich nicht, wie tragisch.«

* * *

Thomas hatte sich einen Milchkaffee gekauft, und Hauptkommissar Donner konnte einer Tüte Fruchtgummis nicht widerstehen. Nun gingen sie nebeneinanderher, steuerten eine kleine Parkanlage an und sprachen unverbindlich über das Wetter, bis Thomas seinen Kaffee getrunken, der Polizist die letzte Nascherei verschlungen hatte und die zusammengeknüllte Fruchtgummis-Tüte im Mülleimer gelandet war.

»Also gut«, sagte der Hauptkommissar und blieb stehen. »Warum möchten Sie mit mir über Miriam Fuller sprechen?«

Thomas hielt ebenfalls inne, er hatte den Besuch bei Donner nicht gerade reiflich überlegt, kam sich jetzt sogar ein wenig lächerlich vor, als er sich seine Beweggründe erneut durch den Kopf gehen ließ, und wäre fast erleichtert gewesen, wenn Donner plötzlich wegen eines Notrufs hätte eilig davonmarschieren müssen.

Aber da das nicht geschah, blieb Thomas nichts anderes übrig, als zu antworten. »Sie war nett«, begann er umständlich.

»Vermutlich«, reagierte Donner und sah den jungen Mann weiterhin auffordernd an.

»Sie hat mir eine Nachricht hinterlassen«, riss sich Thomas zusammen und begann endlich von vorn zu erzählen, wie er sie weinend im Gerichtsgebäude entdeckt hatte und sie schließlich im Streit wegen seiner Skizzen auseinandergegangen waren.

»Danach habe ich sie nie wieder gesehen und ich fühlte

mich schlecht, sie kam mir so hilflos vor und ich wollte ihr einfach ein Freund sein«, erklärte er.

»Und dann fanden Sie die Nachricht?«, fragte Donner und las erneut den Zettel, den ihm Thomas in einem durchsichtigen Frischhaltebeutel überreicht hatte.

»Ich dachte, wegen der Fingerabdrücke, war das denn falsch?«, hakte er unsicher nach.

»Nein, ich werde ihn an mich nehmen«, erwiderte Donner und rieb sich müde das Kinn, während er las, was auf der Rückseite eines zerrissenen Flyers für Hundefutter stand:

Ich dachte, wir können reden, vielleicht kannst du mir helfen. Ich muss unbedingt Kevins Unschuld beweisen und bräuchte Unterstützung. Miriam.

Es folgten eine Telefonnummer und ein PS:

Nicht dass du denkst, ich bin eine verrückte Stalkerin. Deine Adresse stand auf deiner Website und ich dachte, ich tauche besser persönlich auf. Schade, dass du nicht da bist, bitte ruf mich an.

»Wie kam sie darauf, dass ausgerechnet Sie ihr helfen könnten?«

»Vielleicht weil sie gespürt hat, dass ich es ehrlich mit ihr meine«, gab Thomas etwas trotzig zurück.

»Ich dachte, Ihre erste und einzige Begegnung endete im Streit«, antwortete Donner spitzfindig.

»Sie war mir offensichtlich nicht mehr böse.«

»Eine junge Frau, deren Verlobter wegen Mordes angeklagt ist, wendet sich bei so etwas an einen Mann, den sie gerade erst kennengelernt hat und dessen einzige Qualifikation, was das Aufklären von Verbrechen angeht, darin besteht, dass er im Gerichtssaal Bilder malt?«, entgegnete der

Hauptkommissar mit fragendem Blick.

»Ich skizziere, ich male nicht«, reagierte Thomas verärgert. »Hören Sie«, blaffte er, »ich habe Miriam Fuller nicht besonders gut gekannt, aber mein Eindruck war, dass sie eine gewisse kindliche Naivität besaß. Dennoch hat sie mich richtig eingeschätzt. Ich hätte versucht ihr zu helfen, nur habe ich diesen verdammten Briefkasten erst heute geöffnet.« Wütend kickte er einen größeren Kiesel davon. »Das macht mich fertig. Was, wenn sie noch leben würde, wenn ich früher hineingeschaut hätte, was, wenn …« Er brach ab.

Donner hob beschwichtigend die Hände. »Nun mal langsam.«

Thomas atmete durch. »Ich weiß noch, dass ich letzten Monat reingesehen habe, wegen der Ausgabe des Veranstaltungskalenders, da gab es definitiv noch keine Nachricht. Sie wird doch nicht gedacht haben, dass ich ihr nicht helfen wollte?« Der Gedanke wühlte Thomas auf. Dass die junge Frau hilflos vor seiner Tür gestanden und vergebens und enttäuscht auf eine Rückmeldung gewartet hatte, ließ einen unglücklichen Ausdruck auf seinem Gesicht erscheinen. »Ich fühle mich schuldig«, warf er geknickt ein.

»Schluss damit«, brummte der Beamte gutmütig. »Sie haben nichts mit ihrem Tod zu tun.«

»Aber ich hätte ihr beistehen können.«

»Beistehen«, murmelte Donner nachdenklich. »Ich bezweifle, dass Sie das wirklich gekonnt hätten. Frau Fuller schien ein Problem damit zu haben, die Realität zu akzeptieren. Immerhin war sie bis zum Schluss davon überzeugt, dass Kevin Hagen unschuldig ist, und das, obwohl alles gegen ihn spricht. Außerdem …« Er überlegte, wie viel er dem jungen Mann noch verraten wollte, entschied sich schließlich dazu, offen zu sein. »Sie waren nicht der Einzige, den Miriam Fuller mit ihrer fixen Idee von Kevin Hagens Unschuld aufgesucht hat. Sie war auf unserer Dienststelle, beim Staatsanwalt und bei Arno Hagen, Kevins Onkel. Vielleicht gab es noch weitere Menschen, die sie um Hilfe gebeten hat.«

»Was?« Thomas blickte den Beamten mit großen Augen an. »Das wusste ich nicht.«

»Natürlich nicht, ausnahmsweise konnten wir mal etwas geheim halten, und ich möchte auch, dass das so bleibt. Ich erzähle Ihnen das nur, weil ich Sie zu kennen glaube und davon ausgehe, dass dieses Gespräch unter uns bleibt. Außerdem möchte ich nicht, dass Sie sich unnötig grämen und sich in irgendeiner Weise verantwortlich fühlen.«

»Selbstverständlich«, beeilte sich Thomas zu sagen. »Sie haben mein Wort, ich werde nichts sagen, ich will nur tun, was richtig ist.«

»Sie sind Ihrem Vater sehr ähnlich«, erwiderte Donner mit einem traurigen Unterton, der sein Bedauern über den Tod von Thomas' Vater ausdrücken sollte.

Der Jüngere nickte mit zusammengepressten Lippen. Er wusste, dass das als Kompliment gemeint war, trotzdem schmerzte ihn die Erinnerung an seinen Vater.

»Passen Sie auf«, fuhr der Hauptkommissar zögernd fort, »Miriam Fuller war verzweifelt, sie hat sich an Kevin Hagen, oder besser die Vorstellung, die sie von ihm hatte, geklammert. Vermutlich war das leichter für sie, als die Wahrheit zu akzeptieren. Der Mann hatte sie schon in der Vergangenheit nicht gut behandelt, deshalb hat dieser windige Bruno Rubian auch dafür gesorgt, dass Miriam keine Aussage machen musste. Der Staatsanwalt hätte die junge Frau in die Mangel genommen, und Kevin wäre dabei nicht gut weggekommen. Ganz Hamburg weiß, dass der Hagen-Erbe in seinen Zwanzigern ein Unruhestifter war. Geschwindigkeitsübertretungen, illegale Autorennen, Trunkenheit am Steuer, Drogen, Frauen. Sie waren beim Prozess dabei, Sie kennen die Geschichte des Mannes. Nachdem er das Unternehmen übernommen hat, war er vielleicht diskreter und es gab weniger Skandale, aber geändert hat er sich deshalb noch lange nicht. Machen wir uns doch nichts vor.«

»Sie denken wirklich, dass er es getan hat, oder?«, fragte Thomas nun ganz direkt.

Donners Augenbrauen zuckten, und er hob leicht die Schultern. »Sie kennen die Akten«, erwiderte Donner. Genauso gut hätte er auch einfach Ja sagen können.

Es stimmte, Thomas Brand kannte die Akten aus der Verhandlung, und während sie gemächlich an einer Gruppe Frauen vorbeigingen, die auf der Grünfläche eine Pilates-Stunde abhielten, sah Thomas vor seinem geistigen Auge wieder die Szene im Gerichtssaal. Der Staatsanwalt hatte eine ausgesprochen angenehme Stimme gehabt und war so in der Lage gewesen, den Anwesenden eine äußerst blumige Schilderung des Mordes zu geben …

Rückblick

Die Gerichtsverhandlung von Kevin Hagen, einige Wochen zuvor

… »*Man stelle sich das vor. Eine Mutter, getötet vom eigenen Fleisch und Blut.* Vom ältesten Sohn der Familie, dem künftigen Oberhaupt. Von dem Kind, das man ohne den geringsten Zweifel für würdig hielt, das man bestmöglich und voller Liebe erzogen hat. Kevin Hagen wurde ein Leben im Wohlstand geschenkt, ein Leben mit unbegrenzten Möglichkeiten, mit der Chance, sich selbst zu verwirklichen und eigene Wünsche zu erfüllen. Ihm sollte das Erbe anvertraut werden, das Fundament, das die Familie seit Generationen ernährte. Voller Zuversicht wurde er mit Vertrauen beschenkt, aber Kevin Hagen war nicht in der Lage gewesen, dieses Geschenk anzunehmen. Im Laufe der Verhandlung werden ausreichend Zeugenaussagen und Beweise vorgelegt werden, die bestätigen, dass Kevin Hagen ein aufbrausendes Temperament besitzt, aber keinerlei Verantwortungsbewusstsein. Dennoch gaben ihm seine Eltern eine Chance. Und dann verrät er die, die ihn so sehr lieben, indem er das schlimmste aller Verbrechen begeht.«

Der Staatsanwalt machte eine theatralische Pause. Im Saal war es so still, dass man die sprichwörtliche Stecknadel hätte fallen hören. Plötzlich hauchte er: »Mord.« Seine Stimme schwoll wieder an. »Heimtückischer Mord!«, zischte er lauter und schließlich dröhnte sein Bass durch den Raum, als er wiederholte: »Heimtückischer Mord, Mord an der Frau, die ihn zur Welt gebracht hat, Mord an der eigenen Mutter.«

Ab diesem Moment hassten alle Menschen im Saal den Mann auf der Anklagebank.

Aber der Staatsanwalt war längst noch nicht fertig. »Kevin Hagen betritt die Räume seiner Mutter, und ohne Vorwarnung schlägt er zu, benutzt eine vergoldete Statuette. Eine Auszeichnung, die Dorothea Hagen erst kürzlich erhalten hat. Eine Anerkennung ihrer Leistungen als Unternehmerin, vergeben von einer renommierten Vereinigung. Vielleicht war es Zufall, dass er genau danach gegriffen hat, aber durchaus denkbar, dass er sich dieses Mordwerkzeug ganz gezielt aussuchte. Ein Objekt, das seine Eifersucht geschürt hatte, seinen Jähzorn beflügelte und dann –« Der Staatsanwalt klatschte in die Hände und ließ sein Publikum aufschrecken, hatte die ungeteilte Aufmerksamkeit der Anwesenden. »Er schlägt zu, spaltet der eigenen Mutter fast den Schädel und beobachtet voller Genugtuung, wie sie zu Boden geht. Hass kann jedoch noch viel mehr. Es reicht ihm nicht, sie hilflos zu sehen, er will sie unbedingt töten, stürzt sich auf sie, schlingt seine gewaltigen Hände um ihren Hals und drückt zu. Dorothea Hagen hat keine Chance. Er labt sich daran, sie sterben zu sehen, genießt es, wie ihre Augen aus den Höhlen quellen, sie nach Luft ringt. Kostet die Minuten aus, in denen ihr Widerstand immer mehr nachlässt, ignoriert ihr Flehen, ihr Betteln, und drückt so fest zu, dass sie am Ende qualvoll erstickt.«

Bruno Rubian hatte anschließend versucht, die Sache richtigzustellen. Dorothea Hagen war vermutlich nicht bei Bewusstsein gewesen, als man sie erwürgte, denn es gab keinerlei Abwehrspuren. Die Gerichtsmedizin ging davon aus, dass der Schlag auf den Kopf sie außer Gefecht gesetzt hatte, wie es ein Laie ausdrücken würde. Aber das änderte nichts am Fortgang des Prozesses. Während Rubian sich bemühte, seinen Mandanten als ehemals wilden Teenager, der längst geläutert war, darzustellen, fand der Staatsanwalt genug Zeugen, um das genaue Gegenteil zu beweisen. Und dann hatte sich der Chauffeur André Merker zu Wort gemeldet und dem Angeklagten das Genick gebrochen. Seine Aussage hatte dem Vorgehen eines Henkers geglichen, der den Strick um den Kopf des Delinquenten legte, danach den Hebel bediente, damit sich die Klappe unter den Füßen des zum Tode Verurteilten öffnete, und schließlich in aller Ruhe zusah, wie der Mann am Galgen baumelte und zuckte und entweder erstickte oder eben einen Genickbruch erlitt.

Ab diesem Zeitpunkt hatte Bruno Rubian vor einem unlösbaren Problem gestanden. *Hatte er anfangs auf die Karte »berechtigte Zweifel« gesetzt, musste er sich nun etwas einfallen lassen, denn Zweifel an Kevins Schuld hatte im Gerichtssaal niemand mehr gehabt …*

Hauptkommissar Donner riss Thomas aus seinen Gedanken, indem er sagte: »Sie sollten sich keine Vorwürfe machen. Wie gesagt, Miriam Fuller hat sich nicht der Realität stellen wollen, und als sie es dann tat, da war sie wohl der Meinung, dass es keine Hoffnung mehr für sie gab.«

»Sie kam mir nicht wie jemand vor, der sich umbringen würde«, widersprach Thomas.

Der Beamte verlangsamte seinen Schritt und blickte zum Himmel. »Wenn ich mich jetzt hier umsehe und all das Schöne auf mich wirken lasse, dann scheint es einem völlig unverständlich, dass jemand das freiwillig aufgeben will. Aber so funktioniert Verzweiflung nicht. Wer glaubt, in der Falle zu sitzen, will nur dort raus. Wenn es keinen anderen Ausweg gibt, dann wird der Tod plötzlich eine Option. Verzweifelte Menschen sehen nicht den blauen Himmel und die Sonne oder grüne Wiesen und bunte Blumen. Verzweifelte Menschen sehen leere Bankkonten, Berge von Rechnungen, Krankheiten, Überforderung, Einsamkeit, empfinden Furcht. Sehen Dinge, auf die ihr Umfeld meist nicht so sensibel reagiert.«

»Hört sich schrecklich an«, murmelte Thomas.

Der Hauptkommissar nickte. »Es ist schrecklich.« Er schwieg einen Moment, bevor er fortfuhr: »Man sieht es meist nicht kommen. Die Mutter, die sich und ihre kleinen Kinder vergiftet, weil ihr Ehemann ein prügelnder Trinker ist und das Geld zum Leben fehlt. Der Familienvater, der seinen Job verloren hat und sich so sehr schämt, dass er vom Dach eines Gebäudes springt. Das Mädchen, das es nicht erträgt, von ihrer großen Liebe verlassen zu werden, und eines Morgens mit aufgeschnittenen Pulsadern in der Badewanne liegt …«

»Ich nehme an, das sind keine erfundenen Beispiele«, warf Thomas mitfühlend ein.

Donner bestätigte das. »Leider nicht. Die Polizei wird auch zu solchen Tragödien gerufen, wir sehen viele Tote, zu viele.« Er räusperte sich und fuhr fort: »Ich erzähle Ihnen das ebenfalls nur, damit Sie sich nicht weiterhin schuldig fühlen. Die Entscheidung, sein Leben zu beenden, trifft jeder für sich selbst.«

»Aber Menschen werden auch in den Tod getrieben«,

widersprach Thomas. »Was wurde denn aus dem Säufer, der seiner Familie das Leben unerträglich gemacht hat? Wie ging es weiter mit der Ehefrau, die ihrem Partner das Gefühl gegeben hatte, er müsse sich zu Tode stürzen, bloß weil ihm gekündigt wurde? Oder dem Ex-Freund des jungen Mädchens, der ihr das Herz gebrochen hat?« Thomas war selbst von seinem Zorn überrascht. »Die tragen doch die Schuld!«

»Wirklich?«, antwortete Donner geduldig. »Oder hätte die Frau den Trinker nicht einfach verlassen können, hätte sich der arbeitslose Selbstmörder nicht eine andere Frau suchen können, eine mit mehr Verständnis, und wäre das junge Mädchen nicht besser beraten gewesen, sich dran zu erinnern, dass auch in ihrem Leben ein Ex-Freund existierte, einen, den sie zu dessen Kummer verlassen hatte, und dass Liebe eben manchmal schmerzt?« Er bemerkte Thomas' bitteren Ausdruck und fügte an: »Ich denke, es liegt uns in der Natur, nach einem Schuldigen zu suchen. Aber nur weil wir uns einen wünschen, heißt es noch lange nicht, dass es immer einen gibt.« Dann entschloss er sich, Thomas gegenüber noch einmal offen zu sein. »Miriam Fuller hat ihrer Mutter eine Textnachricht über das Handy geschickt. Dort stand: ›Es tut mir leid, aber ich kann nicht mehr.‹ Miriam war schwanger, schwanger von Kevin Hagen, der im Gefängnis saß und dort ziemlich sicher auch die nächsten Jahre bleiben wird. Außerdem gab es während des Prozessverlaufs Streit zwischen dem Paar. Wenn überhaupt, dann hat sie das in den Selbstmord getrieben, ganz sicher nicht die Tatsache, dass Sie nicht regelmäßig in Ihren Briefkasten sehen.«

»Kevin Hagen ist ein Schwein«, entfuhr es Thomas. »Dieser elende Mistkerl hat Miriam ins Unglück gestürzt«, rief er wütend und erntete dafür den vorwurfsvollen Blick einer Mutter, die ein Schulkind an der Hand führte.

»Von der Schwangerschaft will er nichts gewusst haben.

Der Streit hing vermutlich mit Miriams Auftritt im Gerichtssaal zusammen, gut gemeint, aber wenig hilfreich. Ich nehme an, dass Rubian darauf gedrängt hat, dass sie dem Prozess danach fernbleibt.«

»Das erklärt, warum ich sie nicht mehr gesehen habe«, reagierte Thomas nachdenklich. »Die haben Miriam verarscht. Durch die angebliche Verlobung musste sie nicht aussagen, und wäre Kevin auf freien Fuß gekommen, hätte er sich einfach von ihr getrennt.«

»Na, wenn das der Plan war, ging der deutlich nach hinten los«, warf Donner ein und sah auf die Uhr. »Ich muss zurück ins Büro.«

»Danke, dass Sie sich Zeit genommen haben. Es beruhigt mich, dass Miriam sich nicht nur an mich gewandt hat, aber dennoch wäre es mir wohler, ich hätte zumindest versuchen können, ihr zu helfen.«

»Sie waren ihr vermutlich mehr Freund als irgendwer sonst in Hamburg«, erwiderte Donner aufmunternd. »Lassen Sie es einfach gut sein.«

Thomas nickte, wollte sich schon verabschieden, da fiel ihm noch etwas ein und er fragte: »Sie sagten, sie hätte den Onkel um Hilfe gebeten, was ist mit Sven Hagen, dem Bruder? Hat sie ihn auch gedrängt, Kevins Unschuld zu beweisen?«

»Soviel wir wissen, war das nicht der Fall«, antwortete Donner auf der Hut. »Warum?«

»Ach, nur so«, beeilte sich Thomas, zu antworten. »Nicht wichtig«, fügte er noch lapidar an.

»Das hoffe ich«, gab ihm Donner mit auf den Weg. »Zerbrechen Sie sich nicht den Kopf über den Fall, Sie haben für ein Leben bereits genug gegrübelt.«

Thomas nickte und empfand Donner mehr denn je als einen Menschen, der erschreckend ehrlich sein konnte.

»Grüßen Sie Ihre Tante«, rief ihm der Hauptkommissar noch zu, bevor er davoneilte.

Thomas nickte erneut und murmelte: »Wenn ich sie sehe.«

Daraufhin kam ihm ein Gedanke. Vielleicht wäre es gar kein so schlechter Zeitpunkt, Tante Lieselotte zu kontaktieren. Langsam fragte er sich, ob das nun ein Tipp von Donner gewesen war oder nur eine höfliche Floskel ohne Hintergedanken.

4

Gegen Abend bei der Trauerfeier in der Villa der Hagens

Miriams Mutter fühlte sich mit jeder Stunde, die verging, unglücklicher. Die letzten Tage hatte sie sich mit dem Ausräumen von Miriams kleiner Wohnung beschäftigt, war von Beatrice zu den verschiedenen Ämtern und dem Beerdigungsinstitut geschleppt worden und am Ende so beansprucht gewesen, dass sie gar keine Zeit gehabt hatte, über den Tod ihrer Tochter nachzudenken.

Erst jetzt zwischen all den Menschen, dem gedämpften Stimmengewirr – schließlich war man auf einer Trauerfeier –, dem Geruch von gegrilltem Fleisch und Fisch, der vom dezent in einer Nische aufgestellten Buffet herüberwehte, erst jetzt spürte sie mit voller Wucht den Schmerz. Er war anders als in dem Augenblick, in dem man ihr vom Tod des einzigen Kindes berichtet hatte, er ging nämlich jetzt noch tiefer, bohrte sich in ihre Seele und löschte etwas darin aus.

Ihr Blick war starr, die erlösenden Tränen blieben mittlerweile aus und der Wunsch zu gehen wurde immer stärker.

Keiner der Gäste kannte sie, auch wenn ihr jeder mit angemessenem Gesichtsausdruck die Hand geschüttelt hatte.

Beatrice von Ehrstein-Hagen hatte Miriams Mutter meistens im Auge, auch jetzt, als sie mit Onkel Arno sprach. »Sie war schwanger«, sagte sie nun auch zu ihm und im Gegensatz zu Sven zeigte sich der Onkel überrascht.

»Wirklich?«, entgegnete er dennoch zurückhaltend, schließlich war er geübt darin, nicht die Fassung zu verlieren, wenn er sich in einem Raum mit neugierigen Menschen befand.

Beatrice entdeckte Bruno Rubian, Kevins Anwalt, und gab ihm mit einem herrischen Handzeichen zu verstehen, dass er sich ihnen anschließen sollte.

Kaum stand er vor ihnen, schnauzte Beatrice: »Wussten Sie das von der Schwangerschaft?«

Ihr Ton veranlasste Onkel Arno, beschwichtigend die Hand auf ihren Arm zu legen und zu flüstern: »Wir sollten das nicht hier besprechen.«

Ohne dass es jemandem auffiel, verschwanden die drei in ein Büro, das normalerweise für geschäftliche Besprechungen genutzt wurde. Rubian hielt einen Kognakschwenker in der Hand und roch nach Zigarre, die er eben auf der Terrasse geraucht hatte.

»Wann gedachten Sie denn, uns über Miriams Schwangerschaft zu informieren?«, schnauzte Beatrice den Anwalt an.

Rubian, wie gewohnt aalglatt, schlürfte erst genüsslich an seinem Kognak, bevor er mit schwerer Zunge antwortete: »Gar nicht.«

Arno Hagen räusperte sich vernehmlich, was wohl so viel bedeuten sollte wie: »Übertreiben Sie es nicht, immerhin zahlen wir die Rechnung.«

Der Anwalt riss sich daraufhin zusammen und meinte übertrieben jovial: »Sehen Sie, ich bin der Anwalt von Kevin. Da bin ich an dessen Wünsche gebunden. Wenn er nicht möchte, dass ich der Familie etwas erzähle, dann kann ich das auch nicht tun.«

»Das ist ja wohl kaum seine Privatsache, diese Schwangerschaft hätte immerhin so einiges verändert.«

»Ist das so?«, stellte sich Rubian unwissend.

»Tun Sie nur nicht so scheinheilig«, giftete Beatrice. »Ein Kind wäre erbberechtigt und hätte die Besitzverhältnisse erneut verändert.«

»Nun, da Miriam Fuller tot ist, gibt es ja keinen neuen Erben.« Er erhob sein Glas und sagte schnippisch: »Glückwunsch, damit ist Ihr Mann der einzige künftige Herrscher über das Hagen-Imperium.«

»Für einen Anwalt mangelt es Ihnen gerade am angemessenen Ton«, kam Arno seiner angeheirateten Nichte zu Hilfe.

Rubian grinste, und sein glänzendes, gerötetes Gesicht glich einer dicken Speckschwarte. »Ach, was erwarten Sie denn?«, fuhr der Mann aus der Haut. »Sie haben sich nicht an meine Anweisungen gehalten.« Rubian atmete schwer, sprach wie ein Angetrunkener. »Ich habe einen Prozess verloren.«

»Das wird wohl kaum Ihr erster gewesen sein«, schnappte Beatrice zurück.

»Es war der erste von solch einer Tragweite und dass ich ihn verloren habe, war Ihrer aller Schuld.« Sein Blick wurde hart. »Ich hatte Ihnen alles genau erklärt. Sagte ich nicht: ›Überprüfen Sie Ihre Angestellten!‹? Wissen Sie das noch? Ein einfacher klarer Auftrag: ›Überprüfen Sie Ihre Angestellten und halten Sie die Bande in Schach.‹ Wir saßen genau hier und ich war in meinen Anweisungen unmissverständlich. ›Angestellte kriegen einiges mit‹, hatte ich Ihnen erklärt und: ›Angestellte sehnen sich nach einer gesicherten Zukunft, nach Einnahmen.‹ Trotzdem hatte ich plötzlich Ihren Chauffeur im Zeugenstand, der bereitwillig für den Staatsanwalt aussagt.« Beatrice wollte etwas entgegnen, aber er ließ sie nicht zu Wort kommen. »Und zu allem Unglück springt diese beschränkte Idiotin auf und macht mit ihren unqualifizierten Äußerungen alles noch schlimmer. Was hatte ich außerdem gesagt?«, schnauzte er, nur um sich seine Frage gleich selbst zu beantworten. »Die Familie soll im Gerichtssaal erscheinen und Geschlossenheit demonstrieren, jedoch keinesfalls irgendwelche Kommentare abgeben. Wir hatten über Miriam Fuller geredet, sie zu Kevins Verlobten gemacht, und Sie haben mir garantiert, dass Sie diese Frau unter Kontrolle haben. Fuck!«, rief er wütend.

»Wir haben uns an Ihre Anweisungen gehalten«, erklärte Arno ruhig.

»Das haben Sie nicht«, blieb Rubian hart. »Sie haben Ihren Teil nicht erfüllt und nur deshalb sitzt Kevin jetzt im Gefängnis.«

»Tun Sie doch nicht so, als hätte es nur an der Aussage von André Merker und Miriams kurzen Zwischenrufen gelegen, dass mein Schwager verurteilt wurde«, reagierte Beatrice genervt.

Rubian machte einen Schritt auf sie zu und wirkte durchaus bedrohlich, vor allem, als er den Mund zu einem hinterhältigen Lächeln verzog. »Oh, meine Liebe, spielen Sie nicht die Dumme. Ich hätte Kevin da rausbekommen, vielleicht wäre der Aufenthalt in einer psychiatrischen Einrichtung nötig gewesen, jedoch sicherlich nicht von langer Dauer, und das wissen Sie auch. Aber so.« Er schwenkte sein Glas und prostete ihr erneut zu. »Der Chauffeur sagt aus und wird kurz darauf ermordet. Wie praktisch, dass er quasi schon angekündigt hat, dass er Kevins Einfluss fürchtet und man meinen Mandanten bereits für einen Geldsack mit besten Verbindungen zum organisierten Verbrechen hält, der so mir nichts, dir nichts einen Auftragskiller anheuern kann, und dann …« Er machte ein verächtliches Geräusch mit den Lippen. »Dann springt Miriam Fuller auf und stellt meinen Mandanten als Psychopathen mit Ödipuskomplex hin. Was sonst soll ich sagen außer ›Glückwunsch‹?« Sein Blick klebte auf Beatrice. »Sie haben nun alles.«

»Sven hat alles«, verteidigte sie sich, »und außerdem hätte ich das ja kaum inszenieren können«, gab sie überheblich zurück.

»Nein, aber haben Sie denn versucht, es zu verhindern?«

»Es reicht«, mischte sich Arno Hagen ein. »Wir bedauern alle sehr, dass der Prozess so gelaufen ist. Aber der Familie zu unterstellen, dass wir Ihre Arbeit absichtlich sabotiert hätten, ist eine Unverschämtheit. André Merker hat sich nichts anmerken lassen, wie hätten wir ahnen können, dass er belastende Informationen besaß? Und selbst wenn wir es gewusst hätten …« Arno versteifte sich, wich Rubians zornigem Blick nicht aus. »Wie wäre es uns möglich gewesen, seine Aussage zu verhindern? Offenbar haben Sie zu oft mit Kriminellen zu tun, wir sind jedoch keine. Was Miriam betrifft: Sie gehörte zur Familie und vielleicht würde sie das auch heute noch, wenn man sich ihr gegenüber anders verhalten hätte. War es denn wirklich nötig, sie aus dem Gerichtssaal zu verbannen?«

»Nur zu«, ließ sich Rubian nicht beeindrucken, »schieben Sie mir die Schuld an dem Suizid der jungen Frau in die Schuhe. Aber das ändert nichts daran, dass Kevin nur deshalb in der Justizvollzugsanstalt sitzt, weil es Ihnen nicht gelungen ist, die Aussage des Chauffeurs zu verhindern. Ich werde mich künftig daher immer fragen, warum das so war.«

»Sie unverschämter Scheißkerl«, platzte Beatrice heraus.

»Keine Beleidigungen«, ließ Rubian die Beschimpfung an sich abprallen. »Eine Goldgräberin wie Sie sollte sich besser nicht mit dem Falschen anlegen.«

»Das reicht jetzt«, erhob Arno die Stimme. »Sie gehen besser, und wenn ich es zu entscheiden hätte, dann würde ich Ihnen das Mandat für die Vertretung meines Neffen entziehen.«

»Ist aber nicht Ihre Entscheidung«, entgegnete Rubian und

verbeugte sich knapp, bevor er sich umdrehte und mit unsicherem Gang zur Tür schwankte. Ehe er den Raum verließ, drehte er sich jedoch noch einmal um und meinte kalt: »Ich bereite einen Antrag bezüglich eines Wiederaufnahmeverfahrens vor, da ist das letzte Wort noch nicht gesprochen.«

Hinter ihm war Sven Hagen aufgetaucht und schaute verdutzt in die Runde.

Rubian drängte sich an ihm vorbei, und Sven fragte: »Was war das denn eben?«

»Der Mann ist betrunken und ärgert sich, weil er Kevins Prozess verloren hat«, erklärte Arno, und Beatrice, völlig außer sich, rief: »Am liebsten würde ich den Mistkerl verklagen!«

* * *

Bruno Rubian stellte, nachdem er den großen Salon mit den Gästen erreicht hatte, sein Glas mit Bedacht auf einen der Tische. Sein Gang war völlig unauffällig und als ihn jemand begrüßte, gab er ohne die geringsten Sprachprobleme Antwort.

Bruno Rubian trank so gut wie nie unangemessene Mengen in Gesellschaft. Er konnte einen ganzen Abend an einem Glas Rotwein nippen und den anderen doch den Eindruck vermitteln, er hätte mit ihnen gezecht. Es war nützlich, unter Betrunkenen zu sitzen, denn die gaben gerne Dinge preis, die sie ohne Promille für sich behalten hätten. Gleichzeitig half es gelegentlich, den Betrunkenen zu mimen, wenn man etwas aussprechen wollte, was nicht so ganz der Etikette entsprach. Auf einen Betrunkenen sah man außerdem herab, weil der nicht in der Lage war, die Kontrolle zu behalten. Und wer glaubte, die Oberhand zu haben, neigte ebenfalls dazu, aus dem Nähkästchen zu plaudern. Rubian war jedenfalls mit sich zufrieden. Er hatte nicht vor, den Fall Kevin Hagen so enden zu lassen, das ließ schon sein beruflicher Stolz nicht zu.

Jemand tippte ihm auf die Schulter, er drehte sich um, rechnete eigentlich mit einem Familienmitglied, das ihn erneut hinauskomplimentieren wollte, aber dieses Mal war es Miriam Fullers Mutter.

»Herr Rubian«, sagte sie verlegen und der übergewichtige Anwalt lächelte sie aufmunternd an.

»Was kann ich für Sie tun?«, gab er sich freundlich.

»Ich würde gerne gehen, kann aber niemanden von der Familie finden und ich kenne sonst keinen der Anwesenden.«

»Ich bin gerade dabei aufzubrechen«, entgegnete er galant. »Ich kann Sie zu Ihrem Hotel fahren, das macht mir keine Mühe, liegt direkt auf dem Weg.«

»Dafür wäre ich sehr dankbar, ich muss nur Bescheid geben.«

»Nicht nötig, ich informiere einen der Angestellten, die werden das ausrichten, und ich bin sicher, die Familie hat vollstes Verständnis.«

Rubian geleitete Frau Fuller fürsorglich zu seinem Wagen und sprach dabei mitfühlend über Miriam. »Sie war Kevin so eine Stütze«, sagte er.

»Wirklich?«, seufzte die Frau, als sie auf dem Beifahrersitz Platz nahm. »Sie hat wenig von ihrem Leben in Hamburg erzählt, war am Telefon immer kurz angebunden, vermutlich weil sie befürchtete, ich würde mich zu sehr einmischen.«

Frau Fuller schien plötzlich das Bedürfnis zu verspüren, mit jemandem über Miriam zu reden, und Rubian stellte sich als aufmerksamer Zuhörer heraus, was er auch tatsächlich war, wenn auch aus sehr eigennützigen Motiven.

»Vielleicht sollten Sie Kevin besuchen, das würde ihm

viel bedeuten. Er kann Ihnen erzählen, wie Miriams Leben in Hamburg ausgesehen hat.«

»Ich weiß nicht. In ein Gefängnis gehen, das ist irgendwie furchtbar, und wo er doch diese schlimmen Dinge getan hat.«

Rubian wusste, wie man einen Menschen manipulierte, und meinte freundschaftlich: »Das war nur so eine Idee von mir. Wissen Sie, Miriam war von seiner Unschuld überzeugt.« Er spielte seinen letzten Trumpf aus: »Und sie hat dem Rest der Familie misstraut. Es gab Rivalitäten zwischen ihr und Beatrice von Ehrstein.«

»Die beiden waren doch Freundinnen«, erwiderte die Mutter, und Rubian ahnte, woher Miriams Unvermögen gestammt hatte, eine Situation richtig einzuschätzen.

»Da sagt Kevin etwas anderes. Aber es spielt keine Rolle mehr, er ist sowieso am Boden zerstört, er glaubt sogar, man hätte Miriam absichtlich eingeredet, dass es keine Hoffnung mehr gäbe. Wissen Sie, Kevins und Miriams Kind hätte Anspruch auf das Vermögen der Hagens gehabt, gleichgültig, ob der Vater im Gefängnis sitzt oder nicht.«

Er sah im Augenwinkel, dass das gesäte Misstrauen bereits anfing zu wachsen und zu gedeihen, und setzte noch eines drauf. »Ihre Tochter hätte als alleinerziehende Mutter ein sehr komfortables Leben geführt. Ihre Kurzschlusshandlung ist schwer nachvollziehbar. Womöglich war sie aus irgendeinem Grund überzeugt gewesen, Kevin würde das Kind nicht wollen.« Er seufzte und fügte wie nebenbei an: »Man könnte glauben, ein böser Geist hätte ihr Unsinn ins Ohr geflüstert.«

»Es ist tatsächlich schwer nachzuvollziehen«, hauchte seine Begleiterin.

Mehr sagte Rubian nicht, hielt schließlich vor dem Hotel und meinte voller Mitgefühl: »Ich wünsche Ihnen eine gute Heimfahrt und bin froh, dass wir uns kennengelernt haben.

Miriam wird mir sehr fehlen. Während des Prozesses hatten wir häufig Kontakt gehabt.«

Sie nickte, zögerte einen Augenblick, und Rubian nutzte den Moment, ihr seine Karte zu geben. Völlig unaufdringlich, so als wäre es ihm gerade eingefallen, sagte er: »Falls Sie in Hamburg sind und etwas benötigen, können Sie sich gerne melden, das wäre in Miriams Sinn.«

Kurz darauf fuhr er davon, und Miriams Mutter betrat verwirrt das Hotel. Sie fühlte sich elend und beschmutzt. War etwa all die Großzügigkeit und Freundlichkeit der Familie Hagen nur eine große Lüge gewesen?

Beatrice hatte alles organisiert und in wenigen Tagen waren sämtliche unangenehme Formalitäten samt der Beerdigung erledigt gewesen. War die Frau von Sven Hagen nur so hilfsbereit und bemüht gewesen, um Miriams Mutter einen unnötig in die Länge gezogenen schmerzhaften Aufenthalt in Hamburg zu ersparen, oder hatte man sie einfach nur schnell wieder loswerden wollen, damit sie keine Fragen stellen konnte? Vielleicht hätte Miriam das Recht gehabt, mit ihrem Kind in der schönen Villa zu leben? Vermutlich war ihr das gar nicht klar gewesen. Miriam hatte schließlich nie einen guten Geschäftssinn gehabt.

Am Empfangstresen blieb Frau Fuller stehen.

Die Angestellte strahlte, als würde ihr jeder Hotelgast ein wertvolles Geschenk überreichen. »Was kann ich für Sie tun?«, fragte sie überschwänglich.

»Mein Zimmer, könnte ich das vielleicht noch ein oder zwei Tage behalten?«

Flinke Finger huschten über eine im Tisch versunkene Tastatur, und wenige Sekunden später schenkte man ihr ein zauberhaftes Lächeln. »Aber gerne, ich kann das sofort veranlassen.«

»Gut«, antwortete Miriams Mutter. Zwei zusätzliche Tage

würde sie finanzieren können, daher entgegnete sie: »Bitte tragen Sie mich ein.«

Ein »Sehr, sehr gerne!« folgte, und das Gespräch war beendet.

Bei den Fahrstühlen war Frau Fuller so tief in ihre aufgewühlten Gedanken versunken, dass sie den Mann in der Halle nicht bemerkte. Er tat so, als würde er die Bilder eines ausgestellten Hamburger Künstlers betrachten, aber in Wahrheit verfolgte er jede Bewegung der Frau. Und er war ein geübter Beobachter, hatte deshalb auch mitbekommen, dass Frau Fuller ihren Aufenthalt verlängert hatte.

»Das kommt unerwartet«, murmelte er überrascht, aber erfreut, denn so bekam er die Gelegenheit, noch ein wenig länger in der Vergangenheit zu schwelgen.

* * *

Drei Tage später im Haus von Thomas Brands Mutter Karla und deren Ehemann Werner Münster

Thomas Brand hätte dem jährlichen Gartenfest anlässlich des Geburtstags seines Stiefvaters normalerweise nicht beigewohnt, aber da seine Tante Lieselotte sich unbedingt dort mit ihm treffen wollte und er sie dringend sprechen musste, kam er dieses Jahr nicht umhin, die Einladung anzunehmen.

»Thomas!«, rief seine Mutter glücklich und umarmte ihn sofort überschwänglich, als sie ihn entdeckte. »Wie schön, dass du es einrichten konntest.« Sie strahlte, wirkte weit jünger als sechzig, was sicherlich auch zahllosen Schönheitspflegeprodukten und vermutlich der ein oder anderen Injektion an der richtigen Stelle zu verdanken war.

Reserviert antwortete ihr Sohn: »Ich wollte zu Tante Lieselotte.«

»Ja«, hauchte seine Mutter, »ich weiß, sie ist bereits hier.«

»Dann gehe ich sie suchen«, entgegnete Thomas steif.

Doch bevor er seiner Mutter den Rücken zudrehen konnte, schlug ihm eine kräftige Hand auf die Schulter. »Thomas, das ist wirklich eine schöne Überraschung«, vernahm er die tiefe Stimme seines Stiefvaters.

Nur widerwillig wandte er sich dem Mann zu und erwiderte gepresst: »Herzlichen Glückwunsch.«

Werner Münster tat auch heute so, als würde ihm die offensichtliche Feindseligkeit nicht auffallen, und bedankte sich freundlich.

»Ich habe kein Geschenk«, sagte Thomas provozierend.

»Dass du gekommen bist, reicht doch.« Werner lachte und klopfte seinem Stiefsohn erneut kameradschaftlich auf die Schulter.

Bevor ihm sein Gegenüber eine weitere giftige Bemerkung um die Ohren hauen konnte, verabschiedete sich Werner schnell mit den Worten: »Dann amüsiere dich und probiere unbedingt das Spanferkel.«

Thomas hätte als Antwort gern über gesunde Ernährung philosophiert, aber sein Stiefvater eilte bereits zu einer Gruppe Männer, die aussahen, als wären sie seine Klone: mittelgroß, schwindendes Kopfhaar und sichtbarer Bauchansatz.

»Wer sind die?«, fragte Thomas gereizt. »Seine hässlichen, verschollen geglaubten Brüder?«

Wie gewohnt versuchte Karla die Gemeinheiten ihres Sohnes zu übergehen und antwortete lediglich: »Golffreunde.« Um weitere Kommentare zu unterbinden, stellte sie schnell eine Gegenfrage: »Was macht die Malerei? Erst neulich habe ich eine nette Galeristin kennengelernt. Wenn du willst, vermittle ich dir den Kontakt. Sie schien sehr an neuen Künstlern interessiert.«

»Ich komme klar«, antwortete Thomas desinteressiert. Das Letzte, was er wollte, war ein Gefallen, denn dadurch würde er unweigerlich in Werners Schuld stehen. Werner war sehr vermögend und zu Thomas' großer Verwunderung äußerst beliebt. Natürlich würde die Galeristin Werner zuliebe Thomas' Bilder ausstellen. Noch bevor Karla das Verhalten ihres Sohnes kritisieren konnte, gesellte sich eine weitere Person zu ihnen.

Die Frau war groß, sicher um einen Meter fünfundachtzig. Sie hatte kurze schwarze Haare und eine auffallend große Sonnenbrille auf der Nase. Alles an der Frau wirkte teuer, dennoch unterschied sie sich von den übrigen Gästen. Denn sie trug keine High Heels, sondern flache, glänzende Halbschuhe. Anstatt glitzernder Ohrringe schmückte ein Headset ihr linkes Ohr, und die Uhr am Handgelenk konnte vermutlich alles, außer einen Kaffee zuzubereiten.

Thomas vermutete, dass sie in einer der vielen Taschen ihres Outfits ein Messer trug, ganz abgesehen von irgendeiner Notfallausrüstung, um Wunden zu versorgen.

Das erste Mal, seit er das Grundstück betreten hatte, lachte er. Gerne ließ er es sich gefallen von der toughen Frau in die Arme geschlossen zu werden, und vergaß den Ärger über Werner und seine Mutter.

»Hast du jetzt Zeit?«, fiel er sofort mit der Tür ins Haus, und seine zweiundsechzigjährige Tante rümpfte tadelnd die Nase.

»Kein Interesse an Small Talk?«

»Du bist diejenige mit dem engen Zeitplan«, witzelte er und bot Lieselotte seinen Arm.

Sie war die Schwester seines verstorbenen Vaters und arbeitete seit vielen Jahren für eine renommierte Sicherheitsfirma. Lieselotte erzählte nie Details ihrer Arbeit, aber die *Tectorisk Gruppe* mit Sitz in der Schweiz war allgemein dafür bekannt, nicht nur innerhalb Europas, sondern auch weltweit, vor allem in Krisengebieten, zu operieren. Lieselotte Brand war nach ihrem Ausscheiden aus dem Polizeidienst zunächst als Beraterin bei *Tectorisk* eingestiegen, hatte aber schon bald darauf eine leitende Position innegehabt. Heute gehörte sie zum Führungsstab eines milliardenschweren Konzerns und weilte deshalb nur selten in Hamburg.

Sie hatten sich von den anderen entfernt und gingen nebeneinander her.

»Du könntest deiner Mutter und Werner wenigstens eine Chance geben. Die beiden würden sich freuen, wenn du öfter zu Besuch kommen würdest«, warf sie ihm vor.

Er stöhnte. »Du bist unverbesserlich, lass mich raten. Wir hätten uns genauso gut in deinem Hotel treffen können, aber du musstest wieder die Vermittlerin spielen und mich hierher lotsen?«

Sie verzog das Gesicht und antwortete leichthin: »Reine Gewohnheit.«

»Ich bin aber nicht irgendein Pirat, dem man seine Geiseln abschwatzen kann. Du kennst meine Meinung.«

»Mein Gott, nach all den Jahren!«, stieß sie genervt aus. »Du bist sturer als dein Vater in seinen besten Zeiten.«

»Ich bin lediglich loyal.«

»Ich würde das *kindisch* nennen, aber was weiß ich schon?« Sie grinste.

Während das Gesicht seiner Mutter fast so glatt war wie ein frisch geernteter Pfirsich, erinnerte das von Tante Lieselotte zwar an dieselbe Frucht, allerdings nachdem diese mehrere Tage von der Sonne ausgedörrt worden war.

»Was macht die Sicherheitsbranche?«, fragte er deshalb flapsig und fügte noch an: »Hast eine gute Gesichtsfarbe, wo wird man so braun? Naher Osten, Afrika?«

»Schweizer Berge, ich war einige Tage in den Alpen, Bergluft kann äußerst wohltuend sein.«

»Die Vorstellung von dir mit gezückter Waffe zwischen sandigen Autowracks in der Wüste gefällt mir besser, als der

Gedanke, du könntest deine Zeit auf der Alm verbringen und Kühe beim Grasen beobachten.«

Sie lachte. »Du hast wirklich eine blühende Fantasie, ich sitze hinter einem großen Schreibtisch und berate die Menschen, spreche Empfehlungen aus.«

»Deshalb bin ich hier, ich brauche deinen Rat.«

Sie wurde ernst, blieb stehen und blickte ihn direkt an. »Steckst du in Schwierigkeiten?«

»Nein.« Er hob sofort abwehrend die Hände. »Nein, ich will nur einer Freundin helfen.« Er stockte und fügte dann mit belegter Stimme an: »Einer toten Freundin.«

Während Thomas seiner Tante alles über Miriam Fuller und die Gerichtsverhandlung von Kevin Hagen erzählte, stand seine Mutter auf der anderen Seite des Grundstücks und beobachtete die beiden.

Ihr Mann Werner trat auf sie zu. »Schön, dass er gekommen ist.«

»Er wollte mit Lieselotte sprechen, das ist alles. Hätte sie ihm nicht gesagt, dass er sich hier mit ihr treffen soll, wäre er garantiert nicht aufgetaucht.«

Werner legte fürsorglich seinen Arm um Karla. »Es ist ein Anfang«, sagte er zuversichtlich.

»Ein Anfang«, schnauzte sie jedoch genervt und schüttelte seine Hand ab. »Ein Anfang nach zwanzig Jahren, das ist ein Witz. Er wird mir nie verzeihen.«

»Es gibt nichts zu verzeihen«, reagierte ihr Mann dieses Mal gereizt. Schließlich war es nicht das erste Mal, dass die Distanziertheit zwischen Karla und ihrem Sohn thematisiert wurde.

»Du hast dir nichts zuschulden kommen lassen«, setzte er nach.

»Sein Vater hat mir damals vorgeworfen, fremdzugehen. Und Thomas hat unsere Streitereien gehört. Er nimmt immer noch an, dass ich seinen Vater betrogen habe, und zwar mit dir.«

»Ich weiß«, reagierte Werner müde, »und egal wie oft man ihm versichert, dass wir erst nach dem Tod seines Vaters ein Paar wurden, er glaubt es nicht. Und was jetzt? Hängen wir uns deshalb auf?«

»Werner«, rief Karla schockiert und einige der Gäste drehten sich nach ihr um.

Sie löste die ungewollte Aufmerksamkeit auf, indem sie lachte und so tat, als hätte ihr Mann lediglich einen anzüglichen Witz zum Besten gegeben.

»Ist doch wahr«, sagte der leise. »Wir warten seit zwanzig Jahren darauf, dass uns der verwöhnte Bursche seine Gunst schenkt. Ich feiere heute meinen sechsundsechzigsten Geburtstag. Mir ist es mittlerweile scheißegal, was Thomas davon hält, dass ich seine Mutter geheiratet habe.«

»Du verstehst das eben nicht, er ist doch mein Sohn«, entgegnete Karla verletzt.

»Dann soll er sich gefälligst auch so benehmen und seine Mutter nicht ständig unglücklich machen.« Er stieß geräuschvoll die Luft aus. »Ich will heute jedenfalls feiern und nicht die alten traurigen Geschichten hochkochen. Man muss die Toten auch ruhen lassen können.«

Werner stapfte davon und Karla Brand-Münster wusste, dass sie ihm keinen Vorwurf machen konnte, nein, die Schuld an allem, die lag bei ihr. Erneut wanderte ihr Blick über den Rasen. Thomas und Lieselotte waren verschwunden.

* * *

Lieselotte und Thomas hatten sich in die Bibliothek zurückgezogen. Ein kleiner Raum voller Bücherregale, den sich Karla eingerichtet hatte. Werner Münster hatte keine besondere Vorliebe für Literatur. Wenn überhaupt, dann las er Wirtschaftsberichte in der Zeitung.

Als Thomas nun fragte: »Wie würdest du vorgehen, wenn du mehr über jemanden oder die Gründe für seinen Selbstmord erfahren wolltest?«, antwortete Tante Lieselotte wie aus der Pistole geschossen: »Ich würde zur Polizei gehen und die ihre Arbeit machen lassen. Alles andere ist Blödsinn.«

»Du hast damals doch auch auf eigene Faust ermittelt«, erinnerte sie Thomas.

»Ich war eine ausgebildete Polizistin, und dennoch habe ich mich einer großen Gefahr ausgesetzt.«

»Hier gibt es keine Gefahr.«

»Du willst im Leben anderer Leute herumstochern, das bringt immer Gefahr mit sich. Verrate mir wenigstens, wozu das gut sein soll.« Sie verschränkte die Arme vor der Brust und wirkte wie ein Feldwebel.

»Deine Mitarbeiter fürchten dich bestimmt. Sicher haben sie einen fiesen Spitznamen, den sie nur flüsternd hinter deinem Rücken aussprechen«, witzelte er, um die Stimmung nicht zu verderben.

Lieselotte lehnte sich ein Stück zurück und blickte ihn mit einem Grinsen an. »Stimmt, sie haben einen Spitznamen für mich, und egal wie leise sie ihn flüstern, ich weiß immer genau, wann und wo ihn einer benutzt, und ich weiß auch, wann mein einziger Neffe Dummheiten begeht.«

»Hör zu, ich will nur ein bisschen besser verstehen, was in Miriam vorgegangen ist. Das würde mir helfen, mit ihrem Tod klarzukommen. Deshalb muss ich vielleicht mit ein paar Leuten sprechen, die sie gekannt haben, und von dir möchte ich nur wissen, wie ich das anstellen kann. Du warst bei der Polizei. Wie würdest du in so einem Fall vorgehen?«

»Und Hauptkommissar Donner hat dich wirklich zu mir geschickt?« Sie sah Thomas forschend an.

»Er hat dir Grüße ausrichten lassen und ich habe es als Tipp gedeutet.«

»Was es ganz bestimmt nicht war«, gab sie knapp und mit heruntergezogenen Mundwinkeln zurück.

»Wenn du mir nichts raten willst, dann mache ich es eben nach Gefühl, aber ich werde ganz bestimmt etwas unternehmen.«

»Stur«, schnauzte sie. »Stur wie dein Vater. Martin war schon als Kind so. Als seine kleine Schwester hatte ich nicht viel zu lachen, wenn ich nicht nach seiner Pfeife getanzt habe. Scheint so, als hätte er das an dich vererbt.«

Thomas glaubte schon, sie würde das Gespräch an dieser Stelle beenden, aber stattdessen ließ sie sich müde auf einen der breiten Sessel fallen und schloss leicht die Augen, um sich besser konzentrieren zu können.

Thomas nahm ebenfalls Platz und wartete angespannt auf eine Antwort.

»Nun«, sagte Tante Lieselotte schließlich, »ich würde mehrere Ansätze verfolgen. Wenn du etwas über einen Menschen erfahren willst, dann sprich auf jeden Fall mit der Familie, also den Personen, mit denen jemand aufgewachsen ist. Finde heraus, wie Miriam als Kind war. Menschen werden früh geprägt und auch früh versaut«, fügte sie noch hart an. »Selbst wenn dir zum Beispiel die Mutter ein viel zu positives und unrealistisches Bild von ihrem Kind zeichnet, liefert sie dir dennoch erste Fakten: Lieblingsfarbe, Lieblingsessen, Schulnoten, Lerneifer, Träume, Hobbys. Als Nächstes kommen dann Freunde, der Partner, gute Bekannte. Für den Partner wird sie die tollste Frau auf der Welt gewesen sein, für Freunde zumindest ein wertvoller Mensch, sonst hätte man sich nicht zusammengetan. Weiter geht es mit Feinden, beruflichen Rivalen, Ex-Freunden et cetera. Die werden kein gutes Haar an ihr lassen. Außerdem würde ich unbedingt mit Fremden sprechen oder besser gesagt flüchtigen Bekanntschaften. An die kommt man meist leicht ran. Zum Beispiel Nachbarn, die Verkäuferin aus der Bäckerei, die ihr jeden Tag Rundstücke über den Tresen gereicht hat, der Zeitungsausträger. Die werden dir sogar ein sehr realistisches Bild liefern können. Denn wenn deine Miriam zu denen freundlich war und das ganz ohne Zwang, war sie vermutlich ein liebenswerter Mensch. Hat sie diese Menschen abweisend und von oben herab behandelt, dann vielleicht, weil sie ein arrogantes Wesen hatte. Jedenfalls wirst du dir, wenn du mit einigen Menschen gesprochen hast, ein besseres Bild von ihr machen können. Da du keine Polizeimarke besitzt, solltest du dir jedoch einen guten Grund für die Fragen einfallen lassen.«

»Und hättest du da auch schon eine Idee?«, fragte Thomas hoffnungsvoll.

»Mach das nach Gefühl. Manchmal ist die Wahrheit der beste Weg, um ans Ziel zu kommen, manchmal hilft flunkern. Der Mutter würde ich einfach mein Beileid aussprechen und erzählen, dass du Miriam erst vor Kurzem kennengelernt, sie gleich sehr geschätzt hast und jetzt bereust, dass du sie nicht besser kennenlernen konntest. Bei dem Zeitungsausträger wäre es vielleicht hilfreich, eine Geschichte zu erfinden. Du bist ein Cousin, willst wissen, ob ihm etwas aufgefallen sei. Zur Vorsicht rate ich dir mit der Behauptung, du würdest zum Staatsapparat gehören. Die Menschen sind auf der Hut, weil oft vor Betrügern gewarnt wird, die sich als Polizisten ausgeben. Und erzähle ihren Freunden nicht, dass du mit ihr in engem Kontakt gestanden hättest, die wissen sofort, dass das eine Lüge ist. Gib dich nicht zu clever, die Welt verabscheut Klugscheißer, und bevor du anfängst, solltest du dich erneut fragen, was du damit überhaupt erreichen willst.«

»Ich bin mir nicht sicher«, ging Thomas darauf ein. »Es kommt mir einfach so unwirklich vor, dass jemand, der so voller Leben schien, sich umbringt, noch dazu, wo sie doch schwanger war.«

»Na, da hast du es doch. Mann im Knast, Kind im Bauch, das lässt einen die eigenen Grenzen spüren.«

»Das sagen die von der Polizei auch, aber ich habe sie

kennengelernt, Verena –« Er korrigierte sich schnell: »Ich meine, *Miriam* war nicht so.«

Die beiden blickten sich an. Lieselotte sprach als Erste. »Ah, daher weht der Wind, *Verena*«, kommentierte sie seinen Versprecher.

»Das ist mir nur so rausgerutscht.«

»Sei ehrlich zu mir, hier geht es um Verena. Du meinst, du könntest irgendetwas ändern, wenn du jetzt einem Hirngespinst nachrennst. Diese Miriam hat sich umgebracht, und so wie du die Geschichte erzählst, schien sie ihre Gründe dafür gehabt zu haben. Verena ist seit zwanzig Jahren tot, und daran kann niemand mehr etwas ändern. Mach endlich deinen Frieden, schließ damit ab und beende diese lächerliche Bestrafung deiner Mutter und Werners.«

»Ich bestrafe die beiden nicht«, gab Thomas trotzig zurück.

»Natürlich tust du das. Du behandelst sie wie Luft, tauchst nur bei seinem Geburtstag auf, um mich zu sehen, ansonsten ignorierst du die beiden, dabei ist das der Rest deiner Familie. Weißt du, wie unglücklich deine Mutter deshalb ist?«

»Mein Vater war auch unglücklich«, konterte ihr Neffe.

»Ja, mag sein, aber er ist ebenfalls seit zwanzig Jahren tot. Lass es endlich gut sein.« Ihre Stimme wurde weicher. »Auch um deinetwillen. Du musst dir ein Leben aufbauen. Such dir endlich eine Frau.«

Er verzog das Gesicht, und sie scherzte: »Oder einen Mann oder sonst ein Geschöpf, das mit dir alt werden möchte. Soll ich dich wem vorstellen?«, fragte sie voller Tatendrang. »Ich kenne eine Menge Leute«, fügte sie mit einem Schmunzeln an.

»Besser, ich kümmere mich selbst darum, aber zunächst befolge ich deine Ratschläge und spreche mit ein paar Menschen aus Miriams Umfeld. Wenn ich nur wüsste, wie ich an die Hagens herankommen kann.«

»Tja«, antwortete Lieselotte überheblich. »Ich denke, so schwer ist das gar nicht, aber dazu müsstest du über deinen eigenen Schatten springen, und ob dir das gelingt?« Sie sah ihn herausfordernd an.

»Nun sag schon«, drängelte er.

Schließlich gab Lieselotte nach. »Soviel ich weiß, ist deine Mutter regelmäßig auf irgendwelchen Wohltätigkeitsveranstaltungen zu Gast. Sie sollte Arno Hagen kennen. Ich könnte mir vorstellen, dass das ein guter Anfang wäre.«

Er wollte etwas erwidern doch, sie kam ihm zuvor: »Ein guter Anfang, um die Beziehung mit deiner Mutter zu kitten. Aber auch, um mit deinen Recherchen zu beginnen.«

5

Zwei Wochen später

Der Mann lag auf dem Rücken, seine Augen standen offen, glotzten zur Decke. Olaf Kaas war kein schöner Mensch, nicht einmal ansehnlich. Und er stank. Vermutlich hatte er sich tagelang nicht gewaschen. Wenn man die schwarzen Streifen an seinem Hals betrachtete, dann musste man sogar annehmen, dass seine letzte Dusche Wochen zurücklag. Aus jeder seiner Poren kroch ein penetranter Geruch – eine Mischung aus Schweiß, Tabak, Alkohol, Urin und Bratenfett. Vermutlich hatte er sich heute in der Nähe irgendeiner Frittenbude aufgehalten.

In seinem Unterschlupf roch es nicht besser. Die kleine Wohnung maß vielleicht dreißig Quadratmeter, natürlich war das nicht viel, aber man hätte doch zumindest erwarten können, dass so ein kleines Fleckchen Privatsphäre ohne Probleme sauber zu halten wäre.

Ein angewiderter Gesichtsausdruck spiegelte wider, was die Person empfand, die Olaf Kaas gerade entkleidete. Vorsichtig wurde seine Brust entblößt. Es sollte nicht nach Eile und Ungeduld aussehen, deshalb machte man sich sogar die Mühe, die übrig gebliebenen Knöpfe an dem vergammelten Hemd zu öffnen und nicht einfach den Stoff auseinanderzureißen.

»Du ekelhaftes, stinkendes Schwein«, entfuhr es der Gestalt in dem Maleranzug.

Nichts war heute Nacht dem Zufall überlassen worden, dieser Mord war sorgsam geplant. Das passende Opfer zu finden, war nicht allzu kompliziert gewesen – ein großzügiges Geschenk für einen Bettelnden, ein paar aufmunternde Worte, und schon hatte Olaf Kaas alles ausgeplaudert. Wo er wohnte, wie seine persönliche Situation war und warum. Nützliche Details, die geholfen hatten, die Auswahl zu treffen. Ja, er war nicht der Einzige gewesen, der unerwartet von einem wildfremden Menschen Aufmerksamkeit und eine kleine finanzielle Zuwendung erhalten hatte, aber er war der Einzige gewesen, der dem Anforderungsprofil entsprach. Ein Ausgestoßener der Gesellschaft, dazu noch einer, der keine Freunde fand, weil er sich im Suff regelmäßig mit allen zerstritt.

Idealerweise hatte Olaf Kaas auch eine feste Bleibe, was die Tat wesentlich einfacher gestaltete; erstens war ein Ritual im Freien viel komplizierter, weil man ständig mit irgendwelchen Neugierigen rechnen musste, und zweitens konnte man der Natur nicht trauen. Am Ende würden Tiere oder der Regen Spuren verwischen und das war keinesfalls gewollt. Nein, alle sollten es sehen, aber natürlich erst, wenn es so weit war.

In einer der Nachbarwohnungen dröhnte der Fernseher, und zwei oder drei Stockwerke weiter oben bellten Hunde. Kaas hauste hier nicht gerade in einem feinen Wohnviertel, aber auch das war hilfreich. Die Menschen, die hier wohnten, interessierten sich nicht für ihre Nachbarn, hatten keine Furcht vor Eindringlingen, mussten nicht um ihr Hab und Gut bangen, denn sie hatten nichts, was man bei ihnen hätte holen können. Nicht einmal ihr erbärmliches Leben wollte ihnen normalerweise jemand nehmen. Wie ein unsichtbarer Geist konnte man sich durch das düstere Treppenhaus bewegen und kommen und gehen, ohne jemandem aufzufallen. Natürlich war es auch kein Problem, durch die ohnehin defekte Haustür zu schlüpfen.

Olaf war in die Falle gegangen, hatte alles herausgeplappert, was nötig gewesen war, um ihn zu einer geeigneten Zeit aufspüren und töten zu können.

Plötzlich drehten sich die glotzenden Augen in den Höhlen. Ja, das war zu erwarten gewesen. Er lebte also noch. Ein abfälliges Zungenschnalzen sollte den Unmut darüber ausdrücken, dass es immer die waren, denen man nichts zutraute, die sich am Ende zäh und unerbittlich zeigten und das Unvermeidliche hinauszögerten.

Als Olaf den Blick auf das Gesicht richtete, das sich über ihn gebeugt hatte, erinnerte er sich sofort wieder, warum er rücklings auf dem Boden lag. »Bitte«, flehte er und schien so nüchtern wie seit vielen Jahren nicht mehr.

»Kein Bitten notwendig«, antwortete man ihm mit ruhiger Stimme. »Dein Tod ist beschlossen, er ist notwendig, wichtig für mich.« Es folgte ein müdes, fast schon aufmunterndes Lächeln. »Ist es nicht beruhigend zu wissen, dass du mir mit dem Sterben einen großen Dienst erweist? Einen Gefallen, den ich wirklich sehr schätze.« Olaf stammelte etwas Unverständliches, vermutlich flehte er erneut um Gnade, aber ihm wurde kein Gehör geschenkt. Das Messer schnellte nach unten, durchstach Olafs Brust und drang tief ins Fleisch ein.

Die Blutspritzer perlten auf dem Schutzanzug ab. Die

Person, die gerade eben den tödlichen Stich geführt hatte, wirkte darin wie ein Labormitarbeiter in einer Forschungseinrichtung. Die Schutzbrille, die fest um das Gesicht geschnürte Kapuze und natürlich entsprechende Gummistiefel sorgten dafür, dass später nirgendwo an der Kleidung darunter verräterische Spuren haften bleiben würden. Sobald das hier vorbei war, sollte die Schutzkleidung auf dem Grund der Elbe verschwinden. Aber erst musste die Arbeit verrichtet werden.

Olaf atmete nicht mehr; die glotzenden Augen waren jetzt verdreht und trübe, der eigentliche Mord war erledigt. Damit begann der zweite, viel wichtigere Akt des Verbrechens.

Es war nicht einfach, einen Brustkorb zu öffnen. Man sollte Übung darin haben oder ausreichend Zeit, und natürlich auch das geeignete Werkzeug – im Prinzip fehlte es an allem, und doch musste es getan werden.

Immer mehr Blut besudelte den weißen Overall, kroch über den Boden wie ein sich ausbreitendes Pilzgeflecht und übertünchte irgendwann durch seine metallene Note den unerträglichen Geruch der menschlichen Ausdünstungen, der wie eine fettige Schicht an den alten Tapeten und vergilbten Gardinen zu kleben schien.

Das Schlachten beanspruchte einen Schlächter auf unterschiedliche Weise. Da war zunächst das Töten selbst, auf das jedoch noch das anschließende Zerlegen des Viehs folgte. Das Töten hatte sich im Fall von Olaf Kaas als der einfachere Part herausgestellt – der erste Schlag mit dem Hammerkopf hatte bereits gesessen, kaum dass das Opfer die Wohnungstür geöffnet hatte. Der dann doch noch benötigte Stich in die Brust hatte keine Mühe bereitet und es war schneller vorbei gewesen als erwartet.

Aber das *Ritual*, das Öffnen des Körpers, das Brechen der Rippen, das Vorbeimanövrieren mit dem Messer an Adern und Muskeln, so als müsste man eine Bombe entschärfen und dürfte nicht den falschen Draht berühren … Hier zeigte sich schnell der Mangel an chirurgischer Erfahrung; die Leiche wirkte nach dem Eingriff eher wie ein zerfetzter Körper nach einer Explosion. Die dilettantischen Schnitte hatten zwar irgendwann zu einem Ergebnis geführt, aber niemals hätte man dahinter anatomisches Fachwissen vermuten können. Dennoch war es gelungen, und als sich das Augenpaar hinter der Schutzbrille nun auf den Fleischklumpen richtete, der einst Olafs Herz gewesen war, da lag so etwas wie Triumph in dem Blick.

»Na also!«, flüsterte die Gestalt in dem blutverschmierten Overall.

Kurz darauf wurde nach einem geeigneten Platz gesucht, um das entnommene Organ abzulegen. Genervt wurde dafür mit einer Hand der Müll vom Tisch gefegt. Es spielte keine Rolle, dass dabei ein überfüllter Aschenbecher, leere Bierdosen und eine angebrochene Dose Nudeln mit Fleischsoße auf dem Boden landeten.

Schließlich lag das Herz auf der verschmierten Wachsdecke. Bei seinem Anblick stellte sich sogar ein gewisses Bedauern ein. Resigniert betrachtete Olafs letzter Gast die Wohnung, die im Müll erstickte. »Dir muss schon vor langer Zeit das Herz gebrochen worden sein«, folgten Worte in Richtung des Leichnams, dann wurde ausgeholt.

Der Hammer knallte auf die Tischplatte. Der metallene Kopf des Werkzeugs zerquetschte das Herz von Olaf Kaas. Das dabei entstehende Geräusch war kaum zu hören, denn die Hunde im Obergeschoss hatten wieder zu bellen begonnen. Sollte überhaupt irgendwer von dem Notiz nehmen, was eben gerade in dieser armseligen Bude passierte, dann würde derjenige alles auf einen etwas zu lauten Fernseher schieben. Niemand käme auf die Idee, dass gerade ein menschliches Herz mit einem Hammer bearbeitet wurde.

Allerdings war das der wichtigste Teil des Rituals, und der wurde gründlich ausgeführt.

Zwei, drei weitere Handgriffe waren anschließend noch notwendig, und die Botschaft sollte verstanden werden. Es folgte ein letzter Blick in Richtung des zerschmetterten Herzens auf der Tischplatte – ja, es war richtig gewesen, das zu tun, manchmal gab es eben kein Zurück mehr.

* * *

Etwas später

Thomas Brand saß wieder einmal über seinen Skizzen, als es klingelte. Da er normalerweise selten Besuch bekam, schon gar nicht zu nachtschlafender Zeit, rechnete er eigentlich damit, dass sich jemand vertan hatte. Wie gewöhnlich ging er dennoch zur Gegensprechanlage. Wenn es wieder jemand für die Wohngemeinschaft am Ende des Flurs wäre, dann würde er die Studenten wohl bitten müssen, ein besseres Schild an der Klingel anzubringen.

»Ja?«, fragte er deshalb genervt und wurde von einem »Ich bin's, deine Mutter!« überrascht.

Er zögerte und sie fragte: »Störe ich gerade? Dann komme ich ein anderes Mal.«

Plötzlich kam er sich schäbig vor, und er dachte an Tante Lieselottes Worte.

»Nein, ich mache auf, dritter Stock.«

Eine winzige Sekunde empfand er Freude über ihren Besuch, dann erinnerte er sich daran, dass es Gründe für ihre Entfremdung gab.

»Hallo«, sagte seine Mutter, bemüht, nicht verkrampft zu

wirken. Sie betrat seine Wohnung, das erste Mal, seit er hier eingezogen war.

»Schön hast du es«, fügte sie freundlich an und er wusste, dass sie vor allem höflich war.

Er kannte ihr Haus, ihren Geschmack und wusste, dass minimalistische Kühle nicht ihrem Einrichtungsstil entsprach. Aber sie kritisierte ihn nicht, sondern lächelte ihn an.

»Ich kann uns noch mal Plätze für eine Gala besorgen, die von Arno Hagen ausgerichtet wird. Dieses Mal rechnet man auch mit dem Erscheinen von Sven Hagen, falls du interessiert bist. Ich muss da kurzfristig Bescheid geben. Ich hätte angerufen, aber da ich gerade von einem Essen mit einer Freundin komme, da dachte ich, ich …« Sie unterbrach sich selbst. »Ich wollte dich sehen und brauchte eine Ausrede.«

»Es gibt also keine Gala?«, fragte er sofort enttäuscht.

»Doch natürlich, ich sagte Ausrede, nicht Lüge.«

Thomas hätte sie gern herzlicher behandelt, aber es fiel ihm schwer, den alten Zorn zu vergessen. Dennoch sagte er: »Willst du vielleicht etwas trinken, einen Kaffee, ein Bier?« Er wusste, dass seine Mutter einen leichten Weißwein bevorzugt hätte, aber damit konnte er nicht dienen.

»Ein Bier wäre schön«, sagte sie dennoch.

Ihm verschaffte der Gang in die Küche eine Verschnaufpause. Mit sicherem Abstand rief er: »Ich wäre dir dankbar, wenn du mich da reinbringen könntest.«

Er hatte ihr von Miriam erzählt. Karla hatte ihn sofort verstanden und eingewilligt, ihn den Hagens vorzustellen. Ihm wäre es lieber gewesen, er hätte ihr dafür nicht seine Gefühle verraten müssen, aber das war eben der Preis, den er zahlen musste, um mehr über Miriam zu erfahren. Als er mit dem Bier zurückkam, stand sie an der großzügigen Tischplatte, die er auf zwei Malerblöcke gehievt hatte und als Schreibtisch nutzte. Sie betrachtete seine Skizzen.

Gerade hielt sie ein Porträt von Arno Hagen in den Händen.

»Fantastisch, wie du das machst«, sagte sie ehrlich bewundernd. »Du warst schon als Kind in der Lage, die kompliziertesten Dinge aus dem Gedächtnis zu zeichnen. Wir hätten dich auf eine entsprechende Schule schicken sollen, aber dein Vater …« Schnell biss sie sich auf die Lippen, sie wollte keinesfalls streiten.

»Ich habe meinen Weg auch so gefunden«, tat er ihre Bemerkung ab, auch weil es ihm ganz unbewusst ein Bedürfnis war, seinen Vater als fehlerfrei in Erinnerung zu behalten.

»Natürlich«, lenkte sie daher sofort ein und wechselte das Thema, indem sie sagte: »Du hast Arno gut getroffen.«

»Danke«, erwiderte Thomas und erinnerte sich an die Veranstaltung vor ungefähr zehn Tagen, kurz nach Werners Geburtstagsfeier. Seine Mutter hatte ihn mitgenommen und er hatte sich dem Onkel von Kevin und Sven Hagen vorgestellt. Es war ein freundliches Gespräch gewesen, wenn auch ein anstrengendes, weil Arno ständig jemandem die Hand hatte schütteln müssen. Dennoch hatte er sich die Zeit genommen, um Thomas anzuhören. Er hatte Tante Lieselottes Rat beherzigt und war ziemlich nahe bei der Wahrheit geblieben. »Ich habe Miriam kurz vor ihrem Tod kennengelernt und bin noch immer schockiert. Jetzt bilde ich mir ein, wenn ich ein wenig von ihr erfahre, wer sie war und wie sie war, würde es mir leichter fallen, mich zu verabschieden.« Er war sogar sehr ehrlich gewesen, als er erklärt hatte: »Irgendwie erinnerte sie mich an meine verstorbene Schwester, vielleicht tue ich mich deshalb so schwer mit ihrem Selbstmord.«

»Woher kannten Sie sich denn?«, hatte Arno zunächst reserviert reagiert, befürchtete vermutlich, dass sich ein Journalist eingeschlichen hätte.

»Wir sind uns im *Klub Tabaris* begegnet, als sie mit

Kevin dort war.« Eine winzige Notlüge. »Mein Stiefvater ist Werner Münster«, hatte er noch angefügt und daraufhin seine Mutter zu sich gewunken.

Arno wirkte erleichtert. »Karla Brand-Münster ist Ihre Mutter. Was für eine schöne Überraschung.«

Karla trat zu ihnen und strahlte. »Sie haben meinen Sohn schon kennengelernt«, sagte sie charmant und Arno nickte.

Jetzt, da der Onkel annahm, dass Thomas zu Kevins Clique gehört hatte, und nicht mehr befürchten musste, dass man ihm Geheimnisse für die Medien entlocken wollte, sprach der Mann ganz offen. »Mir geht es ähnlich, ich kann es einfach nicht verstehen. Miriam war so lebenslustig und sie hing an Kevin. Aber ihr fiel es auch schwer, den Tatsachen ins Auge zu sehen. Ich glaube, als der Schuldspruch kam, ist sie daran zerbrochen.«

»Sie hat mich um Hilfe gebeten«, widersprach Thomas. »Sie wollte die Unschuld von Kevin beweisen, aber ich hatte keine Gelegenheit mehr, ihr beizustehen. Jetzt überlege ich, ob ich noch irgendetwas tun könnte. Vielleicht sollte ich mit Kevin sprechen oder dessen Anwalt. Außerdem rede ich mir ein, dass sie noch nicht aufgegeben hatte. Wer sich umbringen will, bittet doch schließlich nicht um Hilfe.«

Wie aus dem Nichts tauchte plötzlich Beatrice von Ehrstein-Hagen auf und mischte sich in das Gespräch ein. »Eigentlich denke ich, es war eher ein Zeichen ihrer Verzweiflung, dass sie jeden um Hilfe gebeten hat.« Sie reichte ihm charmant die Hand und stellte sich vor. Thomas war augenblicklich von ihr fasziniert gewesen, hätte sich gern mit ihr allein unterhalten, etwas geflirtet, vielleicht auch mehr. Aber erstens wäre das äußerst unpassend gewesen und zweitens war er eher den Frauen verfallen, die einen weißen Ritter benötigten. Herzlose Schönheiten wie Beatrice fesselten ihn nur flüchtig und sorgten zum Glück nicht dafür, dass er seinen Verstand ihretwegen verlor.

Dennoch hatte er auch sie gezeichnet und auch diese Skizze betrachtete seine Mutter nun mit Bewunderung.

»Du hast ihren harten Kern getroffen«, sagte sie scherzend.

»Was weißt du über Beatrice?«

Karla nahm ihm das Bierglas ab und trank einen Schluck. Es schmeckte ihr nicht, aber um ein paar gemeinsame Minuten mit Thomas zu verbringen, hätte sie auch Salzsäure getrunken.

»Nicht viel, du weißt ja, wie das ist.«

Er nickte und sie erklärte dennoch: »Man tut immer so, als wäre man befreundet, aber im Prinzip tauscht man lediglich Oberflächlichkeiten aus. Fakten kenne ich also keine, aber wenn dir der Klatsch hilft …«

»Ich denke, den kenne ich schon. Beatrices Vater ging pleite und sie hat sich schnell einen reichen Erben unter den Nagel gerissen. Sven Hagen ist ihr treu ergeben und frisst ihr aus der Hand.«

»So weit, so gut«, reagierte seine Mutter amüsiert, »aber das ist nicht die ganze Wahrheit.«

Thomas sah sie mit großen Augen an, fuhr dann fort, als wäre es ein Wettbewerb, und zählte weiteren Klatsch auf: »Sie ist hochnäsig, unfreundlich zum Personal, gibt enorme Summen für Kosmetik, Kleider und Schmuck aus und trinkt gelegentlich mehr Chardonnay, als die Gesundheitsbehörden empfehlen.«

»Gar nicht schlecht«, bestätigte seine Mutter und forderte ihn mit einem weiteren »Und?« heraus.

Er wusste nichts mehr und gab sich geschlagen. »Welches Geheimnis habe ich übersehen?«

Karla lachte und senkte verschwörerisch die Stimme, bevor sie sagte: »Beatrice hatte es ursprünglich auf Kevin Hagen abgesehen, aber aus irgendeinem Grund hat der sie abblitzen lassen.«

»Sicher?«, rief Thomas überrascht.

»Ziemlich«, gab sich Karla gelassen. »Meine Quelle ist sehr zuverlässig. Ich und Dorothea Hagen hatten uns die gleiche Physiotherapeutin geteilt.«

»Du kanntest das Mordopfer?«

»Nur vom Sehen. Aber ich kenne Martha, ihre damalige Physiotherapeutin. Vor ungefähr zwei Jahren kam Martha von einem Termin aus der Hagen Villa zu mir. Dorothea war offenbar kein besonders netter Mensch, jedenfalls hat Martha sich entsprechend abfällig geäußert. Angeblich hätte eine der Massagen Dorothea eine furchtbare Migräne verursacht und Martha wurde daraufhin kurzerhand rausgeworfen. Du kannst dir vorstellen, dass die Gute ordentlich in Rage war. Ich habe mich ihrer angenommen, und da ist es ihr wohl rausgerutscht. Hinterher war es ihr sehr unangenehm, schließlich hatte sie Angst, ihr Ruf könnte darunter leiden, dass sie solche Dinge weitererzählt. Ich habe ihr versprochen, Stillschweigen zu bewahren.«

»Du hast dein Versprechen eben gebrochen«, warf ihr Thomas amüsiert vor.

»Du bist mein Sohn, das ist etwas anderes, außerdem liegt das alles lange zurück und du musst ja deine Quelle nicht verraten. Davon abgesehen könnte man da auch alleine drauf kommen. Beatrice stammt aus einer sehr einflussreichen Familie. Ist doch logisch, dass sie sich als Erstes nach jemandem umsieht, der nicht nur Geld, sondern auch Macht besitzt. Da Kevin die Unternehmensleitung übernommen hätte, wäre er für sie ein weitaus interessanterer Kandidat gewesen. An Kevins Seite wäre ihr viel mehr möglich gewesen, aber der hat sie nicht gewollt.«

»Und das hat dir deine Physiotherapeutin erzählt?«, fragte Thomas nicht ganz überzeugt.

»Richtig, sie hat ein Telefonat zwischen Dorothea und Beatrice belauscht.« Karla machte eine wegwerfende Handbewegung. »Durchaus glaubhaft, da Dorothea Hagen offenbar die Angewohnheit hatte, Angestellte wie Luft zu behandeln, oder zumindest dachte, die wären ihr so ergeben, dass sie nichts weitererzählen. Wie wir seit dem Prozess wissen, hat sie ja auch mit ihrem Chauffeur gequatscht.« Der Gesichtsausdruck seiner Mutter zeigte ihm, dass ihr solche Vertraulichkeiten ein Rätsel waren. »Allerdings kann ich Dorothea, was Beatrice angeht, verstehen. Die hätte die Zügel in die Hand genommen und Kevin in die richtigen Bahnen gelenkt, ihn vielleicht sogar bei der Leitung der Firma unterstützen können. Beatrice hat entsprechende Abschlüsse, spricht mehrere Sprachen und ist wahrlich nicht auf den Kopf gefallen.«

»Kevins Mutter hatte also einen Deal mit Beatrice, und als der nicht funktionierte, wich man auf den jüngeren Bruder aus.«

»Sieht so aus.«

»Dass seine Mutter hinter seinem Rücken Pläne für ihn geschmiedet hat, wird Kevin kaum gefallen haben. Vermutlich stimmt es, dass sie den jüngeren Bruder in die Firma holen wollte. Könnte mir vorstellen, dass Beatrice an diesem Plan ebenfalls beteiligt war.«

»Was auch immer die beiden Frauen ausgeheckt hatten, es hat nicht funktioniert.«

»Nicht für Dorothea Hagen«, meinte Thomas nachdenklich, »aber für Beatrice hätte es gar nicht besser laufen können.« Er sah zu seiner Mutter. »Besorg uns die Karten, ich will Beatrice von Ehrstein-Hagen noch etwas besser kennenlernen.«

* * *

Zwei Tage später, am Abend

Hamburg wirkte an diesem Abend bunt und schillernd, versprühte eine besondere, fast magische Lebendigkeit. Die von der Hagen-Stiftung veranstaltete Wohltätigkeitsgala lockte viele Schaulustige an, die sich um den roten Teppich drängten, außerdem hatten sich prominente Gäste angemeldet, was bedeutete, dass die Sicherheit und damit die Polizeipräsenz erhöht werden musste. Die Beamten hatten einiges zu stemmen, daher war es auch kein Wunder gewesen, dass Hauptkommissar Donner trotz seines Urlaubs zu einem Tatort gerufen wurde.

Als er vor dem schäbigen Wohnblock parkte, erwartete ihn bereits Oberkommissarin Heide Lindner.

»Die haben dich aus dem Urlaub geholt«, stellte sie überflüssigerweise fest.

»Nicht das erste Mal«, antwortete er mürrisch und brummte: »Vermutlich sind die Kollegen alle für die Gala eingeteilt.«

Heide verzog das Gesicht, meinte nur: »Ich denke nicht, dass das der einzige Grund ist, warum man dir deinen wohlverdienten Fernsehabend versaut.«

»Und das bedeutet was?«, hakte Donner überrascht nach.

»Das solltest du dir besser selbst ansehen.«

Hauptkommissar Donner hasste Andeutungen und halbgare Äußerungen, allerdings wusste er, dass seine Kollegin für gewöhnlich nicht dazu neigte, um den heißen Brei herumzureden, sodass ihn die ganze Situation plötzlich beunruhigte. Hinzu kamen noch die verstörten Blicke der Streifenbeamten vor Ort.

Ihm kam eine schreckliche Ahnung, und heiser fragte er: »Ist es jemand, den ich kenne?«

»Oh Gott, nein«, stieß Heide erschrocken aus. »Nein!«, wiederholte sie schnell. »Ich wollte dich nicht beunruhigen, tut mir leid, wenn das so rüberkam.« Sie sah ihn entschuldigend an und ihr Bedauern war echt. »Niemand, den du kennst, es geht vielmehr um die Art des Verbrechens.«

Sie hatten mittlerweile das Treppenhaus erreicht. »Kein Licht?«, fragte der Hauptkommissar.

Die Oberkommissarin zuckte mit den Schultern. »Kein Licht, kein Schloss an der Haustür, keine Zeugen, kein Interesse, mit uns zu sprechen.«

Er hätte sie drängen können, ihm vorab die Einzelheiten des Verbrechens zu beschreiben, aber das hätte seine Wahrnehmung beeinträchtigt. Es war besser, sich jetzt selbst ein Bild zu machen.

Die Gerichtsmedizinerin, die ungefähr in Donners Alter und bekannt für ihr zynisches Gemüt war, begrüßte ihn mit den Worten: »Ganz wie in alten Zeiten.«

Der Hauptkommissar verstand sofort ihre Bemerkung, als er die breiige Fleischmasse auf dem Küchentisch sah. Der Leichnam mit dem aufgerissenen Brustkorb erklärte den Rest.

»Der *Herzensbrecher*«, stieß er fassungslos hervor und sah geschockt zu der Gerichtsmedizinerin.

»Zumindest will man uns das glauben machen«, warf die Ärztin ein. An Heide gewandt ergänzte sie: »Ich war damals ganz neu im Team, so wie Ihr Boss. Tja«, fügte sie schnippisch an, »hinter uns liegen zwanzig Jahre Mord- und Totschlag. Die Opfer des Herzensbrechers waren meine ersten Leichen im Dienst. Und Sie wissen ja, wie es heißt, die erste vergisst man nie.«

Donner schüttelte müde den Kopf. »Wunderbar zusammengefasst«, gab er trocken zurück. »Und jetzt sollten wir uns der Gegenwart widmen, was zur Hölle ist hier passiert?«

* * *

Etwa zur gleichen Zeit

Thomas Brand hätte nicht sagen können, dass es ihn besonders amüsierte, einem Sieben-Gänge-Menü beizuwohnen. Auch wenn die kleinen Häppchen auf den überdimensionalen Tellern so wirkten, als würde man dem hungrigen Gast einen Streich spielen, musste Thomas schon nach der Lachsforelle in Pfannkuchenteig den obersten Hosenknopf öffnen.

Seine Mutter hatte das amüsiert bemerkt und raunte ihm zu: »Ich habe dich gewarnt, die haben hier noch jeden satt bekommen.«

Das hatte er nun davon, dass er sich anfangs über die Portionen lustig gemacht hatte.

»Wie lange noch, bis wir aufstehen können?«, motzte er leise, sehr bemüht, nicht die Aufmerksamkeit der anderen am Tisch auf sich zu ziehen. Der große Saal des Hotels war prunkvoll geschmückt, ebenso die runden Tische, an denen die geladenen Gäste saßen. Während seine Mutter den freundlichen Small Talk mit Unbekannten aus dem Effeff beherrschte, tat er sich schwer mit Menschen, die ihm fremd und dazu auch noch unsympathisch waren.

Verstohlen warf er einen Blick auf seine Tischnachbarin. Eine hochgewachsene Frau, deren Alter schwer zu schätzen war. Er glaubte nicht, dass sie etwas hatte machen lassen, denn sie besaß eine natürliche Schönheit, herb, aber durchaus anziehend. Sie sprach den ganzen Abend kein Wort mit ihm, hatte sich ihm lediglich kurz als Jolanda Martof vorgestellt und dann, mit einer Mischung aus Langeweile und Abscheu, von den Köstlichkeiten auf ihrem Teller probiert, jedoch jedes Mal die Hälfte wieder zurückgehen lassen. Da seine Gedärme anfingen zu grummeln, bereute er bereits, nicht Jolandas Vorbild gefolgt zu sein.

»Wo ist denn das Klo?«, fragte er wenig zurückhaltend seine Mutter, die ihm mit einem zarten missbilligenden Zucken ihrer Mundwinkel antwortete, dass die *Toiletten* am anderen Ende des Saals seien.

Jolanda hatte ihn beobachtet und er konnte nicht erkennen, ob sie desinteressiert, amüsiert oder pikiert über seine Äußerung gewesen war. Die junge Frau ihm gegenüber ließ keinen Zweifel daran, dass sie ihn für peinlich hielt. Mit übertrieben hochgezogenen Augenbrauen blickte sie zu ihrer Mutter, die daraufhin zustimmend die Luft ausstieß, als wollte sie sagen: *Was kann man schon erwarten von einem Künstler?*

Er hatte gleich zu Beginn des Essens sehr direkt zum Ausdruck gebracht, dass er sich nicht auf dem Heiratsmarkt befand und auch kein angemessener Schwiegersohn wäre.

Nachdem er sich erleichtert hatte, nahm er die prächtig ausgestatteten Toiletten mit der Handykamera auf, um einen entsprechenden Post auf seinem Kanal abzusetzen, damit seine vierzig Follower wenigstens für ihre Treue belohnt wurden. Mit dem Rückweg ließ er sich Zeit, und als er am Tisch erschien, stand da bereits der nächste Gang.

Die junge Frau ihm gegenüber, eine gewisse Felicia von soundso, gab eine langweilige Geschichte zum Besten, und Thomas fragte sich, als er sie anblickte, wie er von ihr eine gelungene Karikatur zeichnen könnte. Immerhin hatte sie sich die Lippen vergrößern lassen, das Gleiche galt für die Brüste und zu Thomas' Verblüffung wohl auch für den Hintern.

Wieso, dachte er bei sich, ließ sich eine Frau den Hintern vergrößern? Er erinnerte sich an Verena und ihre Sorge, dass ihr Po zu fett sei. Er hörte den seichten Tischgesprächen nicht mehr zu und amüsierte sich darüber, wie seine Interpretation von Felicias Karikatur aussehen könnte. Die Skizze würde eine junge Frau mit natürlichen Lippen, durchschnittlicher Oberweite und einem ihrem Körper entsprechendem Gesäß zeigen. Vermutlich wäre sie dann sogar ziemlich hübsch anzusehen.

Irgendwann wurde der Hauptgang abgeräumt, das Licht gedimmt und die Bühne erhellt. Nun begann das Programm. Arno Hagen betrat das Podium, dann Beatrice, die wieder einmal umwerfend aussah. Ihr Kleid war eigentlich völlig unspektakulär, geradezu schlicht, aber an ihr wirkte es wie eine königliche Robe. Das Diamant-Collier um ihren Hals funkelte mit ihren Augen um die Wette, und die Gäste betrachteten sie mit Bewunderung, auch und vor allem, als sie mit klarer Stimme und völlig routiniert zu ihnen sprach. Es folgte eine langweilige halbe Stunde Selbstbeweihräucherung, dann wurden andere für ihren wohltätigen Einsatz gelobt. Thomas gähnte ausgiebig, vergaß dabei, die Hand vor den Mund zu nehmen, und erhielt von seiner Mutter einen Rempler.

Er nahm wieder Haltung an und kämpfte gegen den Schlaf, als der vermutlich untalentierteste Redner des Planeten nach Beatrice an der Reihe war.

Plötzlich jedoch zuckte er zusammen. Er blickte zu Jolanda, sie lächelte, dann hauchte sie eine Zahl, zog ihre Hand von seinem Schenkel zurück und blickte wieder zur Bühne.

In diesem Augenblick war Thomas dankbar, dass man das Licht gedimmt hatte, denn er spürte, wie ihm die Röte ins Gesicht stieg. War das gerade tatsächlich eine Einladung gewesen? Vorsichtig huschte sein Blick noch einmal zu Jolanda, die ihm kurz zunickte. Eine leichte geschmeidige Bewegung des Kopfes, die seine Fantasie beflügelte und ihn veranlasste, die Serviette über seinen Schoß zu legen, um die spontane Ausbuchtung, die in seiner Hose entstanden war, zu verdecken.

Im nächsten Augenblick knuffte ihn seine Mutter am

Arm, und der Zauber war vorbei. Er fuhr zusammen, fühlte sich ertappt.

»Was?«, zischte er.

»Da ist Sven Hagen«, flüsterte ihm Karla zu.

* * *

Wohnung von Olaf Kaas, zur gleichen Zeit

»Das ist ein Dreckstall«, bemerkte Oberkommissarin Lindner, während sie mit den Kollegen der Kriminaltechnik die Wohnung des Opfers durchforstete.

Hauptkommissar Donner betrachtete noch immer die Leiche.

»Ich war ganz schön geschockt, als ich das sah«, gestand ihm die Gerichtsmedizinerin in einem Anflug von Emotionalität. Ihr kamen selten solche Worte über die Lippen. »Das, was ich vorhin gesagt habe, war nicht nur so dahergeplappert. Diese Morde damals, die haben mich lange verfolgt. Ich war froh, als es endlich vorbei war.« Sie seufzte. »Ich hatte Albträume, jede Nacht. Ich dachte sogar, ich müsste hinschmeißen.«

»Wirklich?« Er wandte den Blick von dem geschundenen Körper ab.

»Ja«, antwortete sie unbefangen, »ist eine Frage der Abhärtung. Unser Gehirn lernt zu ertragen, wir halten Schmerz aus, aber auch psychische Belastung, alles Trainingssache. Heute bin ich fit, was das angeht.«

Mit dieser nüchternen Betrachtung hatte sie vermutlich recht, dennoch sagte er: »Ist mir damals nicht anders ergangen, und jetzt das.«

»Ich werde die Autopsie noch heute Abend machen«, sagte sie ungewöhnlich sanft und er nickte dankbar.

»Je schneller wir mehr wissen, desto besser. Die Sache beunruhigt mich.«

»Vielleicht solltest du Lieselotte verständigen«, schlug die Ärztin vor.

Hauptkommissar Donner schüttelte den Kopf. »Sie gehört nicht mehr dazu, und was könnte sie schon tun?«

Der Leichnam von Olaf Kaas wurde abtransportiert, und zurück blieben die blutigen Spuren seines Todes, ein blutverschmierter Hammer und ein Messer, beide verpackt in Beweismitteltüten. Die großen Mengen Blut waren angetrocknet, die Farbe hatte sich verändert, und sicher war der ein oder andere Spritzer gar nicht sofort zu erkennen. Das Chaos in der Wohnung, die Stockflecken an den schlecht verputzten Wänden und die dunklen zusammengewürfelten Möbel würde man gründlich untersuchen müssen, um schließlich hundertprozentig nachvollziehen zu können, wohin überall das Blut von Olaf Kaas verteilt worden war. Allerdings war eine Blutspritzeranalyse nicht unbedingt notwendig, um den Tathergang zu rekonstruieren. Trotz des Durcheinanders erkannten die erfahrenen Beamten eindeutig, dass das nicht die Folge eines Kampfs war.

Heide Lindner trat zu ihm und sagte: »Der Mann hat stark getrunken und war in schlechtem körperlichen Zustand. Unwahrscheinlich, dass der sich nüchtern hätte zur Wehr setzen können. Laut deiner Freundin aus der Gerichtsmedizin hat man ihm einen Schlag auf den Schädel verpasst, ich denke, er wurde ausgeknockt und dann …« Sie machte eine ausladende Handbewegung, deutete auf den Boden, dort, wo die Leiche gelegen hatte, und betrachtete das aus Blut gemalte Herz, das Olaf Kaas' Körper umgeben hatte.

»Ist das wie damals?«, fragte Heide nach und sah ihren Vorgesetzten forschend an.

»Fast«, antwortete Donner nach kurzem Zögern. »Kennst du den Fall?«

»Na ja, ich habe davon gehört, aber ich war vor zwanzig Jahren zwölf, also fehlen mir die Details. Natürlich habe ich mich vor meinem Umzug in den Norden über Hamburgs Unterwelt informiert und über dich.« Sie zwinkerte spitzbübisch, wurde aber sofort wieder ernst. »Ich weiß von dem Serienmörder *Norman Iburg*, der Männer umgebracht, ihnen das Herz entnommen und es mit einem Hammer zertrümmert hat. Deine Vorgesetzte hat ihn damals gefasst. Spektakuläre Sache.«

»Ja, das war es. Sie bekam einen Tipp. Einem Informanten war Iburg aufgefallen. Sie ging in seine Wohnung, wollte mit ihm reden, ihn überprüfen. Er geriet in Panik, griff sie an und sie musste ihn in Notwehr erschießen.«

»Ihr habt den Fall gelöst«, warf Heide ein.

Donner antwortete ihr nicht.

»Du denkst doch nicht, dass das hier wirklich der Herzensbrecher war?«, rief sie deshalb ungläubig.

»Norman Iburg hatte die Uhr seines letzten Opfers in seiner Wohnung und es gab noch einige andere Dinge, die für seine Schuld sprachen. Iburg war ein Psychopath in Behandlung, bekannt für gewalttätiges Verhalten. Er hatte die Wand voll mit Zeitungsberichten über die Morde und um diese bizarre Collage ein Herz gemalt. So wie das hier auf dem Boden.«

»Mit Blut?«

»Ja, und zwar mit seinem eigenen. Das war ziemlich übel. Aber«, fuhr Donner fast erleichtert fort, »er hat das nie an den Tatorten gemacht, da gab es kein gezeichnetes Herz mit dem Blut seiner Opfer.«

»Womit noch deutlicher wird, dass wir es mit einem Nachahmer zu tun haben«, sprach Heide aus, was er dachte.

»Ja, die Sache mit dem Herz in Iburgs Wohnung blieb kein Geheimnis. Ich bin mir sicher, dass man dieses Detail im Internet findet, aber was die Tatorte angeht, da wurde nicht alles an die Öffentlichkeit weitergegeben.«

Er sah sich noch einmal in der Wohnung um, meinte dann: »Und Olaf Kaas hätte auch nicht in Iburgs Opferschema gepasst.« Der Hauptkommissar wirkte nachdenklich, bevor er sagte: »Es war nie ganz klar, was Iburg angetrieben hat, aber seine Vorliebe galt Männern, die gepflegt und attraktiv waren. Man konnte nie genau zuordnen, was er für sie empfand. Vermutlich eine Mischung aus homosexueller

Neigung und Neid. Wir nahmen an, er hat sie immer eine Weile beobachtet und dann zugeschlagen, wenn er ihre Gewohnheiten kannte und wusste, wo er den Mord ungestört begehen konnte. Eines der Opfer fanden wir auf einem Waldparkplatz, der arme Kerl war beim Joggen überrascht worden. Einen anderen tötete Iburg in dessen Friseurgeschäft, nach Ladenschluss und so weiter. Sein letztes Opfer wurde im eigenen Zuhause ermordet. Da hatte Iburg allerdings nicht gründlich genug recherchiert, und ein weiterer Mensch verlor an jenem Abend sein Leben.« Er presste die Kiefer aufeinander, schloss für einige Sekunden die Augen. »Besorge dir die alten Akten«, wandte er sich an seine Kollegin, »ich möchte, dass du auf dem Laufenden bist. Ich werde in der Zwischenzeit unserer charmanten Gerichtsmedizinerin bei der Autopsie Gesellschaft leisten.«

Heide nickte, klagte nicht über die Uhrzeit. Sie kannte Donner lange genug, um zu wissen, dass ihn die Vergangenheit gerade sehr unsanft eingeholt hatte. Sie verstand es und würde ihn unterstützen, auch wenn das Überstunden und schlaflose Nächte bedeuten würde.

6

Thomas sah amüsiert zu Jolanda, die sich eine Zigarette anzündete und geflissentlich das Nichtraucherschild in der Hotelsuite ignorierte. Sie hatte eine sportliche Figur, bewegte sich völlig ungeniert, so wie es nur eine Frau konnte, die sich ihrer eigenen Stärken und Schwächen vollständig bewusst war und gelernt hatte, vor allem Letztere zu akzeptieren.

Sie hatten sich leidenschaftlich geliebt und er war mehr als nur auf seine Kosten gekommen. Jolanda bot ihm ebenfalls eine Zigarette an, und obwohl er eigentlich nicht rauchte, schnappte er sich die Schachtel. Beim ersten Zug musste er sofort husten und sie bedachte ihn mit einem Lächeln.

»Du bist experimentierfreudiger, als ich gedacht habe«, sagte sie etwas spöttisch und reichte ihm einen mit Wasser gefüllten Zahnputzbecher, den sie als Aschenbecher verwendete.

Bereitwillig ließ er seine Zigarette hineinfallen und grinste. »Du wirst Ärger bekommen, schließlich ist das ein Nichtraucherhotel.«

Jolanda legte sich wieder neben ihn, lässig zog sie sich das Kissen in den Nacken. »Ich werde einen saftigen

Aufschlag auf der Rechnung finden, den ich unkommentiert bezahle, und das Zimmermädchen erhält einen Extraschein. Alle werden zufrieden sein, und ich komme bald wieder.«

»Und wirst du mich anrufen, wenn du wieder in Hamburg bist?«, fragte er herausfordernd und ertappte sich dabei, dass ihn ein »Nein« enttäuschen würde.

»Wäre ein Anruf denn in deinem Sinne?«, spielte sie den Ball zurück.

Er streichelte über ihren Schenkel, genoss es, die zarte Haut zu berühren, und bemerkte, wie ihn das erregte. »Es wäre mir eine *Ehre*«, antwortete er übertrieben theatralisch und sie lachte.

Es war ein aufrichtiges, ansteckendes Lachen und es ließ sie jünger erscheinen. »Na, die *Ehre* ist ganz auf meiner Seite«, entgegnete sie schließlich und sah ihn forschend an.

»Wieso hast du dich für mich interessiert?«, fragte er neugierig, auch weil sie ihm ein völliges Rätsel war.

»Nun, du kamst mit deiner Mutter, ich dachte, ein gut aussehender Mann mit ein wenig Ödipus ist genau das Richtige für eine Frau, die, sagen wir …« Sie lächelte. »… einige Jahre älter ist.«

»Du denkst, ich habe einen Ödipus-Komplex?«, bemerkte er perplex.

»Keine Ahnung, und es ist mir auch vollkommen egal.« Sie zog an der Zigarette und grinste. »Ich fühle mich wohl mit dir und ich mag keine Männer in meinem Alter, die sind mir zu alt.«

Thomas amüsierte diese Aussage und sie erklärte deshalb: »Ich habe mich um meinen Mann jahrelang gekümmert, am Ende ist er mit einer Jüngeren davon.«

»Und da dachtest du: ›Was der kann, das kann ich auch‹«, warf Thomas ein.

»Kränkt dich das?«, fragte sie, und er glaubte nicht, dass sie sich bei einem »Ja« entschuldigt hätte.

»Nein«, antwortete er ehrlich, »ich finde diese Einstellung nachvollziehbar.«

»Ich bin kein Typ für Bindungen«, schien es ihr wichtig klarzustellen.

»Auch das kann ich nachvollziehen«, antwortete Thomas, drehte sich zu ihr und küsste sie auf den Hals.

»Verrate mir, was du gestern auf dieser Gala gewollt hast«, sagte sie und gestand ihre Neugier. »Ich habe dich beobachtet, du warst nicht deiner Mutter zuliebe dabei, ich denke, du hast eigene Pläne verfolgt. Weih mich ein, mein Leben bietet mir alles, nur keine Abwechslung«, fügte sie noch gespielt frustriert an.

Er überlegte einen Augenblick, ob er Jolanda alles erzählen sollte, entschied dann, dass es nichts gab, was dagegensprach. Also berichtete er von seiner Begegnung mit Miriam und seinem Wunsch, ein bisschen mehr zu erfahren.

»Du bist Gerichtszeichner?«, rief sie begeistert und vergaß zunächst den Rest der Geschichte. »Wie funktioniert das?«, fragte sie mit echtem Interesse.

»Es ist in gewissem Sinne eine schnelle Arbeit«, gab er ihr erfreut über ihren Eifer Antwort. »Ich versuche, möglichst viel Material einzufangen, und dabei sollten die gemalten Personen den realen ähnlich sehen.«

»Zeichne mich«, drängte sie ihn ungeduldig und sprang auf.

»Wirklich?«, fragte er überrascht, als sie ihm den Block mit dem Hotelbriefpapier und einen Kugelschreiber entgegenstreckte.

»Ja, wirklich. Ich will sehen, wie gut du das kannst.«

Er richtete sich ein wenig auf und brachte sich in Position.

»Was soll ich tun?«, fragte sie. »Soll ich still sitzen, geradeaus starren, eine Pose einnehmen?«

»Nicht nötig«, sagte er, ohne aufzublicken. »Die Vorlage ist schon in meinem Kopf.« Er wusste, dass er gerade dabei war anzugeben. Ja, er wollte Jolanda beeindrucken, und als er ihr kurz darauf den Block überreichte, stieß sie einen begeisterten Laut aus. »Das ist ja fantastisch. Richtig genial!«

Er hatte ihr Gesicht ganz natürlich gezeichnet und ihm den Ausdruck von Sanftheit gegeben, eine Seite, die sie vermutlich sehr selten von sich zeigte.

»Das ist …« Ihr fehlten die Worte, sie war sichtlich berührt. »Du siehst mich tatsächlich«, murmelte sie nachdenklich. »Kann ich es behalten?«

»Sicher«, antwortete er erfreut.

Sie dankte ihm und kam nun zurück zu seiner Geschichte über Miriam. »Du wolltest gestern also mehr über die Familie Hagen erfahren? Ist dir das gelungen?«

»Nein«, gestand Thomas und erinnerte sich ärgerlich an sein kurzes Gespräch mit den Hagens.

Arno hatte ihn sofort wiedererkannt und mit einem freundlichen »Ach, der junge Herr Münster« begrüßt.

»Mein Name ist Brand, Münster ist der Name meines Stiefvaters«, hatte Thomas das sofort richtiggestellt.

»Schön, dass Sie sich erneut bei uns eingefunden haben«, entgegnete daraufhin der Ältere. »Wir freuen uns immer über neue Gesichter.«

»Ich bin nochmals wegen Miriam hier«, wurde Thomas ganz direkt. »Ich hätte gerne mit Sven über sie gesprochen.«

»Über wen hätten Sie gerne mit mir gesprochen?«, fragte Sven, der sich zu ihnen gesellte, als er seinen Namen hörte.

»Miriam«, antwortete ihm Thomas schnell, bevor das Gespräch von irgendwem unterbrochen werden konnte.

»Die Arme«, entgegnete Sven und es klang nach tiefem Bedauern. »Sie haben sie gekannt?«

Thomas wiederholte, was er bereits Arno Hagen erzählt hatte, und sein Gegenüber schien keine Zweifel zu haben, dass das der Wahrheit entsprach.

»Ehrlich gesagt, weiß ich nicht wirklich viel über Miriam«, erklärte Sven daraufhin. »Wir haben wenig Zeit miteinander verbracht. Kevin hat sie nur selten in die Villa gebracht.«

»Ich dachte, Ihre Frau und Miriam waren Freundinnen«, warf Thomas ein.

Kaum hatte er das gesagt, meldete sich der Onkel zu Wort. »Wir waren natürlich alle mit Miriam befreundet, aber deshalb standen wir nicht rund um die Uhr in Kontakt.«

Sven begriff offenbar, dass Arno es für besser hielt, sich bedeckt zu halten, und nickte. »Stimmt, Beatrice und Miriam haben sich nicht ständig gesehen.«

»Hat Miriam deshalb weder Sie noch Ihre Frau um Hilfe gebeten, als es darum ging, Kevins Unschuld zu beweisen?«

»Ich verstehe nicht«, reagierte Sven verwirrt.

»Sie wollte unbedingt Kevins Unschuld beweisen, sie hat deshalb verschiedene Leute angesprochen. Mich zum Beispiel und Ihren Onkel.«

Svens Blick wanderte fragend zu Arno und der bestätigte: »Stimmt, sie ist zu mir gekommen.«

»Das wusste ich nicht«, gestand Sven.

»Ist doch komisch, dass sie nicht auch bei Ihnen war. Immerhin sind Sie Kevins Bruder, unter Geschwistern besteht doch normalerweise eine starke Bindung.«

Ganz offensichtlich hörte Sven keinen Vorwurf oder eine Provokation aus Thomas' Fragestellung heraus. Er zuckte nur mit den Schultern und meinte: »Ich bin fast zehn Jahre jünger als Kevin, ich glaube, wir haben keine so tiefe Bindung, wie mein Vater und Onkel Arno hatten. Aber dennoch versucht die Familie alles, um Kevin zu helfen. Das wusste Miriam auch. Vielleicht hielt sie es deshalb gar nicht für notwendig, mit mir darüber zu sprechen, oder aber sie hatte einfach noch nicht die Gelegenheit dazu gehabt.«

Und dann rutschte Thomas etwas heraus, was ihm wohl künftig weitere Unterhaltungen mit der Familie unmöglich machen würde. Ohne nachzudenken, fragte er nämlich: »Halten Sie Ihren Bruder denn für schuldig?«

»Was?«, brauste Onkel Arno auf und plötzlich war auch Beatrice da.

Sven stammelte verblüfft: »Nein, natürlich nicht«, während Beatrice rief: »Das reicht, was fällt Ihnen ein?«

»Was denken Sie, wer es dann war?«, fragte Thomas unbeirrt und beobachtete Sven, der sich, wie es schien, noch nie ernsthaft diese Frage gestellt hatte.

Sein »Ich weiß es nicht« ging in Arnos »Sie überschreiten gerade eine rote Linie« unter.

Beatrice rief aufgebracht: »So eine Unverschämtheit. Wir sind hier auf einer Spendengala und nicht im Gerichtssaal. Mein Mann hat schon genug durchgemacht, verschwinden Sie gefälligst!«

Der kleine Tumult fiel auch seiner Mutter auf, die ihn kurz darauf am Ausgang abfing.

»Was hast du jetzt wieder angestellt?«, fragte sie nicht enttäuscht, sondern besorgt.

Er jedoch war wütend und ließ es an ihr aus. »Das sind Scheißfreunde, die du da hast.«

»Erstens sind das nicht meine Freunde und zweitens wolltest du die drei kennenlernen«, antwortete sie geduldig. »Ich werde das wieder hinbiegen, eine Entschuldigung erfinden.«

»Nicht nötig, ich brauche ihr Wohlwollen nicht. Die sagen mir sowieso nichts.«

»Weil es vielleicht nichts zu sagen gibt«, versuchte seine Mutter, ihn zu besänftigen.

Vermutlich waren es Tante Lieselottes Worte, die ihn zurückhielten, womöglich auch die Aussicht auf die Nacht mit einer aufregenden Frau. Jedenfalls beruhigte er sich und sagte: »Tut mir leid, wenn ich dir den Abend verdorben habe.«

Sie lächelte ihn spitzbübisch an. »Keine Sorge, die wollen

meinen Spendenscheck, da werden deine verbalen Ausrutscher schnell vergessen sein.«

Unsicher fragte sie ihn: »Sollen wir gehen? Ich muss nicht hierbleiben, wie gesagt, ich habe den Scheck noch in der Tasche, wir können ihn in irgendeinem Klub auf den Kopf hauen.«

»Danke, Mama«, hatte er entgegnet und es ernst gemeint, »vielleicht ein anderes Mal, heute habe ich allerdings schon etwas vor.«

Es war nicht klar gewesen, ob sie Jolandas Einladung mitbekommen hatte, er war versucht gewesen so zu tun, als wäre das nicht der Fall gewesen.

Aber ihr »Ich verstehe, dann viel Spaß« hatte eher danach geklungen, als wäre sie bestens informiert.

Jolanda riss ihn aus seiner Erinnerung, indem sie sagte: »Die werden dir nie irgendetwas erzählen. Aber wenn du willst, teile ich mein Wissen mit dir.«

Er sah sie überrascht an.

»Guck nicht so«, erwiderte sie kameradschaftlich, »ich habe Dorothea Hagen gekannt und nicht sonderlich gemocht. Ich würde nie irgendetwas der Presse erzählen, aber ich habe keine Probleme, dich in die wenigen Geheimnisse, die ich kenne, einzuweihen.«

»Ich werde niemandem verraten, dass du meine Quelle bist«, sagte er geheimnisvoll und brachte sie erneut zum Lachen.

»Du wirst enttäuscht sein, das zu hören, aber ich traue Kevin den Mord an seiner Mutter zu. Niemand hat es gewundert, dass man ihn verurteilt hat. Ganz ehrlich, das einzig Interessante an diesem Prozess war nicht die Schuldfrage, sondern vielmehr die Frage, wie es Bruno Rubian gelingen wird, Kevins Kopf aus der Schlinge zu ziehen.«

»Bisher ist ihm das nicht gelungen«, warf Thomas ein.

»Man orakelt, die beantragen ein Wiederaufnahmeverfahren, was auch sonst?«, antwortete Jolanda und zündete sich eine weitere Zigarette an.

»Dorothea war ein Miststück, eiskalt, genau wie Beatrice. Aber sehr geschmackvoll. Wusste immer sich zu kleiden, das Richtige zu sagen, und hatte weit mehr Einfluss auf ihren verstorbenen Mann, als offiziell bekannt ist. Beatrice ist die perfekte Schwiegertochter für sie gewesen.«

»Stimmt es, dass Beatrice eigentlich Kevin hätte heiraten sollen?«, hakte Thomas nach.

»Das weiß ich leider nicht, aber denkbar wäre es. Allerdings ist Kevin nicht gerade das, was man einen Traumehemann nennen würde. Deshalb ist er trotz seines Geldes und seiner Stellung noch Junggeselle. Wie man hört, haben schon einige versucht, ihn zum Ehemann zu machen, aber so leicht zu ködern wie sein jüngerer Bruder Sven war er dann doch nicht.«

»Und Miriam?«

»Nicht standesgemäß«, antwortete Jolanda knapp, und ein bitterer Zug lag um ihren Mund.

»Wir sind doch nicht mehr im Mittelalter, heute heiraten Prinzen und Prinzessinnen bürgerliche Ehepartner.«

»Du hast eine naive Vorstellung von der Welt«, entgegnete sie, ohne überheblich zu klingen. »Heutzutage ist alles Geschäft. Was man hat, muss man verteidigen und möglichst vermehren. Hat man nichts, dann ist man frei, aber arm, und das ist dann auch scheiße.«

Er schwieg, ahnte, dass sie vermutlich oft unglücklich war, wollte sie aber nicht durch einen unpassenden Kommentar in Verlegenheit bringen.

»Jedenfalls«, fuhr sie angespannt fort, »war Miriam nicht gerade die Traumschwiegertochter. Während Beatrice zumindest ihren Titel, ihren Verstand und ihre Erziehung mitbrachte, war Miriam ein Mädchen vom Land und offenbar auch noch sehr einfach gestrickt. Andererseits musste sich Dorothea um sie gar keine Sorgen machen, weil Kevin niemals in Erwägung gezogen hätte, sie zu heiraten. Allein, dass sie sich wegen ihm umgebracht hat, zeigt doch schon, wie weltfremd das Mädchen war. Kevin hat seine Freundinnen nie gut behandelt, das war allgemein bekannt, und diese Miriam ist ihm hinterhergelaufen wie ein kleiner Hund.«

»Sie war schwanger von ihm«, sagte Thomas und fügte schnell an: »Das muss aber unter uns bleiben.«

»Oh. Wow!«, reagierte Jolanda überrascht. »Bist du sicher, dass sich die Kleine umgebracht hat?«

Das erste Mal reagierte jemand auf die Nachricht auf diese Weise. »Die meisten sind der Meinung, dass die Schwangerschaft ihr den Grund für den Selbstmord gegeben hat«, antwortete er deshalb verwirrt.

»Ja, aber die Schwangerschaft hätte auch *andere* aus der Fassung bringen können. An erster Stelle Beatrice und Sven Hagen. Denn das Kind wäre vermutlich Kevins Nachfolger gewesen und das hätte die Machtverhältnisse im Hagen-Konzern dann sicherlich auf den Kopf gestellt.«

* * *

Thomas hatte das Hotel gerade verlassen, als sein Handy klingelte. Er war gut gelaunt und lächelte bei der Erinnerung an die Nacht mit Jolanda und ihr verführerisches »Lebewohl«. Er hatte die Skizze für sie signiert, sogar eine Widmung hinterlassen: »Danke für unvergessliche Momente.«

Sie hatte kopfschüttelnd dagestanden und gemeint: »Du willst mir schmeicheln, das ist lieb. Ich werde es zu Hause aufhängen und damit angeben.«

»Brand«, meldete er sich, ohne die Displayanzeige *Unbekannte Nummer* zu hinterfragen.

»Hauptkommissar Donner«, hörte er den Anrufer sagen, »wir müssen uns treffen.«

Als Thomas das Polizeigebäude betrat, war er aufgeregt. Donner hatte nicht gesagt, worum es sich handelte, daher ging er zunächst davon aus, es hätte mit Miriam zu tun.

Man begrüßte ihn förmlich, brachte ihn ohne weiteres Nachfragen zum Hauptkommissar, und selbst die schnippische Oberkommissarin hielt sich heute zurück, nickte Thomas sogar freundlich zu.

Sofort hatte er ein schlechtes Gefühl. Es war nicht das erste Mal, dass er solche Blicke auf sich spürte. Eine Gänsehaut kroch ihm über den Rücken, die Arme, den Nacken hoch bis zur Kopfhaut und er bemerkte ein unangenehmes Kribbeln. Hier stimmte etwas nicht.

Donner trat auf ihn zu, schob Thomas in ein Büro und sagte: »Bitte setzen Sie sich. Ich komme gleich zur Sache.«

Noch bevor sein Gegenüber irgendetwas erwidern konnte, sprach der Hauptkommissar weiter. »Es hat einen Mord gegeben. Das hat zunächst nichts mit Ihnen zu tun, allerdings war die Vorgehensweise auffällig. Es tut mir leid«, kam der Beamte nun doch ins Straucheln. »Ich dachte einfach, Sie sollten es von mir erfahren und nicht aus der Presse. Der Mörder …« Er stockte erneut, sagte dann leise: »Er ahmt den Herzensbrecher nach.«

Thomas riss die Augen auf, wollte etwas sagen, war aber plötzlich vollkommen paralysiert.

Da waren sie wieder, die Augen von Verena. Ihr Blick ängstlich und vorwurfsvoll zugleich. »Wo warst du?«, schien sie zu fragen.

Er stürzte zu ihr, sah all das Blut, ihren zerschmetterten Hinterkopf, Gehirnmasse, die sich auf dem hellen Teppich verteilte und ein atypisches Muster bildete. Der Boden glich damit einem abstrakten, in schlichtem rot-weiß gehaltenen Gemälde. Er konnte sich nicht bewegen, stierte wie gebannt auf die Leiche. Verena lag auf der Seite. Die Haarsträhne, die sie nicht abgeschnitten hatte und die ihr immer, sehr zum Ärger der Mutter, ins Gesicht gefallen war, ruhte über ihrer rechten Wange. Sie wirkte bei all den Verletzungen wie eine weitere Wunde, wie ein dünner, scharfer Schnitt quer über das Gesicht.

Ihre Arme waren unnatürlich angewinkelt, was vermutlich vom Sturz herrührte. Er wusste, dass sie nicht allein in dem Raum war. Sein Vater war ebenfalls anwesend, aber Thomas wagte nicht den Kopf zu drehen. Seine Augen hatten es jedoch schon beim Eintreten registriert, es gab eine weitere Leiche …

»Herr Brand …« Jemand berührte ihn an der Schulter, schüttelte ihn, sagte seinen Namen. »Thomas, geht es Ihnen gut?«

Hauptkommissar Donner beugte sich zu ihm, sein Blick drückte Besorgnis aus. Offenbar zu Recht. Thomas hatte das Gefühl zu ersticken.

»Ganz ruhig atmen«, sprach auf einmal jemand sanft auf ihn ein. Hände berührten seinen Rücken, strichen vorsichtig darüber. Die Stimme lenkte ihn: »Einatmen, ausatmen.« Er folgte den Anweisungen, spürte, dass man ihn auffing, ließ sich führen, und endlich bekam er wieder Luft. Erst jetzt wurde er gewahr, dass Heide Lindner bei ihm stand und ihn mit einem aufmunternden Lächeln anblickte. »Geht es denn wieder?«

Thomas nickte und schämte sich. Er hatte seit Jahren keine Panikattacke mehr gehabt. »Tut mir leid«, sagte er verlegen.

»Warum entschuldigen sich Menschen nur immer dafür,

dass es ihnen schlecht geht?«, erwiderte Heide daraufhin mit gespielt strengem Ton. Sie drehte sich in Richtung Donner und fügte vorwurfsvoll an: »Entschuldigungen sollten eigentlich von denen kommen, die ohne jedes Feingefühl agieren.«

Der Hauptkommissar stammelte: »Ich hätte es Ihnen anders sagen sollen, tut mir leid …«

Thomas hob abwehrend die Hände. »Schon gut, ich komme mir vor wie ein kleines Mädchen.«

»Statistisch gesehen, sind Frauen emotional wesentlich belastbarer als Männer«, warf die Oberkommissarin ein, meinte gepresst: »Ich hole Ihnen ein Wasser«, und rauschte aus dem Zimmer.

Thomas sah fragend zum Hauptkommissar.

»Sie mag es nicht, wenn man vom schwachen Geschlecht spricht. Liegt vermutlich daran, dass ihr in der Vergangenheit nichts geschenkt wurde.« Er sah besorgt zu seinem Gast.

Der versicherte ihm erneut, dass alles in Ordnung sei, und fragte: »Was genau ist denn passiert? Sie sagten, es gäbe einen Nachahmer?«

»Ja, wir haben keine exakte Übereinstimmung, und es gibt Abweichungen, aber eben auch Gemeinsamkeiten mit den Verbrechen von Norman Ibach, dem die Presse damals den Namen ›Herzensbrecher‹ gegeben hat. Das wird bald publik werden, die Ermittlungen erfordern eine Zusammenarbeit mit der Öffentlichkeit«, fügte er noch erklärend an. Er hob entschuldigend die Hände und sagte: »Ich wollte einfach, dass Sie vorbereitet sind. Ich werde auch mit Ihrer Mutter sprechen. Ich weiß, dass Sie beide damals einiges durchgemacht haben. Falls die Presse sich an Sie erinnert, wird das unangenehm werden.«

Heide Lindner betrat erneut den Raum und stellte unsanft ein Glas Wasser neben Thomas.

»Vielen Dank«, sagte der aufrichtig. »Ich dachte, ich hätte das hinter mir, aber plötzlich war ich wieder in unserem Haus. Als wären keine zwanzig Jahre vergangen. So als stände ich mitten in dem Raum, ich hatte sogar das Gefühl, ich könnte das Blut riechen …«, bemühte er sich zu erklären, was in ihm vorging. »Danke, dass Sie mir geholfen haben«, fügte er noch einmal aufrichtig an.

Sie winkte ab, murmelte: »Ich habe die Akte gelesen, ich kann nachvollziehen, dass einen so etwas nie wieder loslässt.«

»Ich habe an diesem Tag meine Schwester und meinen Vater verloren, und da ich derjenige war, der sie fand, habe ich immer noch das Gefühl, dass ich irgendetwas hätte tun können, wenn ich doch nur früher nach Hause gekommen wäre.«

»Wenn ich mich recht erinnere«, stieg Heide darauf ein, »war es Zufall, dass Sie überhaupt an dem Abend dort aufgekreuzt sind. Es waren Schulferien, und sie hätten den Rest der Woche bei einem Freund verbringen sollen.«

»Stimmt, aber wir hatten an dem Abend Zoff.« Er senkte den Blick. »Ging um ein Mädchen. Wäre ich nicht so beleidigt gewesen, dann hätte ich erst viel später von den Morden erfahren. Aber ich konnte als Teenager ziemlich störrisch sein und so habe ich mich in den nächsten Bus gesetzt, nahm drei Mal Umsteigen in Kauf, nur um dann …« Er musste nicht weitersprechen. Sein Blick wanderte wieder zu Donner. »Es ist doch ein Nachahmer, oder?«

Der Hauptkommissar sah sein Gegenüber eindringlich an und erwiderte: »Hundertprozentig. Der Mörder Ihrer Schwester und Ihres Vaters ist tot. Norman Iburg hat für seine Verbrechen bezahlt.«

»Ja, natürlich.« Thomas seufzte. »Ich bin dankbar, dass Sie mich vorwarnen, hoffentlich lässt uns die Presse in Ruhe. Ich werde meiner Tante Bescheid geben.«

»Sicher«, entgegnete der Hauptkommissar. »Tun Sie das. Auch sie wird Ihnen bestätigen, dass der wahre Herzensbrecher vor zwanzig Jahren starb, und zwar durch ihre Hand.«

»Ich weiß das alles, dennoch … Ich nehme an, es ist der Fall Kevin Hagen. Auch er scheint hundertprozentig schuldig und doch gab es da Miriam Fuller, die ihn für unschuldig hielt. Sie musste doch automatisch annehmen, dass der wahre Mörder noch irgendwo frei herumläuft, oder?«

Dieses Mal war es Oberkommissarin Lindner, die antwortete: »Nur leider hat uns auch Frau Fuller keinen anderen Verdächtigen liefern können. Sie waren bei der Verhandlung, gab es da irgendetwas, das Sie an der Schuld von Kevin Hagen hat zweifeln lassen?«

Thomas hob und senkte müde die Schultern. »Nur Miriams Überzeugung. Wäre es denn denkbar, dass sie gar keinen Selbstmord begangen hat? Ich meine, Sie gehen davon einfach aus. Wieso eigentlich? Vielleicht hat man sie auch zum Schweigen gebracht, weil sie nicht lockerließ.«

»Unsinn«, warf Heide ein, die zu ihrer schnippischen Art zurückgefunden hatte.

»Nun, das haben wir natürlich auch überprüft«, antwortete Donner ein wenig diplomatischer und machte eine bissige Bemerkung zum Thema mangelndes Feingefühl als Retourkutsche in Richtung seiner Kollegin.

»Ich dürfte Ihnen das eigentlich nicht sagen, aber unter den Umständen und im Vertrauen darauf, dass Sie es für sich behalten …« Er registrierte Thomas' Nicken und sprach weiter: »Es gab in der Vergangenheit bereits einen Suizidversuch von Frau Fuller. Damals hat Kevin Hagen seine Freundin mit einer Überdosis Tabletten in ihrer Wohnung gefunden. Man hat ihr in der Klinik den Magen ausgepumpt. Später hat sie behauptet, es wäre ein Versehen gewesen, sie hätte nicht achtgegeben. Man hat ihr nicht geglaubt. Wir haben mit Kevin gesprochen und er gab zu, dass sie die Tabletten nach einem heftigen Streit geschluckt hatte. Davon abgesehen haben wir uns umgehört und auch das Umfeld des Paares bestätigt, dass deren Beziehung, wie man heute sagt, etwas sehr *Toxisches* hatte. Etwas, worunter vor allem Miriam litt. Häufig von ihr gemachte Äußerungen dahingehend, dass ihr Leben ohne Kevin keinen Sinn machen würde, waren offenbar keine leeren Phrasen gewesen.« Der Hauptkommissar sah Thomas mitfühlend an. »Lassen Sie Miriam Fuller los und kommen Sie zur Ruhe. Die nächsten Tage könnten unangenehm werden, sparen Sie Ihre Kräfte.«

»Womöglich haben Sie recht«, gab der Jüngere nun zu und stand auf. Plötzlich hatte er das Bedürfnis, dem allen zu entfliehen. Am liebsten wäre er zurück ins Hotel, in Jolandas Suite und hätte sich an sie geschmiegt, um ihren weichen Körper zu spüren. Aber Jolanda musste mittlerweile abgereist sein.

Er verabschiedete sich von Oberkommissarin Lindner und ließ sich vom Hauptkommissar zum Ausgang geleiten.

Am großen Portal blieben sie stehen und Donner meinte: »Kevin Hagen hat in seinem Leben einiges an verbrannter Erde zurückgelassen. Er war nicht nur einfach ein wilder Teenager, er hat Menschen verletzt, auf die ein oder andere Weise. Schließlich ist es dann nur eine Frage der Zeit, bis jemand wie er sich in einem Gefängnis wiederfindet. Außer Miriam Fuller hat es sicherlich kaum jemanden gegeben, der ihn für unschuldig hält, und das hat seine Gründe. Also sehen Sie sich nicht in der Verantwortung, einen aussichtslosen Kampf zu führen.«

Die beiden Männer schüttelten sich die Hände, und als Thomas das Gebäude verließ, bekam der Hauptkommissar plötzlich das Gefühl, irgendetwas übersehen zu haben; aber er wusste nicht, was und wo. Was sorgte für diese Unruhe, die sich in ihm ausbreitete? War es die Sorge um Thomas Brand oder die Befürchtung, im Fall Kevin Hagen einen Fehler begangen zu haben? Oder aber hatte es mit dem jüngsten Mord zu tun, mit dem Nachahmer des Herzensbrechers und den grausigen Taten von Norman Ibach?

* * *

Auf dem Friedhof

Thomas hatte sich die Worte des Hauptkommissars zu Herzen genommen – es war Zeit, Miriam Fuller gehen zu lassen. Die nächsten Tage würden vermutlich aufreibend genug werden. Die Vergangenheit konnte man eben niemals ganz abstreifen. Er hatte bereits versucht, Tante Lieselotte zu erreichen, ihr eine Nachricht auf dem Anrufbeantworter hinterlassen. Außerdem war er bei seiner Mutter gewesen. Sie hatte sich gefreut, ihn zu sehen, dann jedoch, als er ihr erzählte, was ihm Donner über den Nachahmungstäter gesagt hatte, war auch sie entsetzt gewesen.

»Wir werden stark sein müssen«, hatte sie tapfer reagiert und Thomas sah die Worte von Oberkommissarin Lindner bestätigt. Offenbar war seine Mutter belastbarer als er selbst. Sie schlug ihm vor, mit ihr zu verreisen, vielleicht nach Bayern in ein Wellnesshotel oder ins Ausland, aber er lehnte ab. Es wäre ihm im Moment wie ein Davonlaufen vorgekommen. Nein, er würde in Hamburg bleiben und es aushalten.

Der Friedhof wirkte auf ihn bedrückend. Obwohl die Sonne strahlte und einige der Blumen auf den Gräbern einen angenehm süßen Duft verbreiteten, konnte nichts darüber hinwegtäuschen, dass überall unter ihm verrottende Leichen lagen. Ob als Asche in Urnen oder in Särgen – er hatte das Gefühl, über ein Meer aus Knochen zu spazieren. Einsame Überreste, die vielleicht auf Besuch hofften, auf jemanden, der mit dem Handfeger über die Grabplatte strich, der verwelkte Blätter abzupfte, Lichter anzündete und ein stilles Gebet sprach. In seinem Kopf formten sich Bilder. Verena mit offenen Augen, in einem dunklen Kasten liegend und darauf wartend, dass er an ihrem Grab auftauchte. Er war nach der Beerdigung nie wieder dort gewesen, hatte sich bereits für immer verabschiedet, so wie er sich jetzt auch von Miriam verabschieden würde.

Tief in Gedanken versunken registrierte er kaum die Menschen um sich herum. Er war so darauf konzentriert, Miriams letzte Ruhestätte zu finden, dass er nicht bemerkte, wie man ihn beobachtete. Ein Augenpaar verfolgte jeden seiner Schritte.

Thomas näherte sich dem frischen Grab. Es war überladen mit Kränzen und Blumengestecken, an denen lange Schleifen baumelten, auf denen tröstende Worte standen, die niemand lesen würde. Es hatte schon beinahe etwas Groteskes, als er den kleinen Strauß gelber Rosen neben den Berg aufwendiger floraler Kunst legte.

»Oh wie schön«, sagte plötzlich jemand. »Sie hat gelbe Rosen geliebt.«

Er hatte die Frau nicht bemerkt, denn sie stand ein Stück hinter ihm im Schatten einer Buche und trat nun vor. Er wusste sofort, dass er Miriams Mutter vor sich hatte. Nicht nur, weil er sie bereits aus der Ferne am Tag der Beerdigung gesehen hatte, sondern auch, weil die Ähnlichkeit verblüffend war, zumindest für ihn. Er betrachtete Gesichter meist wesentlich konzentrierter als andere, prägte sich ihre Züge ein und hatte stets im Kopf, wie er das, was die Menschen eigentlich ausmachte, aufs Papier bringen könnte.

»Ich wollte Sie nicht stören«, sagte er deshalb automatisch.

»Tun Sie nicht«, entgegnete die Frau, die ähnlich direkt wie ihre verstorbene Tochter fragte: »Wissen Sie denn, wer ich bin?«

»Nun, ich sah Sie bei der Beerdigung, außerdem sind Sie Ihrer Tochter sehr ähnlich«, antwortete er mit einem freundlichen Nicken.

»Tatsächlich? Wir haben das nie so empfunden, sie sah auch als Kind völlig anders aus als ich. Wir dachten immer, sie gleicht mehr ihrem verstorbenen Vater. Sie sind eigentlich der Erste, der das sagt.«

Er wollte nicht erklären, warum er so empfand, und zuckte deshalb nur mit den Schultern.

»Sind Sie ein Freund von Miriam?« Offensichtlich kam ihr gar nicht in den Sinn, dass er ein Reporter sein könnte. »Immerhin kennen Sie ihre Lieblingsblumen.«

Thomas hätte sagen können, dass die gelben Rosen ein Zufall waren. Dass er einfach einer Eingebung gefolgt war, als er den Strauß gekauft hatte, aber irgendwie hatte er das Gefühl, das würde Miriams Mutter enttäuschen, und das wollte er nicht. Deshalb stellte er sich vor und erklärte: »Wir hatten uns erst vor Kurzem kennengelernt. Bei Gericht, um genau zu sein. Ich arbeite dort«, blieb er erst einmal unverbindlich. »Wir kamen ins Gespräch, und na ja, ich glaube, ich habe sie enttäuscht«, fuhr er ehrlich fort. Dann fasste er sich doch noch ein Herz und erzählte ihr die Einzelheiten, auch Miriams Nachricht in seinem Briefkasten erwähnte er.

Frau Fuller seufzte. »Dieses Mädchen«, sagte sie und schüttelte den Kopf. »Sie war so blind, wenn es um Männer ging. Kevin Hagen ist genau der Typ Mann, den ich für sie nie wollte. Im Prinzip ist er das Abbild ihres Vaters. Unzuverlässig und völlig ichbezogen, Gott sei Dank starb mein Mann, bevor er mich völlig ins Unglück stürzen konnte.« Offenbar war es ihr nicht peinlich, so deutlich geworden zu sein. »Ich hätte mir für Miriam einen netten Mann gewünscht, einen wie Sie.«

Thomas runzelte zweifelnd die Stirn. »Ich denke nicht, dass ich ein netter Mensch bin. Meine Mutter sieht das sicher anders«, versuchte er zu scherzen.

»Mütter haben *nur* nette Kinder«, sagte sie mit einer Spontanität, die ihn erneut an Miriam erinnerte.

Sie blickte zu den Rosen und entdeckte die am Strauß befestigte Papierrolle.

»Was ist das?«, fragte sie neugierig.

»Eine Skizze, ich hatte keine Gelegenheit mehr gehabt, sie ihr zu schenken.«

Frau Fuller fragte nicht um Erlaubnis, sondern kniete auf dem Boden und löste das Papier von den Blumen. Vorsichtig, als wäre es ein wertvolles Pergament, rollte sie das Blatt auf.

»Oh mein Gott«, stammelte sie leise. »Das ist meine Miriam. Sie haben Sie wirklich gekannt.« Frau Fuller schluchzte und Thomas kam sich schuldig vor. Was hatte er nur angerichtet? Er wollte sich von Miriam verabschieden und nicht ihre Mutter unglücklich machen.

Als hätte die kniende Frau seine Gedanken erraten, riss sie sich zusammen. »Was bin ich nur für eine schreckliche Person? Ich bringe Sie in Verlegenheit.« Hastig rollte sie das Papier wieder zusammen und steckte es zu den gelben Rosen.

Thomas bot ihr seine Hand und half ihr, aufzustehen.

»Sie hätte sich darüber gefreut«, sagte sie nun tapfer. Schweigsam blickten beide eine Zeit lang auf den kleinen Strauß, der unauffällig am Rand des Grabes lag, so als hätte ihn dort irgendwer vergessen.

Plötzlich sagte Miriams Mutter: »Ich werde Kevin besuchen.«

Er wusste nicht, wie er darauf reagieren sollte, sagte deshalb nur: »Natürlich.«

»Sein Anwalt hat mich darum gebeten, meinte, Miriam hätte das sicher gewollt. Ich habe mich nach langem Hin und Her dazu durchgerungen. Wenn ich ehrlich bin, hatte ich dadurch auch noch mehr Zeit, um in Miriams Nähe zu bleiben. Die bezahlen mir das Hotel.« Sie hatte offensichtlich das Bedürfnis, mit jemandem zu reden. Auch darin glich sie ihrer Tochter. Sie ging wie Miriam einfach davon aus, dass sie Thomas vertrauen könnte. Für ihn war es wie eine Chance auf Wiedergutmachung, der Frau zuzuhören.

»Erst haben die Hagens alles bezahlt, jetzt der Anwalt. Herr Rubian will unbedingt, dass ich diesen Besuch mache.

Und es stimmt ja auch, Kevin hat so viel Zeit mit Miriam verbracht, er kann mir sicher von ihr erzählen. Anfangs dachte ich, es wäre seine Schuld, was mit meinem Mädchen passiert ist, aber der nette Anwalt hat mir die Augen geöffnet. Er sagte, wenn man Kevin freigesprochen hätte, dann wäre auch Miriam noch am Leben, und das stimmt. Ich war zwar nicht begeistert, dass sie damals nach Hamburg gezogen ist, aber immerhin hat sie Kevin geliebt. Auch wenn er nicht mein Traumschwiegersohn gewesen ist, war er wenigstens kein Sozialfall, er hätte sie und das …« Nun stockte sie doch, schließlich war Miriams Schwangerschaft offiziell nicht bekannt. Daher unterbrach sie sich und Thomas tat so, als wäre ihm das nicht aufgefallen.

»Jedenfalls«, fuhr sie fort, »werde ich dem jungen Mann eine Chance geben. Was, wenn er doch unschuldig ist?«

Noch bevor Thomas darauf etwas erwidern konnte, sah sie auf die Uhr und rief: »Oje, ich muss los. Es war schön, Sie kennengelernt zu haben.«

Kaum hatte er das Kompliment erwidert, war die Frau auch schon verschwunden.

Ja, Mutter und Tochter sind sich sehr ähnlich, dachte er, war aber dennoch irritiert. Dass Miriam Kevin geglaubt hatte, schien aufgrund ihrer emotionalen Bindung zu dem Mann nachvollziehbar, aber dass die Mutter nun auch auf Kevins Seite schwenkte, das war äußerst erstaunlich.

Während sich Thomas auf den Weg zum Ausgang machte, dachte er über Frau Fullers Geschichte nach. Gedanklich zog er den Hut vor Bruno Rubian. Man rätselte bereits darüber, mit welchen Tricks der bekannte Strafverteidiger seinen Mandanten jetzt noch retten könnte. Offenbar war Miriams Mutter Teil des Plans, auch wenn ihr das sicher nicht bewusst war. Thomas konnte sich jedoch kaum vorstellen, dass Kevin Hagen noch zu retten wäre. Was sollte ein weiteres Verfahren an den Tatsachen ändern?

Er erinnerte sich an Kevins Auftritt vor Gericht. Es war ein vergeblicher Versuch gewesen, den Kopf aus der Schlinge zu ziehen. Während Thomas den Weg zum Ausgang nahm, ließ er den letzten Verhandlungstag noch einmal Revue passieren …

Rückblick

Prozess im Mordfall Dorothea Hagen, Aussage des Hauptverdächtigen Kevin Hagen, einige Wochen zuvor

Wenn alle Stricke reißen. – Vermutlich hatte Bruno Rubian diesen Spruch im Sinn gehabt, als er sich schließlich doch noch dazu entschlossen hatte, Kevin Hagen in den Zeugenstand zu rufen. Er hatte ihn vorbereitet, regelrecht geeicht und alles auf eine Karte gesetzt.

»Was genau ist an jenem Tag passiert?«, war seine erste Frage gewesen.

»Wir standen kurz vor einem Abschluss, einem großen Abschluss«, antwortete Kevin. »Mama und ich waren zuversichtlich.« Er war angewiesen worden, das Wort »Mama« zu verwenden, nicht nur den Ausdruck »meine Mutter«. Das Wort »Mama« sollte das herzliche Verhältnis unterstreichen.

»Sie ging nach Hause und meinte, ich solle in den Klub, mich amüsieren, schließlich hätte ich mir das verdient.«

»Ihre Mutter war also der Meinung, dass Sie maßgeblich zum bevorstehenden lukrativen Geschäftsabschluss beigetragen haben«, betonte Rubian, um allen im Saal klarzumachen, dass die Aussage des Chauffeurs Unsinn gewesen war.

»Sie und Ihre Mutter waren ein gutes Team«, fasste er nach.

»Ein hervorragendes«, antwortete Kevin, wie man es mit ihm geübt hatte.

»Sie gingen nach dem Geschäftstermin in Ihren Klub,

hatten dort einen angenehmen Abend«, half ihm Rubian auf die Sprünge.

»Ja, ich war sehr entspannt, unterhielt mich, trank etwas und fuhr irgendwann nach Hause. Ich wusste, dass niemand auf mich warten würde. Meine Verlobte hatte andere Pläne, mein Bruder und seine Frau waren bei einer Hochzeit und blieben über Nacht, und Mutter wollte sich früh hinlegen, hatte über Kopfschmerzen geklagt.«

»Ist es für gewöhnlich so, dass sich die Familie abends zusammensetzt?«, fragte Rubian interessiert, als kenne er die Antwort auf die Frage nicht.

»Gelegentlich ergibt es sich, man nimmt noch einen Drink, isst zusammen, aber das hängt davon ab, wer gerade da ist. Man muss sich nicht an- und abmelden, wenn Sie das meinen. Onkel Arno hat zum Beispiel oft abendliche Verpflichtungen. Er kümmert sich um die Wohltätigkeitsarbeit der Familie.«

»Sie zogen sich an diesem Abend sofort in Ihren eigenen Wohntrakt zurück?« Rubian ließ sich nun genau beschreiben, in welchem Flügel der Villa Kevin und wo der Rest der Familie untergebracht war.

»Mein Bereich liegt im Erdgeschoss, gegenüber von dem meiner Mutter. Sven und seine Frau haben im oberen Stockwerk ihre Räume, ebenso Onkel Arno. Nach dem Tod meines Vaters wechselte meine Mutter ins Erdgeschoss, weil es sie zu sehr schmerzte, weiter in den Räumen zu leben, die sie sich mit ihm geteilt hatte.«

Es folgten lange Ausführungen über die Ehe der beiden, darüber, dass der Vater die meiste Zeit aus geschäftlichen Gründen außer Haus gewesen sei und Kevin der Mutter bereits früh als »Mann im Haus« zur Seite gestanden habe. Alles in allem zeichnete Rubian von seinem Mandanten das Bild eines Sohnes, der der Mutter treu ergeben und eine unverzichtbare Stütze gewesen war.

»Ich weiß, dass diese Fragen sehr persönlich sind«, fuhr Rubian beinahe väterlich fort.

»Ich werde alle Fragen beantworten«, reagierte Kevin tapfer und gewann ein wenig an Sympathie zurück.

»Wie ging es weiter?«, fragte Rubian wohlwollend nickend.

»Ich betrat meine Räume und schenkte mir einen Wodka ein, und danach weiß ich nichts mehr.«

»Sie hatten Drogen im Blut«, warf ihm der Anwalt vor.

»Ja, aber die habe ich nicht freiwillig genommen.«

Der Staatsanwalt konnte sich nicht verkneifen, ungläubig aufzulachen, was ihm einen Rüffel von der leitenden Richterin einbrachte.

»Hatten Sie im Klub Ihr Getränk die ganze Zeit im Blick?«, fragte Rubian harmlos.

»Definitiv nein«, antwortete Kevin.

»Man hätte Ihnen also etwas ins Glas geben können und es wäre Ihnen nicht aufgefallen.«

»Ja, und ehrlich gesagt hatte ich sogar den Eindruck, dass mein Wodka Lemon irgendwie eigenartig schmeckte«, fügte Kevin noch an.

Rubian warf ihm einen warnenden Blick zu, aber der Staatsanwalt war auf Zack und mischte sich sofort ein.

»Interessant, dann sind Sie der erste Mensch, der eine geschmacklose Droge schmeckt.«

»Ich sagte nur, mir kam der Drink merkwürdig vor.«

»Aber das hat sie nicht abgehalten, ihn zu trinken«, konterte der Staatsanwalt.

Es ging noch eine Weile hin und her. Schlussendlich hatte Rubian alles versucht, um eine Erklärung für Kevins Zustand zum Zeitpunkt seiner Verhaftung zu finden und Zweifel an seiner Schuld zu schüren. Er hatte den Eindruck erweckt, Kevin Hagen sei in eine Falle getappt, natürlich ohne das direkt auszusprechen. Ansonsten hätten er und sein

Mandant entweder wie paranoide Spinner oder wie verzweifelte Lügner gewirkt.

Dann war der Staatsanwalt an der Reihe. Der fand deutlichere Worte als der Verteidiger: »Als die Polizei eintraf, fand man sie völlig weggetreten auf. Die Blut- und Urinuntersuchungen ergaben einen erhöhten Promillewert und vor allem eindeutige Spuren eines berauschenden Medikaments. Das gleiche Präparat, das ein Arzt Ihrer Mutter wegen gelegentlicher starker Schlafstörungen verschrieben hatte und das unter anderem ein hoch dosiertes *Benzodiazepin* enthält. Ein Wirkstoff, der nicht nur beruhigende, sondern auch das Bewusstsein verändernde Eigenschaften besitzt. Das Medikamentenfläschchen mit den Tropfen fand die Polizei in Ihrem Zimmer auf dem Tisch direkt neben dem ausgetrunkenen Wodkaglas und der goldenen Statuette, die Sie als Tatwaffe benutzt haben.«

»Ich habe keine Ahnung, wie die Sachen dahin gekommen sind«, begehrte Kevin auf.

»Sie wussten aber, dass Ihre Mutter ein solches Medikament besaß?«

»Nein, ich habe mich nicht um die Arzneien meiner Mutter gekümmert«, gab er Antwort.

»Obwohl Sie doch ein so vertrautes Verhältnis zu ihr hatten?«, trieb der Staatsanwalt den Mann im Zeugenstand immer weiter in die Enge. »Redet eine Mutter nicht mit ihrem Lieblingssohn über gesundheitliche Beschwerden?«

Rubian erhob Einspruch, aber der Staatsanwalt winkte lässig ab. »Wir fanden nicht nur das Fläschchen, sondern auch Reste der Droge in Ihrem Wodkaglas in Ihrem Zimmer, nirgendwo sonst, nicht in der Wodkaflasche oder irgendeinem anderen Getränk. Es war nur in Ihrem Glas, das Sie sich selbst eingeschenkt haben, und die Tropfen standen direkt daneben.«

»Ich habe keine Ahnung, wie das möglich gewesen ist.«

Rubian hatte seinen Mandanten gewarnt, ihn eindringlich gebeten, sich nicht hinreißen zu lassen, und doch reagierte Kevin, als hätten sie nie darüber gesprochen. Er brauste auf und rief: »Da will mir jemand etwas anhängen.«

Ein müdes Lächeln breitete sich auf dem Gesicht des Staatsanwalts aus und auch die meisten Anwesenden schüttelten ungläubig den Kopf.

»Sie wollen uns also weismachen, dass man Sie in Ihrem Klub unter Drogen gesetzt hat, die Sie auch noch herausschmecken konnten und mit denen es Ihnen dennoch möglich war, nach Hause zu fahren. Dort angekommen tranken Sie harmlos ein Glas Wodka, in das Ihnen ebenfalls Drogen gegeben wurden, vermutlich von einem unsichtbaren Geist, der Ihnen das Fläschchen gleich daließ. Das Fläschchen, das aus dem Arzneischrank Ihrer Mutter stammte.« Wieder schüttelte er den Kopf. »Diese Geschichte ist unglaubhaft, aber ich erzähle Ihnen eine, die wesentlich vernünftiger klingt. Sie waren leicht alkoholisiert, als sie aus dem Klub kamen. Ich möchte anmerken, dass die Staatsanwaltschaft aufgrund der Blutalkoholwerte, die unter den entsprechenden Richtwerten lagen, und aufgrund der Zeugenaussagen der Klubgäste weder von einer Schuldunfähigkeit noch einer verminderten Schuldfähigkeit ausgehen wird. Herr Hagen war zum Zeitpunkt der Tat voll und ganz schuldfähig.« Er wandte sich wieder an den Angeklagten. »Sie waren an dem Abend wütend. Der angeblich geniale Geschäftstermin vom Morgen war nämlich nicht wie geplant verlaufen, zumindest wenn man dem Kunden glaubt. War es nicht so, dass er sich Bedenkzeit ausgebeten hatte? Es kam daher auch nicht zu dem erhofften Abschluss und deshalb war Ihre Mutter auch nicht voll des Lobes. Es gab Streit und Sie sind in Ihren Klub gefahren, haben sich gönnerhaft gezeigt, so getan, als hätten Sie alles im Griff, aber die Wut nagte an Ihnen. Ihre Mutter gab Ihnen jeden Tag das Gefühl, nicht in die Fußstapfen des Vaters treten zu können, und jetzt wollte sie Ihnen auch noch den jüngeren Bruder vor die

Nase setzen. Sie hatten die Schnauze voll, fuhren zornig nach Hause und brauchten dort etwas zum Runterkommen. Also fiel Ihnen der Medikamentenschrank Ihrer Mutter ein. Vermutlich hat Sie sie beim Stehlen der Tropfen überrascht, es kam erneut zum Streit und all die angestaute Wut und der Ärger entluden sich. Sie hatten es satt, von ihr für einen Versager gehalten zu werden, und schlugen zu. Voller Hass brachten Sie sie zum Schweigen, indem Sie ihr die Kehle zudrückten.

Vielleicht standen Sie danach unter Schock, wahrscheinlicher ist allerdings, dass Sie sich in den Allmachtsfantasien, denen Sie sich gerne hingeben, für unantastbar hielten und sich deshalb noch einen Drogencocktail einverleibten, sozusagen zur Feier des Tages.«

»Ich hätte meine Spuren beseitigt«, ging Kevin nun dazwischen und löste bei Rubian ein resigniertes Kopfschütteln aus, da der sofort wusste, dass sein Mandant mit diesem Einwurf dem Staatsanwalt direkt in die Arme gespielt hatte.

»Richtig, dann können wir also annehmen, dass es genau das war, was Sie mit der Einnahme des Benzodiazepins versucht haben, nämlich Spuren zu verwischen …« Mit einem kalten Lächeln blickte er zu Kevin. »Sie sind nicht der Erste, der, nachdem er einen Mord begangen hat, einen Vollrausch provoziert, in der Hoffnung, er gilt dadurch als schuldunfähig. Aber wir sind heute durchaus in der Lage recht genau zu bestimmen, wann, in welchem Umfang und welche Droge von einem Täter konsumiert wurde. Deshalb wird Ihr Plan nicht funktionieren! Dieses Mal, Herr Hagen, werden Sie – um einen Jargon zu verwenden, der Ihnen vertraut sein sollte – die Zeche selbst bezahlen müssen.«

Rubians »Ist das ein Verhör oder ein Plädoyer?« ging in der entstandenen Unruhe unter.

Kevin Hagen hatte es am Ende nicht geschafft, die Richter von seiner Unschuld zu überzeugen. Das Gericht stimmte dem Staatsanwalt zu und attestierte dem Angeklagten volle Schuldfähigkeit, somit lautete das Urteil: *Lebenslänglich* …

Thomas, der mittlerweile auf dem Parkplatz des Friedhofs stand, fragte sich erneut, wie Bruno Rubian das Ruder zu Kevins Gunsten nach dem Schuldspruch noch herumreißen wollte.

7

Zur gleichen Zeit stand Hauptkommissar Donner vor der Tafel im großen Besprechungssaal. Man hatte die alten Akten vom *Herzensbrecher*-Fall herausgekramt, Bilder an die Wand gepinnt, die Aufnahmen digitalisiert, um sie anschließend mit dem Mord an Olaf Kaas zu vergleichen.

»Die Kioskbesitzerin am Hauptbahnhof kann sich erinnern, dass Olaf Kaas am Tag seines Todes bei ihr eingekauft hat«, sagte Oberkommissarin Lindner und überflog die Notizen. Schließlich zitierte sie: »Der Olaf kommt oft bei mir vorbei und kauft seinen Schnaps, normalerweise immer den billigen. Als er plötzlich den teuren Kognak wollte und mit einem Fünfziger gewedelt hat, war das schon ungewöhnlich. Deshalb habe ich ihn gefragt, ob es einen unerwarteten Geldregen gegeben hätte, und er meinte: ›Ja, manchmal hat ein armes Schwein wie ich auch mal Glück.‹«

»Vielleicht hat er das Geld geklaut«, warf Donner ein. Als er Heides unzufriedenen Gesichtsausdruck sah, fragte er ungeduldig: »Dann sag schon, auf was du hinauswillst.«

»Der Fünfziger könnte von seinem Mörder stammen. Womöglich hat er sich so Olafs Vertrauen erschlichen. Für fünfzig Euro wird dir ein Typ wie der Kaas doch alles erzählen. Adresse, Gewohnheiten, vielleicht hat er seinen Gönner eingeladen. Was, wenn der Mörder das Gleiche getan hat wie wir jetzt?«

»Fragen stellen, um ein passendes Opfer zu finden? Da wäre er doch aufgefallen«, spekulierte der Hauptkommissar.

»Man muss nicht immer Fragen stellen«, erklärte Heide. »Es heißt ja nicht umsonst ›umhören‹. Wenn man sich nicht saublöd anstellt, erfährt man schon beim harmlosen Herumstehen genug.«

»Denkbar«, gab ihr Donner recht. »Wie wir mittlerweile wissen, war Olaf Kaas nicht sonderlich beliebt. Das erklärt, warum niemand nach ihm gesehen hat, obwohl sogar seine Wohnungstür offen stand. Wären nicht diese Kinder auf die Idee gekommen, ihre Mutprobe zu machen, hätte er da noch eine ganze Weile gelegen.«

Donner erinnerte sich an die Aussagen der aufgebrachten Mütter.

»Nicht einmal im eigenen Haus ist man sicher«, war den Beamten an den Kopf geworfen worden.

Es wäre sinnlos gewesen, die Erziehungsberechtigten zu fragen, wie ihre Kinder auf die Idee kamen, sich gegenseitig etwas zu beweisen, indem sie unbefugt eine fremde Wohnung betraten. Ganz zu schweigen von der Aufsichtspflicht der Erwachsenen. Wenigstens war der Leichnam nicht noch später entdeckt worden, denn das hätte die Spurenlage weiter verschlechtert. Dennoch war es in Olaf Kaas' Wohnung nicht möglich gewesen, brauchbare Hinweise auf dessen Mörder zu finden. Auch die zurückgelassenen Tatwaffen brachten sie nicht weiter.

»Denkst du, es folgen weitere Morde?«, fragte Heide Lindner und ließ den Blick über die ausgebreiteten Fotos gleiten, die auf dem großen Tisch lagen. Sie betrachtete erneut das Bild von Norman Iburg. »Der Typ sieht schon wie ein Serienmörder aus.«

Donner nickte. Er erinnerte sich noch gut daran, dass er

genau das Gleiche gedacht hatte, als er den Mann das erste Mal zu Gesicht bekommen hatte. Zu diesem Zeitpunkt war Iburg schon tot gewesen, lag am Boden mit zwei Einschusswunden. Selbst als er keine Gefahr mehr dargestellt hatte, war er ein angsteinflößender grobschlächtiger Typ mit brutalen Gesichtszügen gewesen. Nein, Hauptkommissar Donner hatte bislang nie daran gezweifelt, dass der *Herzensbrecher* alias Norman Iburg zur Strecke gebracht worden war.

»Der echte Herzensbrecher hätte Olaf Kaas niemals als Opfer ausgewählt«, sagte er deshalb.

»Nein, sicher nicht. Bleibt die Frage, wer es getan hat und warum. Offensichtlich sollte auf jeden Fall die Verbindung zu eurem alten Fall hergestellt werden. Womöglich geht es um einen Bewunderer von Norman Iburg, vielleicht ein heimlicher Sohn, der in die Fußstapfen des Vaters treten will, der uns als Idioten darstellen möchte?«

»Oder jemand, der sich an den alten Fall erinnert und mit den Anspielungen vertuschen will, was wirklich hinter Olaf Kaas' Ermordung steckt.«

»Gemocht hat den Kaas jedenfalls keiner«, gab Oberkommissarin Lindner zu. »Aber reicht das, um ihn auf diese Weise umzubringen?«, fügte sie nachdenklich an.

Sie hob einige der Akten an, auf der Suche nach einem bestimmten Protokoll, und rief überrascht: »Was tun die denn hier?« Ihr missbilligender Blick traf Donner. »Der Fall Kevin Hagen ist abgeschlossen«, blaffte sie genervt.

»Ich weiß«, lenkte Donner ein.

»Und warum studierst du immer noch die Unterlagen?«

»Ich studiere sie nicht, ich wollte nur einen letzten abschließenden Blick hineinwerfen.«

»Warum?«, rief Heide aufgebracht. »Es sind genau diese Sachen, die dich irgendwann bei den Kollegen unbeliebt machen, die das Missfallen deiner Vorgesetzten erregen, die dich selbst in den Wahnsinn und den Suff treiben und dich Fehler machen lassen, die dich dein Leben lang verfolgen werden. Als

Nächstes durchlebst du eine schwierige Trennung, einen Umzug und einen Neuanfang, der sich auch nach Jahren noch wie eine Flucht anfühlt.« Sie hatte sich ereifert, zu viel gesagt, das wurde ihr plötzlich bewusst und es machte ihr zu schaffen.

Donner war klar, dass sie gerade über sich selbst gesprochen hatte.

Mit einem bitteren Zug um den Mund krächzte sie: »Ich muss mal eine rauchen«, und im nächsten Moment war sie verschwunden.

Donner atmete durch. Seine Kollegin hatte natürlich maßlos übertrieben, er war nicht verbissen und auch nicht paranoid, noch hatte er vor, sich vom Fall Kevin Hagen den Schlaf rauben zu lassen, allerdings hielt er es für seine Pflicht, die Ereignisse aus verschiedenen Blickwinkeln zu betrachten.

Als Heide Lindner zurückkam, brachte sie eine Wolke Tabakgeruch und eine Entschuldigung mit in den Raum. »Tut mir leid, ich habe überreagiert«, gestand sie sofort ein. »Du möchtest einen abgeschlossenen Fall erneut durchkauen, ich bin dabei.« Sie fand zu ihrer humorigen Art zurück: »Und ich werde darauf achten, dass du es nicht übertreibst.«

* * *

Am folgenden Tag

Thomas Brand stand seit gestern ständig unter Anspannung. Jedes Mal, wenn ihm jemand auf der Straße entgegenkam, rechnete er damit, dass der- oder diejenige rief: »Ach, sind Sie nicht der Junge, der damals die Leichen seiner Familie gefunden hat?« Oder dass man ihn fragte: »Hat nicht der Herzensbrecher Ihren Vater getötet? Wie fühlt sich das an?«

Aber noch schien es, als wäre nichts an die Presse weitergegeben worden. Trotzdem musste er schnellstens zur Ruhe kommen, deshalb hatte er sich für einen Ausflug ans Meer entschieden. Die Nordsee schien ihm der richtige Platz, um sich im wahrsten Sinne des Wortes den Kopf *freiblasen* zu lassen. Der Wetterbericht versprach viel Wind, das bedeutete angenehmerweise wenig Strandbesucher.

Tatsächlich konnte er aufatmen, als er schließlich die Schuhe auszog und barfuß durch die Dünen stapfte. Die Böen waren ungewohnt eisig, aber sie belebten ihn. Vielleicht sollte er sich ein paar Tage in eines der Hotels einquartieren. Aber hätte er dann nicht auch gleich mit seiner Mutter verreisen können?

Als das Handy klingelte, fluchte er zwar, sah aber dennoch nach. Offenbar gelang es ihm nicht einmal, kurze Zeit offline zu bleiben.

»Tante Lieselotte«, sagte er dann jedoch freudig überrascht. »Es tut gut, deine Stimme zu hören.«

»Wo bist du?«, fragte sie in rauem Ton und er wusste, dass diese Ruppigkeit ein Beweis dafür war, dass sie sich Sorgen machte.

»An unserem Strand.« Er erinnerte sich an die Zeit nach dem Tod seines Vaters zurück. Lieselotte hatte ihn mit hierher genommen, um ihm zu helfen, über den Verlust hinwegzukommen.

»Das ist gut, bleib in Deckung«, bellte sie in den Hörer.

»Ich werde es versuchen«, antwortete er scherzhaft und ahnte schon, was als Nächstes kommen würde.

»Karla hat mir erzählt, dass du nicht mit ihr verreisen möchtest.« Wie gewöhnlich stellte sie das nur fest, sprach ohne Vorwurf, und doch hatte Thomas das Gefühl, sich rechtfertigen zu müssen.

»Das hat nichts mit ihr zu tun. Ich habe einfach keine Lust, wochenlang irgendwo festzusitzen. Wer weiß, ob

Hauptkommissar Donner den Mord an diesem armen Schwein überhaupt aufklären kann?«

Tante Lieselotte schwieg und er rief »Hallo?«, um zu überprüfen, ob sie überhaupt noch in der Leitung war.

»Ich habe kein gutes Gefühl«, erwiderte sie schließlich. »Dass jemand in eurer Nähe ist, der ganz offenbar eine Verbindung zum Herzensbrecher hat, gefällt mir nicht.«

»Donner ist sich sicher, dass es nicht der echte Herzensbrecher ist.«

»Natürlich nicht«, blaffte Lieselotte zornig. »Norman Iburg und seine Verbrechen endeten, als ich ihn erschossen habe.«

»Das hat dein ehemaliger Kollege auch gesagt.«

»Du solltest trotzdem vorsichtig sein«, sagte sie ruhiger. »Vielleicht wäre es besser, ein paar Tage zu deiner Mutter zu ziehen.«

»Machst du Witze?«, antwortete Thomas schnippisch. »Wie sollte mich Mama beschützen? Schon vergessen, ich bin fünfunddreißig und kein Kleinkind.«

»Dann benimm dich nicht so«, schnauzte Tante Lieselotte. »Deine Mutter wohnt in einer Villa, die von einem Zaun umgeben ist. Werner hat bereits einen Sicherheitsdienst beauftragt. Es geht doch nicht darum, dass deine Mutter sich für dich prügeln soll«, warf sie noch ein. »Es geht vielmehr darum, dass du in ihrem Haus wesentlich sicherer bist, sowohl vor Gewalttätern als auch vor der Presse.«

»Ich komme klar«, antwortete Thomas und gestand sich ein, dass Lieselottes Einwand berechtigt war. Er hörte ihr Schnaufen am anderen Ende der Leitung und dachte automatisch an einen schwarzen Stier mit goldenem Nasenring und auch an die gewaltigen Hufe und Hörner des Tieres, die schmerzhafte Wunden verursachen konnten. Deshalb fügte er schnell an: »Ich denke darüber nach, okay?«

»Gut und pass auf dich auf.«

Damit war das Gespräch beendet und Thomas fühlte sich

gestresst. Auch weitere Runden über den weichen Sand und ein kurzes Eintauchen der Füße in die kalten Fluten der Nordsee konnten ihn nicht mehr so richtig entspannen. Plötzlich empfand er Einsamkeit, wünschte sich, jemanden zu haben, mit dem er seine Gefühle teilen konnte. Er dachte an Jolanda, dann überraschenderweise an Oberkommissarin Heide Lindner und ihre roten lockigen Haare. Nein, sie war nicht sein Typ. Vermutlich hätte sie kein Verständnis oder aber – und das schreckte ihn noch viel mehr – sie würde es verstehen und ihn durchschauen. Erkennen, dass er manchmal engstirnig und störrisch war, dass er Angst hatte, die Wut, die er seit jenem schrecklichen Abend in sich trug, loszulassen, da sie ihm die Kraft gegeben hatte weiterzumachen.

»He!«

Thomas zuckte zusammen. Er hatte den Parkplatz erreicht und nicht bemerkt, wie plötzlich jemand neben seinem Auto auftauchte.

»Matjesbrötchen«, sagte der Junge und drückte ihm einen Flyer in die Hand. »Sind lecker!«, sagte er noch und rannte zum nächsten PKW, um seine Reklamezettel unter dem Scheibenwischer zu platzieren. Thomas lächelte mitleidig. Bei den paar Strandbesuchern würde der arme Kerl eine Weile unterwegs sein, um alle Flyer loszuwerden.

Während er den Jungen beobachtete, bemerkte er, dass sein Magen bei dem Gedanken an ein Fischbrötchen zu knurren begann.

Deshalb entschloss er sich, der *Duhner Kurpromenade* einen Besuch abzustatten. Tatsächlich fand er den Laden, der die Werbeaktion veranlasst hatte, und reichte dem Inhaber den Flyer, um den Gutschein von fünfzig Cent einzulösen. Der Mann strahlte, war höchst erfreut darüber, dass seine Marketingmaßnahmen Früchte trugen, und bereitete Thomas ein überdimensionales Matjesbrötchen zu, das seinesgleichen suchte. Anschließend gönnte sich Thomas noch eine Portion Rote Grütze und machte sich langsam wieder auf den Heimweg. Nach der knapp zweieinhalbstündigen Fahrt, es hatte einige kleinere Staus gegeben, war er zwar müde, aber fühlte sich plötzlich auch gewappnet für die nächsten Tage.

Im Treppenhaus hielt er an den Briefkästen – seit Miriams Nachricht schaute er regelmäßig hinein –, dann stieg er die Stufen nach oben. Er war tief in Gedanken versunken und sehnte sich nach seinem Bett. Er fühlte sich angenehm erschöpft, was sicher an der frischen Meeresluft und der ungewohnten Bewegung lag.

Als er jedoch seine Wohnungstür erreichte, war das wohlige Gefühl mit einem Schlag verschwunden. Hatte er vergessen abzuschließen? Die Tür war angelehnt, am Rahmen gab es tiefe Einkerbungen, vermutlich von einem Stemmeisen. Ohne nachzudenken, riss er die Tür auf, wollte wissen, was passiert war, und dachte keine Sekunde daran, sich dadurch in Gefahr zu bringen.

Für einen winzigen Augenblick sah er das Gesicht eines Mannes, dann wurde ihm schwarz vor Augen und er stürzte zu Boden.

* * *

Kevin Hagen hatte noch spät Besuch von seinem Anwalt. Bruno Rubian erwartete Beschwerden seines Mandanten, aber dieses Mal lag er mit seiner Einschätzung falsch. Kevin Hagen hatte sich verändert. Außerdem war er in eine körperliche Auseinandersetzung geraten, zumindest zeugte sein Veilchen davon.

»Was ist passiert?«, fragte der Anwalt deshalb besorgt.

»Was soll passiert sein?«, antwortete Kevin und fuhr sich unbewusst mit der Hand ans Auge. »Ich bin in einem Gefängnis, das ist passiert.«

Er sagte es nicht mit dem üblichen überheblichen

Tonfall, sondern eher wie jemand, der müde war, immer wieder die gleichen Sätze zu wiederholen.

»Soll ich …«, setzte Rubian an, aber Kevin hob abwehrend die Hände. »Schon gut, ich konnte mich wehren. Ich habe das geklärt.«

»Gut«, beließ es der Anwalt dabei. »Sie werden morgen Besuch bekommen.« Kevin sah seinen Strafverteidiger hoffnungsvoll an, verzog dann aber gequält das Gesicht, als der sagte: »Miriams Mutter.«

Rubian hatte mit vehementem Protest gerechnet, aber es folgte nur ein abschätziges »Muss das sein?«.

»Ich halte es für eine gute Strategie. Wenn wir in der Öffentlichkeit den Eindruck erwecken können, dass selbst die Mutter von Miriam Ihnen nicht die Schuld am Selbstmord der Tochter gibt, dann zahlt sich das vielleicht aus.«

»Wie das?«, fragte Kevin gelangweilt nach.

»Das Rechtssystem könnte verantwortlich gemacht werden. Sie wissen schon«, sprach der Anwalt lässig weiter, schwenkte seine Hand mit dem großen Siegelring und imitierte die Sprechweise eines Fernsehmoderators: »Hätte man Kevin Hagen nicht verurteilt, dann hätte man auch seine Verlobte nicht in den Selbstmord getrieben.« Rubian sah zu seinem Mandanten und fuhr in normalem Tonfall fort: »Das bringt schlechte Umfragewerte für die Justiz. Die Öffentlichkeit ist empört und die Richter werden zur Milde bereit sein.«

»Die werden mich wohl kaum freisprechen«, antwortete Kevin verbittert.

»Nein, aber im Moment wäre ich froh, wenn wir Sie in eine psychiatrische Einrichtung überstellen könnten, das wäre zumindest ein kleiner Sieg.«

Sein Gegenüber sah ihn spöttisch an. »Ein Sieg für wen? Gewiss nicht für mich, ich habe auf ganzer Linie verloren.«

Rubian hasste solche Gespräche. Er war nicht der Typ, der andere bemitleiden konnte, Kämpfen, das lag ihm, Tricks anwenden, auch mal Grenzen überschreiten, da war er der Richtige, aber Händchenhalten gehörte nicht zu seinem Repertoire.

Entsprechend schroff sagte er deshalb: »Ich kann keine Wunder vollbringen, aber ich kann mein Möglichstes tun. Allerdings müssen Sie mit mir zusammenarbeiten und vor allem auf das hören, was ich sage. Im Moment bin ich vermutlich der Einzige, der es gut mit Ihnen meint. Wenn es Ihnen hilft, dann halten Sie mich für egoistisch, aber das wird nicht zu Ihrem Nachteil sein.«

»Sie besuchen mich nicht mehr«, sagte Kevin plötzlich unvermittelt.

»Wer?« Insgeheim hoffte Rubian, dass Kevin von irgendwelchen ominösen Stimmen sprechen würde, Geistwesen oder dergleichen, dann hätte er sofort behaupten können, der Mann wäre geisteskrank, aber sein Mandant schien klar bei Verstand und antwortete: »Meine Familie.« Er senkte den Blick und fummelte eine Schachtel Zigaretten aus der Tasche.

»Seit wann rauchen Sie?«, fragte Rubian überrascht.

Sein Gegenüber gab ihm keine Antwort, sondern zündete sich die Kippe mit zitternden Fingern an. »Beatrice war sowieso nur einmal hier, aber Onkel Arno und Sven, die kamen öfter. Sven hat mir geschrieben, meinte, es wäre schwierig mit Besuchen, weil die Familie ständig von der Presse verfolgt würde. Er müsse auch an die Firma denken, denn jeder Besuch im Knast könnte negative Schlagzeilen provozieren, deshalb wolle er warten, bis sich die Situation beruhigt hätte.« Er stieß den Rauch aus. »Ist natürlich Unsinn.« Seine Kiefer bewegten sich, als würde er etwas mit den Zähnen zermalmen.

Rubian wusste, dass der Mann ihm gegenüber mit den Tränen kämpfte, und ließ ihm Zeit, sich zu fangen.

»Ich vermute, das ist vor allem auf Beatrices Mist gewachsen. Ich sehe die Nachrichten, weiß, dass sie sich als First

Lady des Hagen-Imperiums verkauft. Sven hat es geschafft. Er hat jetzt alles. Die beste Firma, eine ehrgeizige Frau, die alles daransetzen wird, dass die Geschäfte laufen, und niemanden, der ihm irgendetwas vorschreibt.« Er stieß einen verächtlichen Ton aus. »Und der böse Bruder ist endlich da, wo er hingehört.«

Noch immer schwieg Rubian, was Kevin veranlasste zu fragen: »Die haben mir nicht geglaubt oder?«

»Es spielt keine Rolle, was Ihre Familie glaubt, es kommt nur auf die Richter an, daran sollten Sie denken.«

»Ich habe die Wahrheit gesagt«, giftete Kevin und fixierte seinen Anwalt. »Sie glauben mir auch nicht.«

Rubian räusperte sich, wollte etwas erwidern, aber sein Mandant begann, wütend zu werden, und rief zornig: »Wenigstens mein eigener Anwalt sollte mir glauben, dafür bezahle ich Sie doch.«

»Sie bezahlen mich dafür, dass ich Ihnen den Knast erspare, mein Glaube ist dafür nicht notwendig. Ganz ehrlich, es ist mir gleichgültig, ob Sie es waren oder nicht. Was mir nicht gleichgültig ist, ist dieser Prozess. Also reißen Sie sich zusammen und folgen Sie meinen Anweisungen. Sie werden morgen mit Miriams Mutter sprechen und dabei charmant und höflich sein. Weinen und jammern Sie, wecken Sie mütterliche Instinkte. Ich werde dafür sorgen, dass ein Presseteam bereitsteht und persönlich von Frau Fuller erfährt, dass Kevin Hagen reizend ist und niemals zu einem Mord fähig wäre.« Er schürzte die Lippen, betrachtete erneut Kevins Veilchen und fügte noch an: »Sagen Sie ihr nicht, dass Sie sich wehren konnten, lassen Sie die Frau in dem Glauben, völlig hilflos zu sein.«

»Ich …« Kevin wollte Einwände erheben, aber Rubian unterbrach ihn. »Schon vergessen? Sie tun genau das, was ich Ihnen sage.«

Der Anwalt stand auf. »Ich komme morgen wieder,

zusammen mit Frau Fuller, sagen Sie ihr, dass Ihnen Miriam fehlt.«

»Das tut sie, das ist keine Lüge.«

»Umso besser«, meinte der Strafverteidiger aufmunternd, »dann ist es glaubhaft. Und bedauern Sie auch den Verlust des Kindes.«

Kevin antwortete nicht, sondern nickte nur, als Rubian durch die Tür verschwand, die in die Freiheit führte.

Erst als der Anwalt verschwunden war, sagte er leise: »Oh ja, das bedauere ich ebenfalls, wie so vieles.«

* * *

Im ersten Augenblick glaubte Thomas, im Bett zu liegen und zu träumen. Dann spürte er plötzlich etwas Kaltes an seinem Hals, zuckte zusammen, und jemand sagte: »He Mann, der lebt noch. Ich ertaste seinen Puls.«

Er wollte die Augen aufreißen, doch daraus wurde nur ein zaghaftes Blinzeln. Sein Kopf schmerzte und er sah lediglich verschwommene Gesichter vor sich.

»Alles klar?«, erkundigte sich eine männliche Stimme und eine zweite sagte: »Frag ihn, ob er sich noch an seinen Namen erinnert, das macht man so.«

»Brand«, reagierte Thomas ganz automatisch, wiederholte sogar seinen vollständigen Namen und sein Geburtsdatum.

»Das ist gut«, lobte man ihn und erst jetzt wurde ihm bewusst, dass er nicht in einem Krankenbett lag, sondern auf seinem Fußboden im Flur. Genauer gesagt traf das eigentlich nur auf seine Beine zu – der Rest seines Körpers befand sich im Hausgang, wortwörtlich zwischen Tür und Angel. Er versuchte, sich aufzurichten; die beiden jungen Männer waren ihm dabei behilflich. Er kannte sie vom Sehen, sie lebten als Wohngemeinschaft am Ende des Flurs.

»Wir sollten vielleicht einen Krankenwagen rufen«, schlug der eine vor.

»Bei mir wurde eingebrochen«, keuchte Thomas mühsam. »Da war jemand in meiner Wohnung, hat mich niedergeschlagen.« Automatisch wanderte seine Hand zum Kopf und er fühlte bereits die dicke Beule an der Schläfe. Sein Blick fiel auf den bronzenen Gorilla-Schädel. Ein Geschenk von Tante Lieselotte, das man gerade als Waffe gegen ihn eingesetzt hatte. Die handballgroße Statue lag am Boden.

»Dann die Polizei«, sagte einer der Jungs, während sie Thomas ins Wohnzimmer begleiteten.

»Coole Wohnung«, stellte der andere fest. Er trug einen Bart und eine Art Dutt und war völlig in schwarz gekleidet. Sein Freund, ein schmaler blonder Typ mit sorgfältig geföhntem Haar, erwiderte: »Sieht eigentlich nicht so aus, als hätte man bei Ihnen eingebrochen, eher so, als wäre gerade die Putzfrau da gewesen.«

Der mit dem Bart warf seinem Kumpel einen vorwurfsvollen Blick zu, der signalisieren sollte, dass Witze in dieser Situation unpassend seien.

Thomas zog hastig einige Schubladen auf und seufzte dann erleichtert, als er feststellte, dass die Dinge, die ihm etwas bedeuteten, noch da waren. Allerdings fiel ihm auf, dass die Mappe mit seinen Skizzen geöffnet auf der Schreibtischplatte lag, man hatte die Zeichnungen durchwühlt.

Er bewegte sich dorthin und die Jungs folgten ihm.

»Haben Sie die gemalt?«, fragte der Blonde anerkennend. »Die sind richtig gut.«

»Danke«, erwiderte Thomas in Gedanken. Er hatte das Gefühl, dass Bilder fehlten.

»An der Tür sind Spuren, könnte ein Stemmeisen gewesen sein«, rief der Bärtige ihnen zu. »Und auf dem Affenkopf gibt es vielleicht Fingerabdrücke. Soll ich jetzt die Polizei rufen?«

Thomas zögerte, was seinen Helfer veranlasste, ihm ins Gewissen zu reden. »Ich möchte Sie ja nicht beunruhigen, aber da nichts gestohlen wurde, könnte es sich vielleicht um keinen Einbrecher, sondern einen Irren handeln.«

»Nun bin ich beunruhigt«, antwortete Thomas scherzend.

»Nehmen Sie das nicht auf die leichte Schulter, es geht bereits durch alle Medien. In Hamburg treibt ein *Wahnsinniger* sein Unwesen«, fügte der Blonde an. »Die sagen, er würde einen Serienkiller nachahmen, einen, den sie den Herzensbrecher nennen. Ganz schön gruselig.«

»Genau«, fuhr sein Freund fort. »Der Herzensbrecher hat seine Morde in meinem Geburtsjahr begangen. Und jetzt ahmt ihn jemand nach. Das aktuelle Opfer war ein alleinstehender älterer Mann, sicher schon über dreißig.« Die beiden betrachteten Thomas mitleidvoll.

Der ließ sich auf die Couch sinken, versicherte sofort, dass es ihm gut gehe, und wusste nicht, ob er mehr darüber besorgt sein sollte, dass die Sache nun publik gemacht worden war oder dass man ihn mit fünfunddreißig Jahren für einen Tattergreis hielt.

»Sie sollten echt anrufen.«

Er winkte ab. »Hätte mich der Typ töten wollen, dann wäre ihm das leicht gelungen«, warf er ein. »Als ich kam, ist er doch sofort abgehauen.«

»Stimmt auch wieder«, gaben ihm die beiden recht. »Aber das Schloss ist hin, wollen Sie das nicht melden, wegen der Versicherung?«

Er wusste eigentlich selbst nicht, warum er mit den beiden so offen sprach. Sie waren sich schon häufig auf dem Flur begegnet, aber mehr als ein reserviertes »Hallo« war ihm dabei noch nie über die Lippen gekommen. Er bevorzugte es normalerweise, mit seinen Nachbarn auf Distanz zu bleiben.

»Ja, aber dann habe ich jede Menge Papierkram am Hals, und am Ende muss ich doch alles selbst bezahlen.« Und ihm war noch ein anderer Gedanke gekommen. Wenn er die Polizei rufen würde, dann wäre bald Hauptkommissar

Donner informiert, als Nächstes Tante Lieselotte, seine Mutter, irgendwann die Presse und er wäre innerhalb kürzester Zeit Mittelpunkt des allgemeinen Interesses, noch dazu, wo gerade seine Vergangenheit von den Medien neu entdeckt wurde. Nein, das wollte er auf keinen Fall.

»Ehrlich, ich wäre euch dankbar, wenn ihr das einfach für euch behalten könntet. Ich werde das Schloss austauschen und mir eines mit mehr Widerstandskraft einbauen lassen.« Er grinste.

»Ich habe einen Kumpel, der ist Schreiner. Der kennt sich auch mit Schlössern ziemlich gut aus«, schlug der mit dem Bart vor. »Ich kann ihn anrufen, der macht das dann für einen guten Preis.«

»Klar.« Thomas war überrascht. »Das wäre nett.«

»Keine Ursache«, erwiderte sein Gegenüber. »Sie sind immerhin unser Lieblingsnachbar.«

»Wie das?«, reagierte Thomas amüsiert.

»Na, Sie haben sich noch nie über uns beschwert, nicht einmal, wenn so ein paar Knalltüten versehentlich bei Ihnen geklingelt haben, was uns sehr leidtut«, erklärte er bedauernd. »Wäre echt schade gewesen, wenn man Sie getötet hätte.«

»Ja, echt schade«, stimmte sein Kumpel zu.

»Sehe ich genauso«, antwortete Thomas und versuchte, ein Lachen zu unterdrücken.

Die Situation hatte etwas Surreales, wie in einem schrägen Film. Allein die Wortkombination aus »schade« und »getötet« ließ ihn einen Moment daran zweifeln, dass das eben gerade wirklich passierte. Bevor es zu einem unangenehmen Schweigen kommen konnte, sagte er schnell: »Ich danke euch jedenfalls, dass ihr euch so gekümmert habt.«

»Kein Ding, Mann«, erwiderte der Bärtige. »Sie kommen doch klar, oder?« Die beiden warfen sich einen Blick zu und schienen übereinzukommen, ihrem Nachbarn ein Angebot zu machen. »Also wenn Sie möchten, dann können Sie heute

Nacht auch bei uns schlafen. Um sich von dem Schreck zu erholen und falls Sie befürchten, dass der Einbrecher noch einmal zurückkommt.«

Irgendwie rührte ihn die Hilfsbereitschaft der jungen Leute. So hatte er seine Nachbarn nicht eingeschätzt, und mit einem Mal bedauerte er es, dass er sich meist nicht die Zeit nahm, Menschen besser kennenzulernen.

»Das ist unheimlich freundlich«, antwortete er ehrlich. »Aber ich denke, ich komme klar, und wenn nicht, dann kann ich immer noch bei euch klingeln.«

»Sicher«, antworteten ihm die beiden, ließen ihm sogar noch ihre Handynummern für den Notfall da und verabschiedeten sich.

Erst als er wieder allein war, bemerkte Thomas das Zittern seiner Hände und ein Gefühl aufsteigender Panik. Für eine Sekunde überlegte er, den jungen Männern hinterherzueilen und ihr Übernachtungsangebot doch anzunehmen, dann atmete er durch und schaltete den Fernseher an, Stille konnte er im Moment nicht ertragen. Anschließend verrammelte er die Wohnungstür von innen, da er ja nun nicht mehr abschließen konnte, ging ins Bad, betrachtete die Schwellung und entschied, die Verletzung mit einem Kühlakku und einem kalten Bier zu behandeln.

Während er das vereiste Kühlelement gegen die Beule drückte und gelegentlich am Bier nippte, überprüfte er sorgfältig alle Schränke und stellte auch dabei fest, dass nichts fehlte, nicht einmal die hundert Euro in kleinen Scheinen, die er gut sichtbar in der Küchenschublade aufbewahrte und die für einen Bargeldnotfall gedacht waren.

Dann schlurfte er zurück zu seinen Skizzen. Im Hintergrund hörte er plötzlich den Namen seines toten Vaters und schreckte auf.

Im Fernsehen liefen gerade die Nachrichten, der Mord an einem Sozialhilfeempfänger in einem Wohnblock war das Hauptthema. Hauptkommissar Donner wurde eingeblendet, reagierte knapp auf die Fragen der Presse. Nun war es also wieder so weit: Der *Herzensbrecher* war erneut Teil seines Lebens geworden.

Nicht die Polizei gerufen zu haben, war sicher unvernünftig gewesen, aber es bewahrte ihn auch davor, noch stärker in den Fokus der Öffentlichkeit zu geraten. Brand war ein Allerweltsname, womöglich brachten ihn die Menschen in seiner Umgebung nicht automatisch mit den alten Morden in Verbindung. Die Chance dafür war jedenfalls größer, wenn er den Einbruch für sich behielt.

Mit brummendem Schädel stand er mittlerweile vor seinen Skizzen. Die meisten stammten noch von dem Prozess. Er betrachtete Bruno Rubians Bernhardinergesicht, die kalten Züge von Beatrice von Ehrstein-Hagen, die unbeteiligte Miene des Angeklagten und plötzlich wusste er, welche Zeichnungen fehlten. Wer auch immer für den Einbruch verantwortlich war, er hatte die Bilder von Miriam Fuller gefunden und mitgenommen.

8

Am nächsten Morgen weckte ihn die Klingel. Thomas hatte viel länger geschlafen als gewöhnlich, was vermutlich an seinen Kopfschmerzen und dem Schock der letzten Nacht gelegen hatte. Zuerst begriff er gar nicht, wer sich da über die Gegensprechanlage meldete, dann erinnerte er sich an das Versprechen seines Nachbarn, einen befreundeten Schreiner vorbeizuschicken.

Der junge Handwerker blickte Thomas entschuldigend an. »Gernot sagte, es sei dringend, weil das Schloss kaputt ist. Da bin ich gleich los, ich wollte Sie aber nicht wecken.«

»Nein«, winkte Thomas ab. »Ich bin Ihnen und Gernot sehr dankbar! Bitte, legen Sie ruhig los, ich gehe zwischenzeitlich ins Bad.«

Als Thomas frisch geduscht und angezogen zurückkehrte, war der Schreiner gerade fertig. »Ich habe alles so weit repariert, damit Sie wieder abschließen können, vielleicht sollten wir aber ein paar zusätzliche Sicherungen …«

Thomas war kein begabter Handwerker, konnte aber trotzdem sofort erkennen, dass er es mit jemandem zu tun hatte, der seinen Job verstand, deshalb fiel er ihm ins Wort:

»Tun Sie, was Sie für nötig halten. Sie verstehen davon sicher mehr als ich.«

»Ich kann Ihnen erst einen Kostenvoranschlag machen, das volle Programm liegt ungefähr bei …«

»Ich nehme es. Wenn Sie wollen, kann ich etwas anzahlen.« Er eilte zur Schublade und reichte dem Mann die hundert Euro.

»Das ist nicht nötig, Gernot hat mir versichert, dass Sie in Ordnung sind.«

»Nehmen Sie es«, wiederholte Thomas geduldig, »und bestellen Sie, was immer nötig ist. Vielen Dank, dass Sie so schnell hier waren.«

Der andere drückte ihm noch eine Visitenkarte in die Hand und meinte: »Ich habe mich vor Kurzem selbstständig gemacht«, dann fiel ihm ein, dass das vielleicht eher eine unvorteilhafte Werbung sein könnte, und fügte noch an: »Meinen Meister habe ich selbstverständlich.«

»He, wenn Gernot Sie schickt, dann brauche ich nicht mehr zu wissen«, entgegnete Thomas gut gelaunt und der andere grinste dankbar.

Kaum war der Schreiner verschwunden, machte sich auch Thomas auf den Weg. Gedanklich notierte er sich noch, dass er unbedingt herausfinden musste, welcher seiner Nachbarn denn nun *Gernot* war, dann konzentrierte er sich wieder voll und ganz auf sein eigenes Vorhaben.

* * *

»Dieser Herzensbrecher-Mord ist das Beste, was uns passieren konnte«, sagte Beatrice beim Frühstück.

Sven Hagen blickte sie erstaunt an, während Onkel Arno nachdenklich nickte und murmelte: »Da muss ich dir recht geben.«

»Was haben wir mit diesem Mord zu schaffen?«, brauste Sven auf. »Reicht der an Mutter nicht?«

»Du verstehst das falsch, mein Lieber«, erwiderte seine Frau mit einem bezaubernden Augenaufschlag. »Es geht doch nur darum, dass der Mord an deiner Mutter nicht länger Gesprächsthema Nummer eins ist. Ein anderes tragisches Ereignis ist nun in den Schlagzeilen. Das kommt unserer Familie und der Firma zugute.«

»Trotzdem möchte ich nicht, dass irgendwer stirbt, damit es mir besser geht.«

Beatrice legte das Besteck zur Seite. Sie ließ sich Zeit, tupfte vorsichtig ihre Mundwinkel ab und faltete die Serviette zusammen, bevor sie mit der Geduld einer Mutter, die ein trotziges Kind in die Schranken wies, erwiderte: »Das Leben ist nun einmal so. Die guten Dinge, die einem widerfahren, gehen meist zulasten jemand anderes.«

Er sah sie misstrauisch an und sie sprach in ihrem gönnerhaften Tonfall weiter: »Bei einem Wettkampf kann auch nur einer gewinnen. Ohne Verlierer gibt es keine Sieger. Der günstigste Anbieter bekommt den Zuschlag, die anderen bleiben womöglich auf ihrer Ware sitzen. Ein Mann heiratet die Schönheitskönigin, die anderen müssen mit den grauen Mäusen vorliebnehmen. Der Lauf der Welt, im Privaten wie im Geschäftsleben.«

»Das ist doch Unsinn«, widersprach ihr Mann.

»Ist es das?«, gab ihm Beatrice gereizt Antwort. Sie war augenblicklich verärgert, hasste es, wenn man ihr den Verstand absprach. »Glaubst du, dass du jemals an die Spitze der Firma gekommen wärst, wenn nicht deiner Mutter dieses furchtbare Unglück widerfahren wäre? Du sitzt auf dem Chefsessel und Kevin im Gefängnis. Eine Art Gleichgewicht, das immer ganz automatisch entsteht.«

Svens Blick streifte Onkel Arno, der meinte: »Eine äußerst zynische Betrachtungsweise, die jedoch einer gewissen Logik nicht entbehrt.«

»Eine Betrachtungsweise, die ich nicht teile«, fuhr er die beiden an. »Kevin ist mein Bruder, ich kann einfach nicht glauben, dass er das getan hat, und die Firma wollte ich nie.«

»Dann werde ich mich darum kümmern«, schlug ihm Beatrice umgehend vor. »Und was Kevin angeht, solltest du den Tatsachen endlich ins Auge sehen. Erinnerst du dich noch an diesen aufdringlichen Thomas Brand?«

Arno hob die Hand, um auszudrücken, dass er sich an diese Begegnung lieber nicht mehr erinnern würde, während Sven meinte: »Was ist mit ihm?«

»Er hat dich gefragt, was du glaubst, wer es getan hat, wenn du Kevin für unschuldig hältst«, antwortete Beatrice.

»Und?«, entgegnete Sven gepresst.

»Du solltest dir diese Frage endlich beantworten.«

Wieder wanderte Svens Blick zu Arno Hagen, der ihm mitfühlend zunickte. »Beatrice hat recht, wir sollten uns den Gegebenheiten stellen. Es ist eines, den Schein zu wahren und so zu tun, als wäre Kevin dazu nicht in der Lage gewesen, aber wissen wir es nicht längst besser …?«

Beatrice übernahm erneut. »Du bist mit ihm aufgewachsen, kennst seine Eskapaden als Jugendlicher, hast erlebt, wie er seine Familie, seine Freunde und Freundinnen behandelt hat.«

»Da war er nicht er selbst. Alkohol und Drogen haben Kevin verändert.«

»Genau wie in jener Nacht«, sagte seine Frau sanft. »Lass es einfach dabei bewenden und finde dich damit ab. Rubian wird versuchen eine Unterbringung in einer Klinik durchzuboxen, mehr können wir für Kevin nicht tun. Keinesfalls sollten wir uns jetzt vormachen, er käme irgendwann wieder zurück. Wir müssen die Eigentumsverhältnisse regeln. Die Firma darf nicht führungslos bleiben.«

»Das ist alles, was dich interessiert?«, entgegnete er vorwurfsvoll.

Beatrice fiel es offenbar nicht auf, dass er von ihr Widerspruch erwartete.

Ihr »Momentan halte ich das für unsere Chance, als Erster durchs Ziel zu marschieren« schien etwas in Sven zu zerstören. Sein Blick erinnerte stark an den eines Kindes, dem das erste Mal bewusst wurde, dass es den Weihnachtsmann nicht wirklich gab.

Beatrice hatte soeben von ihrem Zauber verloren. Sie war zu sehr damit beschäftigt, sich für diesen gelungenen Vergleich gedanklich auf die Schultern zu klopfen, um zu bemerken, dass er sie ab jetzt mit anderen Augen sehen würde.

Vielleicht war auch ihm das klar und er hatte deshalb das Bedürfnis, sie irgendwie dafür zu verletzen, dass sie ihm die Illusionen zerstört hatte. Denn das erste Mal, seit sie ein Paar waren, verwendete er ihr gegenüber einen Ton, der nicht zu seinem sonst geduldigen Wesen passte. Kalt sagte er nämlich: »Nun, dann werde ich es wohl sein, der durch dieses Ziel geht, meine Liebe. Denn, wie du eben so anschaulich erläutert hast, gibt es ja immer nur einen Sieger.«

Beatrice wirkte, als hätte man sie geohrfeigt.

Sven sah an ihr vorbei, erhob sich.

Zu Arno gewandt sagte er: »Ich werde einen Termin mit unseren Anwälten vereinbaren, wir werden einiges zu regeln haben.«

»Sicher, mein Junge, wenn du mich brauchst«, bot er sich unaufdringlich an.

Kaum war Sven aus dem Raum, richtete Beatrice ihr Wort an Arno. »Du weißt, dass er das nicht kann. Ich bin diejenige, die die letzten Wochen alles geregelt hat.«

»Natürlich, du warst ihm eine große Stütze.«

»Ich will keine Stütze sein, das klingt austauschbar. Ich will meinen Platz, ich will …« Sie schluckte das Wort »Macht« herunter, aber Arno hatte auch so verstanden.

»Lass ihm Zeit«, riet er ihr.

»Ich habe es vermasselt«, erwiderte sie und schnaufte wütend. »Jetzt glaubt er, mir geht es nicht um ihn. Dabei will ich doch nur sein Bestes, was auch bedeutet, dass das Unternehmen Gewinne einfahren muss. Ich denke da nur an ihn.«

»Natürlich tust du das«, antwortete ihr Arno aufmunternd. »Du bist eine schöne und intelligente Frau, und das weiß Sven sicher zu schätzen. Mit dir als Unterstützung wird er es weit bringen.«

Ein weiteres Mal an diesem Tag fühlte sich Beatrice auf die hinteren Ränge verwiesen, aber sie ließ es sich nicht erneut anmerken.

»Wir werden das schon hinbekommen«, sagte sie stattdessen gefasst. »Ist für uns alle eine schwere Zeit. Sven wird sicher bald einsehen, dass es das Vernünftigste ist, es mir zu überlassen, die Dinge zu regeln. Und jetzt werde ich ihn am besten erst einmal beruhigen.«

Arno Hagen sah ihr nachdenklich hinterher, als sie den Raum verließ. Er war kein Dummkopf, zudem in einer Familie aufgewachsen, in der es immer darum gegangen war, für sich selbst eine gute Position herauszuschlagen. Er erkannte daher genau, was Beatrice vorhatte. Ihm war nicht entgangen, dass sie ihre Fühler zunächst nach Kevin ausgestreckt hatte. Dem war an der schönen Frau allerdings nichts gelegen. Sven hingegen hatte sich naiv von ihr einwickeln lassen.

Was würde nun aus den beiden werden, wenn Sven sich gegen seine Frau stellen und ihr einen Platz in der Firma verweigern würde? Beatrice war süchtig nach Macht, und so langsam hatte Arno das Gefühl, dass die junge Frau äußerst gezielt ihre Pläne verfolgen würde.

* * *

Zwei Tage später in Domsbüttel, etwa eine halbe Autostunde von Hamburg entfernt

Bruno Rubian lehnte sich in seiner schwarzmetallic glänzenden Limousine zurück. Die Ledersitze knarzten dabei, und obwohl er den Fahrersitz weit zurückgeschoben hatte, war der Freiraum zwischen Lenkrad und seinem Bauch doch äußerst begrenzt.

Sein Blick wanderte zu dem jungen Mann auf der Beifahrerseite.

»Sicher, dass Sie das machen wollen?«

»Ganz sicher«, antwortete man ihm mit fester Stimme.

»Nur damit Sie mir nachher nicht auf die Idee kommen zu behaupten, ich hätte Sie angestiftet«, entgegnete Rubian mit einem Augenzwinkern.

»Haben Sie nicht«, antwortete ihm Thomas Brand grimmig.

»Sie wissen, dass ich Zweifel habe«, erinnerte ihn Rubian. »Der Mann ist ein Adonis, ein echter Frauenschwarm, davon abgesehen mit einer Schönheit verheiratet, die dazu auch noch einen Abschluss in angewandter Physik hat. Zudem zwei reizende Kinder, ein Haus mit Garten und er selbst hat einen guten Job als Vermögensberater. Wieso sollte sich so jemand für Miriam Fuller interessieren? Nichts für ungut, Miriam war nicht hässlich, aber Sie werden mir wohl zustimmen, dass sie wenig bot, was einen Mann dazu brachte, verrückt nach ihr zu sein. Oder …« Er verzog zweifelnd das Gesicht. »Oder nach ihrem Tod bei Ihnen einzubrechen, um Skizzen mit Miriams Konterfei zu stehlen.«

Sie hatten das alles bereits durchgekaut. Dass sie jetzt hier gemeinsam vor dem Haus von Jürgen Karon in Domsbüttel, der Heimatstadt von Miriam Fuller, parkten, verdankte Thomas vor allem dem Umstand, dass Werner Münster, der Mann seiner Mutter, ihm den Gefallen getan und bei Rubian einen Termin für ihn vereinbart hatte. Es war nicht leicht gewesen, ausgerechnet Werner zu bitten, aber jemand anderes war ihm nicht eingefallen.

Sein Stiefvater hatte sich über sein unerwartetes Auftauchen gewundert.

»Alles in Ordnung?«, hatte er vorsichtig gefragt, als Thomas so unvermittelt in Werners Unternehmen erschienen war. Dann hatte er sich geduldig angehört, was Thomas zu sagen hatte.

»Ich muss mit Rubian sprechen und brauche jemanden, der mir einen Termin verschafft. Ich hatte gehofft, du könntest mir einen Tipp geben.«

Zunächst zog Werner besorgt die Augenbrauen zusammen. »Steckst du in Schwierigkeiten?«

»Nein«, wehrte sich Thomas vehement, »wie kommst du darauf?«

»Nun, wenn jemand einen Termin bei Rubian will, dann meistens nur, weil er richtig Probleme hat.«

»So ist das nicht«, versicherte er seinem Stiefvater in Ruhe.

»Du willst es mir also nicht sagen«, schloss Werner aus der Zurückhaltung seines Gegenübers. »Gut, ein Gefallen bedarf keiner Erklärung, aber gegebenenfalls einer Gegenleistung.«

Thomas wollte sich schon wütend verabschieden, da hielt ihn Werner zurück. »Ich werde nichts von dir fordern, nur eine Bitte äußern. Selbstverständlich helfe ich dir mit Rubian. Er ist mit mir bekannt, wird dich deshalb sicher kurzfristig empfangen. Im Gegenzug möchte ich nur eines.«

Thomas verzog das Gesicht, ließ Werner allerdings ausreden.

»Bitte überdenke deine Haltung gegenüber deiner Mutter. Es ist mir gleichgültig, wenn du mich hasst. Ich habe dir schon ausreichend oft erklärt, dass deine Mutter und ich zu den Lebzeiten deines Vaters weder eine Beziehung noch eine Affäre oder sonst irgendetwas miteinander hatten. Dein Vater war mein bester Freund, ich hätte ihn niemals hintergangen.«

»Mein Vater hat meine Mutter noch kurz vor seinem Tod beschuldigt, eine Affäre zu haben. Er stirbt und kurz darauf heiratet sie dich.«

»Erstens, Eheleute haben Probleme. Das war auch in der Ehe deiner Eltern nicht anders. Dein Vater war ein toller Mensch, er hat seine Familie geliebt, aber seine Arbeit stand immer an erster Stelle, so etwas kann eine Ehe belasten.« Er hob schnell die Hände, um eine schnippische Antwort abzuwehren. »Das ist keine Rechtfertigung, keine Entschuldigung, sondern lediglich eine Feststellung. Es stimmt, die Ehe deiner Eltern lief damals nicht gut. Das hatte allerdings nichts mit mir zu tun und war nun auch nicht nur die Schuld deiner Mutter. Ich möchte lediglich, dass du darüber nachdenkst. Und geheiratet habe ich Karla erst drei Jahre nach der Beerdigung. Wir haben zusammen um ihn getrauert und irgendwann sind wir uns nähergekommen. Wäre es anders gewesen, dann würde ich dazu auch stehen.«

»Und mit wem hatte meine Mutter dann die Affäre?«, reagierte Thomas reserviert.

»Das weiß ich nicht und ich denke, sie ist da weder mir noch dir Rechenschaft schuldig.«

Werner sah seinen Stiefsohn direkt an, meinte dann noch: »Denkst du wirklich, dass du sie bestrafen solltest?«

Thomas hatte darauf nichts mehr erwidert, war sauer gewesen. Werner hatte ein unschönes Bild von ihm gezeichnet, ihn wie ein trotziges verwöhntes Kind hingestellt. Kleinlich und launisch, unfähig, wie ein Erwachsener zu handeln.

Dennoch hatte Werner für ihn den Termin mit Rubian vereinbart und der Anwalt war darüber höchst überrascht gewesen.

»Ich habe nicht den Hauch einer Ahnung, warum Sie mich sprechen möchten. Aber da Werner Münster ein Freund ist, tue ich ihm diesen Gefallen gerne. Außerdem bin ich neugierig. Sie und Ihre Familiengeschichte sind mir bei der Verteidigung meines Mandanten ordentlich in die Parade gefahren.«

Thomas hatte müde genickt. »Ich nehme an, der Mord an Olaf Kaas und die Spekulationen über den Herzensbrecher haben das Treffen von Miriams Mutter und Kevin Hagen im Gefängnis übertrumpft.«

»Schlaues Kerlchen«, gestand Rubian ein. »Das war leider mieses Timing. Also?«, hatte der korpulente Strafverteidiger ihn gefragt. »Was wollen Sie hier?«

Jetzt saßen die beiden in Rubians Wagen, und Thomas Brand betrachtete noch einmal das Bild, das er von Jürgen Karon gezeichnet hatte.

Der Anwalt auf dem Fahrersitz stieß geräuschvoll die Luft aus. »Ich bin gespannt, ob Sie richtigliegen.«

»Ich habe ein gutes Gedächtnis für Gesichter«, verteidigte sich Thomas.

»Sie haben den Mann nur für den Bruchteil einer Sekunde gesehen, bevor er Sie angeblich niedergeschlagen hat. Die Erinnerung kam erst einen Tag später, gut möglich, dass Sie Jürgen Karon irgendwo gesehen haben und nur glauben, er wäre bei Ihnen eingebrochen. Vielleicht war er auf der Beerdigung.«

»Immerhin hat ihn Miriams Mutter anhand meiner Skizze identifiziert, wie kann ich ihn mir da eingebildet haben? Der Mann existiert, hatte eine Verbindung zu Miriam und ist in meine Wohnung eingebrochen. Und warum sollte ich mich bei so vielen Menschen, die an dem Tag auf dem Friedhof waren, ausgerechnet an ihn erinnern? Ich weiß, dass er es war.« Thomas fuhr genervt fort: »Ich habe Sie aufgesucht, weil ich wollte, dass Sie Kevin Hagen und Frau Fuller das Bild zeigen. Ich wusste, dass Sie mit der Mutter in Kontakt stehen, hoffte einfach darauf, dass einer der beiden den Einbrecher erkennt. Jetzt weiß ich, wer es ist, und komme alleine klar, Sie können also gerne Ihre protzige Karre wenden und nach Hause fahren.«

»Schon gut«, wehrte Rubian ab. »Ich bin auf Ihrer Seite. Schließlich bin ich an allem interessiert, was meinem Mandanten helfen kann. Falls Miriams Verbindung zu Jürgen Karon dazu führt, dass man Kevin mit anderen Augen sieht, ihn nicht mehr für den Suizid seiner Verlobten verantwortlich macht, dann soll mir das recht sein. Also, bringen Sie ihn dazu, Ihnen etwas über sich und Miriam zu erzählen, etwas, das ich verwenden kann.«

»Geht es Ihnen eigentlich nur darum, Kevin Hagen rauszuboxen, oder interessiert Sie auch die Wahrheit?«

Rubian lachte auf. Es war ein schriller, fast schon hysterischer Ton, ungewohnt hell für einen Mann mit der Statur eines Bären.

Thomas sah ihn missbilligend an.

»Gehen Sie und suchen Sie die Wahrheit«, erwiderte der Anwalt amüsiert. »Ich bin gespannt, was Sie da finden.«

Thomas riss die Autotür auf. »Gut, dass Sie nicht mitkommen wollen, Sie würden die Wahrheit vermutlich sofort verscheuchen.«

Rubian lachte und sah kopfschüttelnd dem Jüngeren hinterher. »Gerichtszeichner, Grafikdesigner, Vollidiot«, kommentierte er gutmütig Thomas' Werdegang. Auch wenn Rubian es nie zugegeben hätte, zog er dennoch den Hut vor ihm. Nur wenige Menschen hätten sich so bemüht, um einer fast Fremden einen letzten Wunsch zu erfüllen, und außerdem waren da ja auch noch die Morde vor zwanzig Jahren.

Rubian erinnerte sich noch gut an Martin Brand, Thomas' Vater. *Den Unverbesserlichen* hatten ihn viele genannt. Er hatte sich für den steinigen Weg entschieden, als er eine politische Laufbahn eingeschlagen hatte. Einen Weg, auf dem er sich viele Feinde gemacht hatte. Sein Sohn war ihm ausgesprochen ähnlich. Rubian seufzte und verrenkte umständlich den Hals, um besser sehen zu können. Augenscheinlich öffnete man Thomas Brand gerade die Tür.

* * *

In der Nacht

Wie hatte er mit Verständnis rechnen können, wie auf Gnade hoffen? Von Naivität zu sprechen, wäre die Untertreibung des Jahrhunderts gewesen. Was hier geschah, war die Folge von tödlichem Leichtsinn.

Der erste Schlag saß nicht sofort, das Opfer setzte zur Gegenwehr an, so zertrümmerte das Radkreuz ihm nur die beiden ersten Glieder des rechten Zeigefingers. Es folgte ein kurzer Aufschrei, aber der war nichts im Vergleich zu dem Wimmern und Betteln, das gleich darauf folgen sollte. Die erste heftige Schmerzwelle durchzog den Körper des Mannes, als das Metall ihn mitten ins Gesicht traf. Das Nasenbein wurde dabei mit Wucht Richtung Schädeldecke geschoben. Beim nächsten Schlag erlitt der Oberkiefer schwere Frakturen. Zähne splitterten ab, gerieten in die Luftröhre des Mannes und ließen ihn würgen. Nach der zweiten Schmerzwelle war es keine Herausforderung mehr, das Opfer zu Tode zu prügeln – das Jochbein zersplitterte, Haut platzte auf, der linke Augapfel erlitt eine schwere Quetschung, Blut lief in den Gehörgang, Schädelknochen zersprangen wie Porzellan, und irgendwann war es vorbei. Der anhaltende intensive Schmerz hatte dem Körper keine andere Wahl gelassen, als aufzugeben; der Organismus konnte den Qualen nicht länger standhalten, und so endete ein weiteres Leben.

Die Frage war nun, was als Nächstes passieren sollte. Waren die Menschen schon bereit für einen weiteren *Herzensbrecher*-Mord?

Womöglich, aber hier war weder der richtige Ort noch genügend Zeit dafür. Deshalb gab es nur eine Alternative, und zwar das Opfer sofort zu entsorgen. Man hatte die tote Miriam gefunden, ihre Leiche aus der Elbe gefischt. Dennoch bestanden gute Chancen, dass der nächste Tote das offene Meer erreichen und für immer verschwinden würde. Eine andere Wahl gab es sowieso nicht.

Der Körper wurde über den Kai geschleppt und man durchsuchte seine Taschen. Als Nächstes war der Aufprall auf dem Wasser zu hören, kurz darauf folgte ein zweiter, verursacht durch das Radkreuz. Danach landete alles, was das Opfer bei sich hatte, in den dunklen Fluten.

Die Gestalt am Kai atmete durch, warf einen schnellen Blick auf die Uhr. Viel Zeit hatte dieser Mord nicht in Anspruch genommen, das war erfreulich – und mit dem Gedanken, das einzig Richtige getan zu haben, wandte sie sich ab.

* * *

Am nächsten Morgen

Thomas Brand trat verschlafen zur Gegensprechanlage. Er rechnete erneut mit dem Schreiner, der ihm weitere Sicherheitsmechanismen einbauen sollte, erschrak dann jedoch, als sich die Polizei meldete.

»Ich habe niemanden gerufen«, sagte er kurz darauf unbeholfen, als die Beamten vor seiner Tür erschienen. »Ist denn irgendetwas passiert?«

Plötzlich hielt man ihm einen Beschluss vor die Nase und

erklärte, dass man die Wohnung durchsuchen wolle. Noch bevor er irgendetwas sagen konnte, zog einer der Beamten bereits eine der Schubladen auf. Ein anderer griff nach der Skizzenmappe und schüttelte den Inhalt lieblos auf die Tischplatte. Thomas wusste nicht, wie ihm geschah, vermutlich reagierte er über, anzunehmen, dass ihn die Ereignisse der letzten Tage mehr aufgewühlt hatten, als er bereit gewesen war, sich einzugestehen. Jedenfalls verlor er die Nerven, schrie: »He, geht das auch vorsichtiger!«, und schob den Beamten unsanft zur Seite, um seine Skizzen wieder sorgfältig in die Mappe zu legen.

Man verwarnte ihn scharf, sagte ihm etwas über Tätlichkeit gegen einen Beamten und bat ihn sehr bestimmt, zur Seite zu treten. Ein Wort gab das andere und am Ende saß Thomas Brand mit Handschellen im Polizeiwagen, anschließend auf dem Revier.

Irgendwann erschien Bruno Rubian, und Thomas zeigte sich beschämt.

»Ist sehr anständig von Ihnen, dass Sie mir mit einem neuen Mandat aushelfen möchten«, sagte der Anwalt spöttisch, dann wurde er ernst und fragte: »Was um alles in der Welt ist in Sie gefahren? Ich hatte Akteneinsicht, in Ihrer Wohnung gab es nichts, das Sie irgendwie in Schwierigkeiten hätte bringen können. Im Gegenteil, dort war es so sauber, als hätte sich ein professioneller Tatortreiniger ausgetobt. Also was sollte der Ausraster?«

Thomas senkte den Kopf, murmelte: »Keine Ahnung, vielleicht hatte ich einfach das Gefühl, dass ich schikaniert werde, während andere weiterhin ihr Unwesen treiben dürfen.« Wütend starrte er zu Rubian. »Ich nehme an, Jürgen Karon hat mich angeschwärzt.«

»Karon ist seit gestern Nacht verschwunden«, erwiderte Rubian trocken.

»Also ist er untergetaucht, weil er etwas mit Miriams Tod zu tun hatte«, entgegnete Thomas triumphierend.

»Nun, die Polizei geht davon aus, dass Sie etwas mit seinem Verschwinden zu tun haben, deshalb die Durchsuchung.«

»Ich?«, rief Thomas und glich dabei einem kreischenden alten Weib.

»Natürlich Sie«, blaffte Rubian. »Sie waren der Einzige, der den Mann gestern im Beisein von Zeugen bedroht hat.«

»Bedroht, das ist doch lächerlich«, wiegelte Thomas ab.

»Haben Sie oder haben Sie nicht behauptet, Sie würden den Mann zur Strecke bringen und ihn dafür bezahlen lassen, was er Miriam Fuller angetan hat?«

»Das ist aus dem Zusammenhang gerissen«, gab Thomas kleinlaut Antwort.

»Dann stellen Sie den Zusammenhang her«, befahl Rubian mit schneidender Stimme. »Als Sie gestern wieder in mein Auto gestiegen sind, erwähnten Sie mit keiner Silbe einen Streit. Wenn ich mich recht entsinne, dann sagten Sie nur, dass sich Jürgen Karon geweigert hätte, mit Ihnen zu sprechen, und dass Sie ein mieses Gefühl bei dem Kerl haben. Warum wusste ich nichts von Ihren Drohungen?«

Thomas ließ die Schultern hängen. »Was soll ich sagen, der Typ war aalglatt, hat mich abgefertigt wie einen Vollidioten, behauptet, er wüsste nicht, wovon ich spreche.«

»Und da ist Ihnen nicht in den Sinn gekommen, dass er womöglich die Wahrheit sagen könnte?«, fuhr ihn Rubian an.

»Ich erwähnte ihm gegenüber Miriam Fuller und er hat …« Thomas atmete erneut durch. »Er hat angedeutet, sie hätte sich an ihn herangemacht, ihn bedrängt, ihn gestalkt. Seine Frau stand daneben und nickte eifrig. Er äffte eine Frauenstimme nach. ›Mein Mann trainiert ehrenamtlich die Jugendlichen in unserem Sportverein. Da kommt es manchmal zu Schwärmereien, die jedoch immer schnell unterbunden sind. Miriam Fuller entschied sich zum

Glück, den Verein zu verlassen und schließlich auch die Stadt.«

Thomas schüttelte resigniert den Kopf. »Ich habe der Frau angesehen, dass sie Zweifel hat. Die haben beide gelogen. Er, um sich zu schützen, sie, um ihre kleine Familienidylle nicht zu verlieren. Da habe ich ihm auf den Kopf zugesagt, dass er bei mir eingebrochen ist und die Skizzen gestohlen hat.« Wütend erzählte er weiter: »Natürlich hat er geleugnet. Er war ekelhaft überheblich, nach dem Motto: ›Sehen Sie mich an, denken Sie, ich habe es nötig, junge Frauen zu belästigen.‹ Und dann meinte er noch: ›Miriam Fuller war ein bedauernswertes Geschöpf mit einer verschrobenen Vorstellung von der Realität und ganz sicher nicht mein Typ.‹«

Thomas suchte Rubians Blick. »Vielleicht hätte ich besser die Klappe halten sollen, aber ich habe es satt. Der Typ ist schuldig. Der hat hundertprozentig etwas mit Miriams Tod zu tun. Wenn es Selbstmord war, dann hat er sie dazu gebracht. Karon ist ein Spinner, ein Stalker, warum sonst hätte er bei mir einbrechen und die Skizzen stehlen sollen?«

Rubian runzelte die Stirn, schien immer noch verärgert, dass ihn Thomas nicht eingeweiht hatte.

»Was ist los?«, fragte der deshalb. »Wäre das nicht gut für Sie und Ihren Mandanten?«

»Es wäre hilfreich, vor allem, wenn Sie Beweise hätten, aber es würde nichts an der Mordanklage ändern.« Rubian schnalzte verächtlich mit der Zunge. »Außerdem stehen Sie jetzt in Verdacht, Karon etwas angetan zu haben. Sie verfügen nicht zufällig über ein wasserdichtes Alibi für gestern Nacht?«, fragte der Anwalt, ohne wirklich auf ein Ja zu hoffen.

»Natürlich nicht. Ich war im Bett, allein und habe geschlafen«, schnauzte sein Gegenüber. »Was wird denn jetzt?«, fragte Thomas ungeduldig. »Ich weiß, dass ich Mist gebaut habe.«

Rubian grinste. »Wenigstens sind Sie kein uneinsichtiges Arschloch. Das macht meine Arbeit leichter.«

»Mein Mandant wird nicht aussagen«, teilte Rubian kurz darauf den ermittelnden Beamten im Fall Jürgen Karon mit. »Wir werden jetzt gehen.«

»Er hat den Vermissten bedroht«, warf einer der Polizisten ein.

»Und danach ist Karon frisch und munter nach Hamburg gefahren und hat von unterwegs noch seine Frau angerufen, wie ich den Akten entnehme«, antwortete Rubian lässig.

»Ihr Mandant hat ihm dort vermutlich aufgelauert«, ließ der Beamte nicht locker. Es war deutlich, dass der Mann kein Fan von Rubian war. Er nahm es dem Anwalt übel, dass er seinen Lebensunterhalt damit verdiente, Schuldige vor dem Gefängnis zu bewahren.

»Beweisen Sie es. Präsentieren Sie *irgendetwas*, das auf ein Verbrechen durch meinen Mandanten hindeutet. Ein Opfer wäre ein hilfreicher Anfang, aber das gibt es nicht. Jürgen Karon schläft vielleicht in irgendeinem Hotel seinen Rausch aus, eventuell will er sich von seiner Frau trennen. Womöglich ist die Ehe der beiden nicht glücklich, und die Gattin hat nur auf eine günstige Gelegenheit gewartet, sich des Gemahls zu entledigen. Graben Sie im Garten des Traumpaars. Mord unter Eheleuten würde der Statistik entsprechen.«

»Herr Brand hat sich der Durchsuchung widersetzt, wurde handgreiflich«, zischte der Beamte.

»Ach kommen Sie«, raunte Rubian und blickte den Polizisten, der ihn um zwei Köpfe überragte, belustigt an. »Thomas Brand wäre wohl körperlich kaum in der Lage, sich einem so trainierten Kerl wie Ihnen zu widersetzen.« Rubians Provokation war grenzwertig, und sein Gegenüber beherrschte sich nur mühsam. Der Anwalt fuhr ungerührt fort. »Mein Mandant ist ein Morgenmuffel, die Durchsuchung kam unerwartet, vielleicht dachte er auch, Sie sind keine echten Polizisten. Immerhin hat er einiges durchgemacht. Sie kennen die Geschichte von Thomas Brand. Den Vater unter so tragischen Umständen verloren, da kann man schon in Panik geraten, wenn man sich von einer Gruppe Fremder bedroht fühlt.«

»Spielen Sie jetzt wieder Ihre Psychisch-labil-Karte? Verraten Sie mir eines: Wenn Ihr Mandant so von seiner Vergangenheit traumatisiert ist, warum wurden wir dann nicht über den angeblichen Einbruch informiert?«

Der Anwalt ließ sich nicht aus der Ruhe bringen. »Vielleicht hat er kein Vertrauen, immerhin wurde seine Vergangenheit in den Medien breitgetreten, weil die Polizei das nicht verhindert hat.«

Der Polizist hätte dem Strafverteidiger gerne eine scharfe Erwiderung gegeben, aber jemand anders kam ihm zuvor.

Hauptkommissar Donner ging dazwischen und sagte gereizt: »Das ist jetzt selbst für Sie unter der Gürtellinie. Wir wissen doch alle, dass Herr Brand verpflichtet gewesen wäre, den Einbruch zu melden, anstatt loszuziehen und wilde Verdächtigungen auszusprechen.«

Rubian zuckte lässig mit den Schultern und machte sein unschuldiges Bernhardinergesicht, bevor er sagte: »Wird er nun dem Haftrichter vorgeführt?«

Donner verzog das Gesicht, ließ es sich aber nicht nehmen zu erwidern: »Noch nicht, und Sie sollten dafür sorgen, dass es so bleibt.«

Als der Anwalt kurz darauf mit Thomas Brand das Gebäude verlassen wollte, trat ihnen unvermittelt Oberkommissarin Lindner in den Weg.

Sie blickte missbilligend zu Rubian, dann zu Thomas. »So, Sie haben also kein Vertrauen in uns, gut zu wissen.« Sie warf ihm einen vernichtenden Blick zu und verschwand so schnell, wie sie gekommen war.

»Was haben Sie denen erzählt?«, wandte sich Thomas daraufhin vorwurfsvoll an den Strafverteidiger.

»Was nötig war, um Sie rauszuholen«, schnauzte der und machte durch seinen Tonfall deutlich, dass das Thema für ihn damit erledigt war.

9

Dienststelle der Kriminalpolizei

Auch drei Tage später fehlte von Jürgen Karon jede Spur. Lediglich sein Auto fand man, unweit der Stelle, an der man Miriams Fullers Leichnam aus der Elbe gezogen hatte.

Auch andere Entdeckungen sorgten dafür, dass man das Verschwinden des Mannes nicht mehr als Zufall bezeichnen konnte. Während bei einer ersten oberflächlichen Durchsicht der Sachen von Jürgen Karon nichts Hilfreiches entdeckt werden konnte, ergab eine weitere, gründliche Durchsuchung des Hauses, insbesondere des Mülls der Familie, dass jemand größere Mengen Papier verbrannt hatte. Die Ehefrau konnte sich zunächst keinen Reim darauf machen, allerdings war es den Kriminaltechnikern möglich gewesen, die Reste eines alten Fotos aus den zusammengepappten verkohlten Überbleibseln zu bergen. Es zeigte Miriam Fuller als Teenager.

Ihre Mutter konnte bestätigen, dass die Aufnahme vor Jahren gemacht worden war.

»Vielleicht war er in Panik, als ihn Thomas Brand auf

seine Verbindung zu Miriam angesprochen hat?«, meinte einer der Beamten bei der morgendlichen Dienstbesprechung in Hauptkommissar Donners Büro.

»Könnte möglich sein«, stimmte der Vorgesetzte zu. »Die Andeutung in Richtung Missbrauch kann ihn nervös gemacht haben. Normalerweise verbrennen Menschen ihr Altpapier nämlich auch nicht.«

»Die Ehefrau behauptet jetzt, dass es sich um alte Trainingspläne gehandelt hätte und dass ihr Mann gelegentlich Dokumente wegen des Datenschutzes im Kamin verbrennen würde, das sei sicherer, als sie zu schreddern«, warf Heide Lindner ein. »Ich denke, das ist ein Versuch, ihn aus der Schusslinie zu nehmen. Ihre erste Aussage ist glaubhaft. Die Frau hatte keine Ahnung von den verbrannten Unterlagen.«

Das Nicken der anderen bestätigte, dass sie das Gleiche dachten.

»Nur verständlich, dass sie ihren Mann deckt. Vermutlich nicht um seinetwillen«, warf Donner ein. »Sie will sich und ihre Kinder schützen. Im Raum steht, dass Jürgen Karon Miriam belästigt, sie gestalkt, womöglich sogar missbraucht hat und schlimmstenfalls etwas mit ihrem Suizid zu tun hatte, aber wir haben keine Beweise, und seine Frau wird sie uns ganz sicher nicht liefern.«

»Das könnte dann aber bedeuten, dass er sich irgendwo versteckt, und nicht, dass ihm etwas zugestoßen ist. Was wiederum erklärt, warum seine Reisetasche verschwunden ist«, schlussfolgerte Heide. »Seine Frau behauptet, dass er die nie unbeaufsichtigt lässt, weil er darin auch sein Laptop aufbewahrt, wenn er unterwegs ist.«

»Ohne Auto kommt er allerdings nicht weit«, gab eine Kollegin zu bedenken. »Außer er hat es gewechselt. Die Befragung der Mietwagenfirmen ergab bislang jedoch nichts. Womöglich hat ihm ein Bekannter einen Wagen geliehen.«

»Er war in letzter Zeit öfter in Hamburg. Seine Frau sagt, wegen geschäftlicher Termine, aber das stimmt nur teilweise.

Die Investmentfirma, für die er arbeitet, kann nicht alle Daten bestätigen, die uns Frau Karon genannt hat. Das könnte natürlich bedeuten, er hat sich in Hamburg aufgehalten, um in irgendeiner Form mit Miriam Fuller in Kontakt zu treten. Am Abend seines Verschwindens war er ebenfalls in Hamburg. Seine Frau hat er wieder einmal angelogen, indem er ihr weismachte, er hätte früh am Morgen ein Meeting mit einem Kunden, wollte deshalb im Hotel übernachten, um sich die stressige Anfahrt direkt vor dem Termin zu ersparen. Allerdings ist er, soweit wir wissen, nirgendwo eingecheckt, sondern hat vermutlich direkt die Veranstaltung besucht, auf der sich auch die Hagens die Ehre gaben. Was danach passiert ist, wissen wir nicht«, fasste Donner noch einmal den bisherigen Ermittlungsstand zusammen.

»Alle drei Mitglieder der Familie Hagen behaupten, sich nicht an ihn zu erinnern und schon gar nicht als einen Freund oder Bekannten von Miriam. Wir wissen also nicht, was er da wollte. Vielleicht hat er die Familie gestalkt.«

»Das wäre nicht ungewöhnlich«, spann Oberkommissarin Lindner den Faden weiter. »Sein eigentliches Ziel ist tot, er sucht nach Ersatz, um doch noch irgendeine Art kranke Verbindung zu Miriam aufrechtzuerhalten. Denkbar, dass er die Mutter verfolgt oder aber die Hagens. Das ist nicht schwierig. Fast alle öffentlichen Auftritte der Familie sind bekannt.«

Donner drehte den anderen den Rücken zu und starrte nachdenklich auf die Fotos an der Beweismitteltafel, dann sagte er wohlüberlegt: »Wir haben den Tod von Miriam Fuller für einen Suizid gehalten, weil es bereits eine entsprechende Vorgeschichte gibt. Dennoch kam der Suizid für ihr Umfeld überraschend.«

Jemand stieß geräuschvoll die Luft aus, zum Zeichen, dass ihm die Begeisterung fehlte, eine abgeschlossene Ermittlung zu erörtern.

Donner hob die Augenbrauen. »Wir können nicht

einfach neue Entwicklungen ignorieren, bloß weil das Arbeit bedeutet.« Ärgerlich fuhr er fort: »Die Verletzungen von Miriam Fuller sind nicht einwandfrei zuzuordnen gewesen. Die Gerichtsmedizin geht laut den Befunden davon aus, dass sie zum Zeitpunkt ihres Todes bewusstlos im Wasser trieb. Nicht untypisch beim Sprung aus großer Höhe. Felsen, Steine, Schiffsteile und so weiter, auch die Strömung hätte sie gegen ein Hindernis schleudern können. Allerdings sind die vielen Verletzungen am Leichnam schwer zuzuordnen. Es lässt sich nicht mehr sagen, ob man ihr einen Schlag verpasst hat oder es einen heftigen Aufprall gegeben hat. Ihr kennt den Bericht, Miriam Fullers Körper war übersät mit Wunden, wovon der größte Teil sicher von einem Schiffsrumpf oder -schrauben stammte. Vor allem ihre Abschieds-SMS, der vorangegangene Selbstmordversuch und ein fehlendes Motiv haben uns Fremdeinwirkung bisher ausschließen lassen.«

»Die Frau war schwanger, der Verlobte sitzt lebenslang im Knast, sie hat sich bei der Verhandlung nicht mit Ruhm bekleckert, gab sich vielleicht sogar eine Mitschuld. Für mich genug Gründe für einen Selbstmord, und das Autopsieergebnis spricht ja auch nicht dagegen«, warf eine Kollegin ein.

Oberkommissarin Lindner hatte das Bedürfnis, für ihren Partner in die Bresche zu springen, und entgegnete: »Es schließt Fremdeinwirkung aber nicht vollständig aus. Und was Miriams Beweggründe für einen Suizid angeht, könnten die auch genauso gut dagegensprechen. Sie ist schwanger von dem Mann, den sie liebt. Seine Familie hat Geld, der Nachwuchs kann wohlbehütet aufwachsen. Und sie hat die ganze Zeit für Kevin Hagen gekämpft, warum jetzt schon aufgeben? Bruno Rubian hat sicher noch etwas in der Hinterhand. Von der Mutter wissen wir, dass Miriam mit ihr nie über Jürgen Karon gesprochen hat, allerdings ist sie aus diesem Sportverein ausgetreten und danach von Domsbüttel nach Hamburg gezogen. Vielleicht wollte sie ihm so entkommen und plötzlich taucht er wieder auf. Was auch immer zwischen den beiden vorgefallen ist, die sind sicher nicht in aller Freundschaft auseinandergegangen.«

»Und dann fährt er nach Hamburg und bringt sie um«, warf jemand ein. »Warum jetzt?«

»Vielleicht ergab sich das zufällig«, konterte Heide. »Eventuell hatte er eine Zeit lang ein anderes Opfer, und Miriam war vergessen, dann taucht sie in den Medien auf, und das alte Verlangen kehrt zurück. Das deckt sich zumindest mit seinem plötzlichen Bedürfnis, Geschäftstermine in Hamburg zu erfinden. Wenn Jürgen Karon das ist, was ich gerade vermute, dann kann man sein Verhalten nicht mit rationalen Maßstäben erklären.«

Allgemeines Gemurmel folgte. Eine Polizistin meinte schließlich: »Und was jetzt? Suchen wir einen vermissten Ehemann und Vater, einen Sexualstraftäter oder einen Mörder?«

»Das wird sich hoffentlich bald herausstellen«, antwortete Donner nachdenklich.

* * *

Menschen neigten dazu, schnell zu vergessen. Das Gute war, sie taten das nicht selektiv, sondern allumfassend. Positives wie Negatives verschwand schnell aus ihrem Gedächtnis, vor allem, wenn sich ihnen etwas Neues bot.

Der Mord an Olaf Kaas war Geschichte. Ein armer Tropf, am Rande der Gesellschaft, Trinker, verschuldet, ohne Perspektive. Niemand, an den man sich gerne erinnerte, nicht einmal, wenn er Opfer eines Verbrechens geworden war. Außerdem passierten in der Welt jeden Tag schaurige Dinge, sodass man sich nur einen Teil davon merken konnte. Diese Vergesslichkeit machte die Menschen nicht nur herzlos, sondern auch zur leichten Beute. Und so war es auch heute kein aufwendiges Unterfangen, sich ein geeignetes

Schlachtvieh auszusuchen, dessen Tod man plakativ zur Schau stellen konnte.

Wie erfreulich, dass der Mann so bereitwillig die Tür öffnete. Was hatte er auch zu befürchten? Vermutlich rechnete er damit, dass eines der Zimmermädchen frische Handtücher brachte, dachte nicht daran, dass das um diese Zeit eher unwahrscheinlich war.

»Oh, was kann ich für Sie tun?«, fragte er höflich und keinesfalls verärgert über die Störung. Er wirkte, als würde er sich über ein wenig Gesellschaft und Zerstreuung freuen.

Das Zimmer war einfach, aber sauber. Vermutlich lief es in den Reiseführern unter der Kategorie »funktional, mit gutem Preis-Leistungs-Verhältnis«. Ein Lächeln huschte über das Gesicht von Theodors Besuch.

»Was ist so lustig?«, fragte Theodor unbefangen.

»Du«, bekam er zur Antwort. »Du und deine Naivität.«

Heute war es wieder ein Hammer. Trotz seiner guten Konstitution war Theodor hilflos, als der harte Metallkopf ihn mitten auf die Stirn traf und dort eine Wunde hinterließ, die einem Stempel, einem Brandzeichen glich. Theodor kippte nach hinten, versuchte sich abzufangen, fand aber keinerlei Halt und stürzte zu Boden. Er hob die Hände instinktiv abwehrend vors Gesicht, schloss die Augen, drehte den Kopf zur Seite und begann wimmernd zu betteln. Bevor er auf die Idee kam zu schreien, traf ihn der Hammer mitten in den Unterleib. Automatisch bewegten sich seine Hände Richtung Schmerz – ein Fehler, denn jetzt lag sein Hals frei. Der Hammer stürzte sich darauf wie ein hungriger Wolf auf ein verlorenes Lamm. In dem Moment, als der harte Stahl den Kehlkopf zertrümmerte, erstarrten Theodors Augen schlagartig, wirkten plötzlich gläsern, und sein Blick erinnerte an den eines traurigen Stoffbären, der einem das Gefühl gab, dass nur ausreichend Liebe notwendig wäre, um ihn lebendig werden zu lassen.

Der Mann auf dem Boden war vor seiner Zeit gestorben, noch dazu hatte man ihn mit Gewalt aus dem Leben gerissen.

Im Zimmer war es nun mucksmäuschenstill, doch draußen ging alles weiterhin seinen gewohnten Gang. Der Aufzug nebenan rumpelte lautstark ins nächste Geschoss, vor dem Gebäude hupte ein Auto, die Scheiben vibrierten, weil ein Schwertransporter vorbeifuhr, und über ihnen hörte man Stimmen aus einem Fernseher. Ein Mann und eine Frau, sie begannen zu singen, und Theodors letzter Gast lächelte müde. Dann würde also eine schnulzige Ballade das Herausschneiden des Herzens begleiten. Warum auch nicht? Vielleicht machte es der Dreivierteltakt leichter, einem Mann den Brustkorb zu öffnen. Womöglich wären die Hände dieses Mal geschickter und würden nicht so eine Sauerei verursachen.

Darauf verlassen konnte man sich natürlich nicht, und größte Vorsicht war geboten, um keine Spuren zu hinterlassen. Als das Messer aber schon kurz darauf an einer der Rippen hängen blieb und der Widerstand unbezwingbar schien, ließ die Ungeduld dem Todesengel keine andere Wahl, als sich wieder in ein wildes Tier zu verwandeln und brachial den Körper zu öffnen, um den Lebensmuskel mit Gewalt herauszureißen.

* * *

Am nächsten Tag

Im Büro von Bruno Rubian sah es ähnlich aus wie im Besprechungsraum der Polizei. Nur hingen keine Fotografien an der Tafel, sondern Skizzen, die Thomas Brand für den Anwalt angefertigt hatte.

»Sie sind wirklich gut«, sagte Rubian und etwas schnippisch fügte er an: »Dennoch könnten Sie mich das nächste Mal ein wenig vorteilhafter Zeichnen. Keiner sieht sich in der Presse gerne wie einen übergewichtigen Troll dargestellt.«

»Das war nicht meine Absicht«, erklärte Thomas aufrichtig. »Ich zeichne, was ich sehe.«

Der Anwalt sah den Jüngern stirnrunzelnd an. »Falls das eine Entschuldigung sein soll, klingt die wie eine Beleidigung.«

»Es ist eine Erklärung«, konterte Thomas. »Ich habe Sie nicht als *Troll* gezeichnet, sondern als Kämpfer auf verlorenem Posten, als jemand, der auf weiter Flur alleine steht. Und was das Übergewicht angeht …« Er warf einen vielsagenden Blick auf Rubians Bauch.

Sein Gegenüber grinste. »Also schön, Sie Genie, dann erklären Sie mir, warum ich Ihnen gestatte, meinen Konferenzraum zu einer Ermittlungszentrale zu machen.«

»Ich dachte, wir arbeiten zusammen«, entgegnete Thomas und bevor der Anwalt Einwände erheben konnte, begann er zusammenzufassen, was sie bis jetzt wussten. »Wir haben hier die Familie Hagen.« Er deutete jedes Mal, wenn er einen Namen erwähnte, auf die entsprechende Skizze. »Kevin sitzt im Gefängnis und behauptet,

unschuldig zu sein, Miriam hat ihm geglaubt und ist jetzt selbst tot – was, wenn die ganze Sache stinkt?«

Rubians Gesicht sprach Bände, dennoch fasste er seine Gedanken in Worte. »Sie haben zu viele Krimis gesehen. Glauben Sie, wir finden mehr heraus als die Polizei? Mag sein, dass ich nicht immer mit den Herren und Damen unserer Exekutive übereinstimme, aber eines weiß ich sicher, die haben weit mehr Möglichkeiten, Beweise zu sichern, als ein Anwalt.«

»Deshalb darf man doch eigene Ermittlungen nicht ausschließen?«, warf Thomas ein.

»Das tue ich auch nicht. Aber ich fange auch nicht an, einen imaginären Mörder zu jagen. Noch mal, wir sind nicht im Fernsehen, wo die Anwälte zu Detektiven werden, sämtliche Selbstverteidigungstechniken beherrschen und Meisterschützen sind.«

»Also wollen Sie keine Gerechtigkeit für Ihren Mandanten?«, giftete Thomas.

Rubian lachte auf. »Das größte Missverständnis bezüglich unseres Rechtssystems ist, dass die Menschen glauben, es wäre *gerecht*. Wissen Sie, von wie vielen Faktoren es abhängt, was mit einem Angeklagten passiert?«

»Nein, und das interessiert mich auch nicht«, schnauzte Thomas zurück. »Für mich gibt es da nämlich nur einen Faktor, und das ist die Wahrheit. Und wenn Sie nicht so bequem wären, dann würden Sie das genauso sehen.«

Rubian wurde langsam sauer. »Was bilden Sie sich eigentlich ein?«, erwiderte er ungehalten. »Sie suchen ein einziges Mal nach der Wahrheit und sitzen bereits am nächsten Tag im Gefängnis. Haben Sie sich Ihre privaten Ermittlungen so vorgestellt? Sie kennen die Beweislage gegen meinen Mandanten. Ich werde ihm ganz sicher nicht das Genick brechen, indem ich weiter herumstochere und am Ende etwas finde, das ihn noch mehr belasten könnte.«

»Das ist Ihr Vorgehen?«, rief Thomas empört. »Wer nichts tut, der macht nichts verkehrt? Ist das angesichts der Tatsache, dass man Ihrem Mandanten doch schon längst das Genick gebrochen hat, nicht eine ziemlich dämliche Taktik? Was kann denn jetzt noch herausgefunden werden, was es noch schlimmer macht? Wäre nicht eher damit zu rechnen, weiteres Entlastungsmaterial zu entdecken? Ich meine«, gab sich Thomas selbstsicher, »die Spur zu Jürgen Karon kann Kevin sicher helfen.«

Rubian schüttelte resigniert den Kopf. »Sie sind ein Sturkopf, hat man Ihnen das schon gesagt?«

»Gelegentlich«, antwortete Thomas grinsend.

»Also schön«, lenkte Rubian ein. »Karon bringt Bewegung in den Fall. Er hat eine fragwürdige Verbindung zu Miriam Fuller und deren Selbstmord, das entlastet meinen Mandanten allerdings nicht, was den Mord an dessen Mutter Dorothea angeht. Die Richter werden das genauso sehen.«

»Können Sie daraus denn keine Zweifel an seiner Schuld anmelden?« Thomas ereiferte sich. »Ich meine, wenn Jürgen Karon so krankhaft fixiert auf Miriam Fuller war, wäre es da nicht möglich, dass er auf irgendeine perfide Weise versucht hätte, ihren Verlobten aus dem Verkehr zu ziehen?«

»Indem er den Mord an dessen Mutter inszeniert?«, hakte Rubian amüsiert nach, dann jedoch wurde seine Miene nachdenklich. »Ich lasse mich gerade von Ihrer Fernsehkrimi-Erfahrung anstecken«, brummte er. Er streckte die Beine aus, faltete die Hände über seinem dicken Bauch und sah Thomas herausfordernd an. »Der Staatsanwalt wird mich in der Luft zerreißen und anschließend auf jedem einzelnen meiner müden Knochen herumtrampeln, bis er sie zu Pulver zerstampft hat. Aber bitte, spielen wir das durch.«

Thomas legte euphorisch los. »Jürgen Karon weiß, wo die Hagens wohnen, er hat Miriam ausspioniert, warum nicht auch den Rest der Familie? Vermutlich sogar Kevin.«

»Kevin hat den Mann nicht erkannt, als ich ihm Ihre Skizze gezeigt habe«, warf Rubian ein.

»Das hat nichts zu sagen. Erstens begegnen Kevin Hagen viele Menschen und zweitens weiß Karon sich unauffällig zu bewegen. Er ist ein geübter Stalker. Außerdem …« Thomas reckte das Kinn, zeigte damit an, dass er jetzt seinen größten Trumpf ausspielen wollte, und sagte: »Jürgen Karon ist Finanzexperte.«

Rubian zuckte gelangweilt mit den Schultern. »Na und?«

»Der Mann ist ein Stratege, macht das sogar beruflich

und ist ziemlich erfolgreich. Dafür muss er vorausschauend denken, muss anderen immer mehrere Schritte voraus sein. Damit ist er der ideale Kandidat, um einen Mord zu planen und ihn dann jemand anderem unterzuschieben.«

»Da stimme ich Ihnen zu«, erwiderte der Anwalt trocken.

»Aber?«, fragte Thomas zögernd.

»Aber das, was Jürgen Karon hätte leisten müssen, wäre weit über strategisches Denken hinausgegangen, dafür hätte er schon hellseherische Fähigkeiten benötigt.«

»Er hat sich gut informiert«, widersprach Thomas.

»Vielleicht hätte er wissen können, dass Sven und Beatrice an dem Abend auf einer Hochzeit sind und dort auch übernachten, aber ab da wird es schon schwierig. Woher sollte er darüber unterrichtet sein, dass der Onkel das Haus verlässt? Oder dass die Mutter sich wegen Migräne zurückzieht und an dem Tag allein in der Villa bleibt?«

»Beobachtungen. Er war vielleicht dort, hat sich reingeschlichen. Personal gibt es abends nicht. Er beobachtet, wie die Mutter alleine nach Hause kommt, sieht den Onkel wegfahren, weiß, dass der jüngere Sohn auf der Hochzeit ist. Also schlägt er zu, hat das vielleicht schon lange geplant und nur auf den richtigen Augenblick gewartet.«

»Bis dahin einverstanden, das wäre noch möglich, aber Kevins Auftauchen, der Umstand, dass er ohne Begleitung ist, dass er in seinen Wohnbereich geht und dort etwas trinken will, das kann er unmöglich vorhersehen.«

»Und wenn er dessen Gewohnheiten kennt?«

Rubian schüttelte vehement den Kopf. »Niemals, so hätte das nie funktionieren können. Er musste sicher sein, dass Kevin im Haus auftaucht, und er musste ihm das Benzodiazepin verabreichen.«

»Vielleicht hatte er Hilfe?«, warf Thomas ein. »Ja«, begeisterte er sich für diese Lösung, »ein Komplott!«

Der Anwalt war schneller als Thomas und sprach aus, was

der gerade dachte: »Sie glauben, dass der Chauffeur André Merker darin verwickelt war?«

»Das würde erklären, warum er sich vor Gericht gegen die Hagens gestellt hat. Wenn er ein Komplize von Jürgen Karon war, dann hätte er dem nicht nur Informationen zuspielen, sondern vielleicht auch aktiv nachhelfen können. Womöglich hat er Kevin im Klub heimlich die Drogen in den Drink gemixt. Kevin merkt, dass es ihm nicht gut geht, und fährt nach Hause, nimmt noch einen Drink in seinem Wohnbereich und wird bewusstlos, den Rest macht Jürgen Karon. Er platziert die Beweise und am nächsten Tag sitzt der verhasste Lover seiner Angebeteten im Knast.«

»Das wäre dann aber ein sehr riskanter Plan mit vielen Wenns und Abers und einer unendlichen Menge von glücklichen Zufällen, die niemand planen kann.«

»Was wiederum der Grund dafür ist, dass man ihm quasi nicht auf die Schliche kommt, die Sache ist zu unwahrscheinlich. Aber deshalb dennoch möglich.« Thomas ließ sich von seiner Theorie nicht abbringen und fuhr fort: »Der Rest ist einfach. Der Chauffeur macht seine Aussage. Ich nehme an, er sollte danach von Karon bezahlt werden. In der Zeitung heißt es, dass die Polizei vermutet, Merker hätte sich mit den falschen Leuten eingelassen und seine Schulden nicht bezahlt. Deshalb sei er getötet worden. Aber was, wenn er gerade dabei war, das Geld zu besorgen? Und warum sollte jemand seinen Schuldner umbringen? Nur lebend kann der doch das Geld zurückzahlen. In der offiziellen Presseerklärung wird auch behauptet, dass Merker immer auf Pump gelebt hat und sogar, kurz bevor er starb, einige Wertgegenstände verkaufen musste, um flüssig zu sein. Zum Beispiel ein Laptop, eine Armbanduhr und so weiter, die Sachen sind bei Internetversteigerungen aufgetaucht. Offenbar hat er also dringend Geld gebraucht. Aber Karon zahlt ihn, nachdem alles gelaufen ist, nicht aus, sondern bringt ihn um. Kein

Mitwisser, keine Kosten und er kann es Kevin Hagen anlasten. Immerhin hat man dem sofort unterstellt, er hätte jemanden aus dem Gefängnis heraus beauftragt, um den Zeugen zu beseitigen. Dann nähert sich Karon wieder Miriam, hofft, der Weg ist frei.«

»Und bringt sie um?«, warf Rubian ungläubig ein.

»Miriam hat ihn zurückgewiesen, mit der Polizei gedroht, es gab Streit. Vielleicht ringen sie miteinander, er schnappt sich noch ihr Handy, stößt sie ins Wasser, versendet anschließend eine SMS an die Mutter und entsorgt das Telefon, schließlich ist er schlau und Miriams Handy wurde doch nie gefunden, oder?«

»Das muss nichts bedeuten, Wasserleichen werden oft mit leeren Taschen angespült«, warf Rubian ein. »Aber warum hätte sich Miriam überhaupt mit dem Mann treffen sollen?«, fragte er skeptisch, da er keinesfalls von Thomas' Theorie überzeugt war.

»Sie haben die Frau doch gekannt«, sagte der nun und fügte bedauernd an: »Sie war einfach viel zu naiv. Wenn er ihr versprochen hat, bei der Entlastung ihres Verlobten zu helfen, wäre sie ihm in die Falle getappt.«

Bruno Rubian stieß geräuschvoll die Luft aus, sogar sein dicker Bauch schien dadurch an Umfang zu verlieren. »Wenn wir ein Geschworenengericht hätten, mit zwölf Laien, die über den Fall entscheiden müssten – ich glaube, da hätte ich eine Chance, diese superdünne Geschichte zu verkaufen. Aber bei uns entscheiden Profi-Richter, die bewerten die Fakten. Dennoch«, fügte er an, als er bemerkte, dass Thomas widersprechen wollte, »vielleicht haben Sie recht, Zweifel kann ich anmelden, vor allem, nachdem Karon verschwunden ist.«

Der Anwalt überlegte, ob er Thomas ins Vertrauen ziehen sollte, entschloss sich, ihn einzuweihen. »Ich bekam Akteneinsicht, weil ich sowohl die Mutter von Miriam Fuller als auch ihren Verlobten vertrete. Jürgen Karon war am Abend seines Verschwindens auf einer Veranstaltung, an der auch die gesamte Familie Hagen teilgenommen hat.«

»Was?«, rief Thomas überrascht. »Das bedeutet doch, dass ich richtigliege. Der Mann ist schuldig, er bespitzelt die Hagens.«

»Er hat dort niemanden bedroht«, bremste ihn Rubian.

»Warum war er dort?«

»Keine Ahnung, die Familie kann sich nicht an den Mann erinnern. Zwei Kellner haben sich bei der Polizei gemeldet, nachdem die Vermisstmeldung mit Karons Foto online ging.«

»Vermutlich plant er einen weiteren Schlag gegen die Hagens«, setzte Thomas nach. »Ich bin mir sicher, dass wir auf der richtigen Spur sind.«

Eine Weile sah ihn Rubian nachdenklich an, sagte dann: »Sie machen das alles für Miriam Fuller, obwohl Sie die Frau kaum gekannt haben, ist das vernünftig? Sie bringen sich in Schwierigkeiten wegen der toten Verlobten eines anderen.«

»Nein, ich bringe mich in Schwierigkeiten für die Wahrheit.«

Der Strafverteidiger hatte den Jüngeren längst durchschaut und er mochte ihn außerdem, auch wenn er das nie zugegeben hätte. Gefühle hielt Rubian aus seinem Leben nämlich am liebsten heraus. Dennoch war es ihm ein Bedürfnis, seinem Gegenüber einen Rat zu geben. »Ich vermute, da steckt noch mehr dahinter. Ohne Ihnen zu nahe treten zu wollen, empfehle ich Ihnen, sich keine allzu großen Hoffnungen zu machen. Falls Sie mit dieser ganzen Wahrheits- und Gerechtigkeitssache glauben, irgendetwas aus Ihrer Vergangenheit wiedergutmachen zu können, dann vergessen Sie das gleich wieder. An dem, was geschehen ist, wird sich durch Ihr Engagement für Miriam nichts ändern.«

Thomas verzog das Gesicht. »Das weiß ich, aber es spricht doch auch nichts dagegen, in der Gegenwart das zu tun, was man für richtig hält.«

* * *

Als Thomas an diesem Abend nach Hause kam, fing ihn sein bärtiger Nachbar mit dem Dutt vor der Wohnungstür ab.

»Die Polizei war hier«, raunte er verschwörerisch.

Als er bemerkte, dass Thomas überrascht reagierte, fügte er schnell an: »Wir haben nur gesagt, dass wir Sie nach dem Einbruch gefunden haben und halfen. War das falsch?«

»Um Gottes willen, natürlich nicht«, antwortete Thomas sofort. »Alles in Ordnung. Die Beamten wissen mittlerweile von dem Einbruch, vermutlich überprüfen die meine Geschichte. Ihr sollt nicht für mich lügen.«

Der junge Mann schien erleichtert, wirkte aber immer noch bedrückt.

Da Thomas keine Ahnung hatte, was los war, lud er ihn höflich zu sich ein. Er kannte mittlerweile die Namen und sagte deshalb: »Gernot, willst du ein Bier? Und hör mit dem *Sie* auf, schließlich habt ihr mich vom Boden aufgesammelt, da ist es höchste Zeit fürs Duzen.«

Sein Gegenüber lächelte zaghaft. »Ich will nicht stören, jetzt mit all dem Ärger.«

Thomas hatte aufgeschlossen und erneut mit einer ausladenden Handbewegung signalisiert, dass er die Einladung ernst meinte.

»Du sprichst von meiner Fahrt im Polizeiwagen, das hat sich längst geklärt.«

Gernot zögerte, sagte dann verlegen: »Ich spreche eigentlich von deiner Geschichte. Sie bringen es in den Medien, reden über einen Thomas Brand, der damals fünfzehn Jahre alt war, die Leichen seiner Schwester und seines Vaters fand. Außerdem gibt es noch eine Karla Brand, die heute Brand-Münster heißt. Die zeigen sogar alte Fotos.« Betreten blickte er zu Boden. »Johann und ich sind deshalb ziemlich geknickt. Wir hätten nicht so reden dürfen, als wir in deiner

Wohnung waren. Das scheint mir im Nachhinein echt unsensibel und tut mir sehr leid.«

»Wow«, erwiderte Thomas und reichte seinem Nachbarn eine Flasche Bier. »Du bist wirklich unglaublich rücksichtsvoll. Aber ihr braucht euch deshalb keine Gedanken zu machen. Ihr konntet das erstens nicht wissen und zweitens liegt das alles lange zurück, ich will gar nicht, dass man mich wie ein Opfer behandelt. Allerdings«, fügte er noch mit einem schiefen Grinsen an, »will ich auch nicht darüber sprechen.«

»Klar, Mann, verstehe ich.« Gernot wirkte erleichtert, die Dinge zwischen ihnen waren geklärt, und plötzlich fiel ihm wieder ein, dass er Thomas noch etwas ausrichten sollte. Er kramte eine Visitenkarte aus der Tasche und reichte sie seinem Gegenüber. »Hier, die hat mir die Polizistin gegeben. Meinte, du sollst sie anrufen.« Neugierig beobachtete Gernot die Reaktion des Älteren, als der die Karte entgegennahm.

»Läuft da was?«, fragte der junge Nachbar plötzlich.

»Was?« Thomas sah ihn verdattert an.

»Na, Sie schien ziemlich besorgt und für ihr Alter sah sie gar nicht schlecht aus. Rote Locken, sportlich.«

»Nein«, widersprach Thomas vehement und spürte dennoch, wie ihm das Blut ins Gesicht schoss, so als gäbe es etwas, das ihm peinlich sein müsste. »Ich habe die Frau nur ein paar Mal gesehen und meist waren wir da nicht einer Meinung.«

»Sind meine Eltern auch nie, das heißt gar nichts«, antwortete Gernot, trank einen großen Schluck von seinem Bier und ließ sein Gegenüber dabei nicht aus den Augen.

»Da ist nichts«, bestritt der und fühlte sich plötzlich ertappt.

»Schon klar, ich verrate nichts«, blieb Gernot beharrlich. »Solche heimlichen Geschichten haben ja auch ihren Reiz.«

Gerade als Thomas zu seinem nächsten Dementi ansetzte, klingelte es an der Haustür, kurz darauf tauchte Oberkommissarin Lindner auf und Gernot sagte amüsiert: »Ich geh dann mal.«

Die Beamtin war verärgert. Kaum hatte Gernot die Tür hinter sich geschlossen, blaffte sie: »Warum haben Sie nicht angerufen, hat Ihnen der Junge nicht ausgerichtet, dass ich hier war?«

»Er sagte nicht, dass ich sofort reagieren müsste«, erwiderte Thomas knapp. »Wenn es so eilig war, warum haben Sie mir keine Nachricht auf der Mailbox hinterlassen?«

»Das nächste Mal werde ich mir ganz bestimmt nicht mehr den Kopf darüber zerbrechen, wie ich Ihnen irgendetwas schonend beibringen kann. Da erhalten Sie einfach eine SMS von mir.«

»Was ist passiert?«, fragte Thomas daraufhin alarmiert. Die Farbe wich aus seinem Gesicht. »Meine Mutter?« Plötzlich hatte er Angst und das Gefühl, in der Vergangenheit kostbare Zeit verschwendet zu haben.

»Ihrer Mutter geht es gut«, brummte Heide Lindner.

Langsam änderte sich ihr Gesichtsausdruck und er sah Mitgefühl, ahnte, was nun kommen würde.

»Es gab einen weiteren Mord«, erklärte sie heiser. »Und womöglich eine Nachricht.«

* * *

Hauptkommissar Donner saß in seinem Büro. Es war spät, die meisten der Kollegen hatte er nach Hause geschickt. Eine kleine Gruppe übernahm die Nachtschicht, erledigte Papierkram, durchforstete die Datenbanken und versuchte an weitere Informationen zu gelangen. Heide Lindner wollte noch einmal bei Thomas Brand vorbeischauen und er war einverstanden gewesen.

Wie hätte er es auch anders handhaben sollen?

Müde rieb er sich mit den Fingern über die Augen. Ein zweiter Mord, ein junger Mann, gerade dreißig, Maurer auf Montage, für zwei Wochen von seinem Arbeitgeber nach Hamburg geschickt, um an einer Großbaustelle auszuhelfen, untergebracht in einem einfachen Hotel.

Eine völlig aufgelöste Reinigungskraft hatte ihnen erzählt, wie sie die Leiche entdeckt hatte.

»Die Tür des Zimmers war nur angelehnt. Ich dachte noch, wieder ein Einbruch.« Sie hatte geschluchzt, sich geräuschvoll die Nase geputzt. »Wir hatten das letzten Sommer schon einmal. Seither haben wir unten im Büro einen Tresor, wo auch die Gäste ihre Wertsachen einlagern können. Aber das heißt ja nichts. Und die Einbrecher können das ja nicht wissen.« Der Schock ließ sie weiterplappern. Der Beamte hörte einfach zu, ahnte, dass es ihr leichter fallen würde, selbst zu bestimmen, wann der geeignete Zeitpunkt war, sich die Schrecken erneut ins Gedächtnis zu rufen.

»Ich wollte nachsehen«, sagte sie schließlich heiser. »Ich sah ins Zimmer, und da lag er.«

»Haben Sie irgendetwas angefasst?«, fragte der Hauptkommissar routinemäßig.

»Heilige Mutter Gottes!« Sie bekreuzigte sich. »Nie im Leben, Sie haben es doch gesehen …«

Ja, Donner hatte es gesehen. Zunächst konnte er gar nicht ausmachen, ob der verstümmelte Körper auf dem bunt gemusterten Teppich zu einer Frau oder einem Mann gehörte. Das Gesicht zerschmettert, der Brustkorb aufgerissen; überall Blut, kreuz und quer verteilt über Einrichtung, Wände und Gardinen, und ein rotes Herz, dieses Mal an der Wand, wie vor zwanzig Jahren in der Wohnung von Norman Iburg.

Das Opfer trug den Namen Theodor Schulz, verheiratet, drei Kinder. Sein Herz lag auf dem Bett, zerstückelt wie Gulasch. Das grauweiße Leinen bot einen harten Kontrast zu den roten Fleischfetzen, daneben ein Hammer, und am Boden fand man das Messer.

Bei Olaf Kaas hatte es keine weiteren Botschaften gegeben, aber bei Theodor Schulz' zerhacktem Herz hatte ein Zeitungsausschnitt gelegen. Hauptkommissar Donner hatte sofort verstanden, dass ihn der Täter damit provozieren, womöglich sogar herausfordern wollte. So wie es aussah, hatten sie es mit einem Nachahmungstäter zu tun, der sich, was Grausamkeit und Brutalität anging, einen Namen machen wollte. Damit war klar, dass es sich bei Olaf Kaas nicht um ein einzelnes Verbrechen, sondern um den Beginn einer Mordserie gehandelt hatte, die sie unbedingt aufhalten mussten. Die Opfer waren völlig wahllos ausgesucht worden. Es gab zwischen ihnen keine Verbindung, sie hätten nicht unterschiedlicher sein können.

Der Hauptkommissar überflog erneut den Autopsiebericht von Theodor Schulz. Wieder war ein Hammer verwendet worden. Wie auch Norman Iburg ließ der Täter seine Werkzeuge zurück. Man würde Baumärkte und bekannte Internethändler abklappern, aber wer erinnerte sich schon an jemanden, der einen Hammer kaufte oder ein durchschnittliches Küchenmesserset? Womöglich hatte der Täter schon vor Jahren angefangen, sich einen entsprechenden Vorrat anzulegen.

Der Polizist las erneut eine Kopie des Artikels, den man im Hotelzimmer gefunden hatte. Er stammte aus einer bekannten Tageszeitung und war kürzlich veröffentlicht worden. Darin wurde die Geschichte des Serienmörders Norman Iburg, dem man das Pseudonym »Der Herzensbrecher« gegeben hatte, erzählt und auch seine Opfer wurden benannt. Einem Opfer schenkte man jedoch besondere Aufmerksamkeit und das war Martin Brand, der Vater von Thomas. Sogar sein Bild hatte man aus den Archiven besorgt und veröffentlicht. In dem Artikel beschrieb man Thomas' Vater wie folgt:

»Martin Brand war ein beliebter parteiloser Hamburger Politiker gewesen, der sich vor allem mit seiner geplanten Initiative gegen Korruption einen Namen gemacht hatte. Allgemein hatte man damit gerechnet, dass er nach den nächsten Bürgerschaftswahlen ein wichtiges Amt bekleiden würde. Martin Brand wurde in seinem eigenen Haus ermordet, zusammen mit der Tochter Verena …«

Donner kannte die Geschichte, schließlich war er damals am Tatort gewesen. Jeder Mord war eine Tragödie – aber das, was im Haus der Brands geschehen war …

Das Klingeln des Telefons riss ihn aus seinen Grübeleien, es war Heide Lindner. »Ich bin jetzt bei ihm«, sagte sie knapp.

»Und?«, fragte Donner ungeduldig.

»Bin noch dabei, ihn zu überreden«, antwortete die Kollegin, dann legte sie auf.

* * *

»Das können Sie gleich vergessen, das mit dem Überreden«, schnauzte Thomas, nachdem er Heides Telefonat mit angehört hat. »Ich werde mich jetzt bestimmt nicht verstecken, bloß weil mein Vater in irgendeinem Artikel erwähnt wurde.«

»Erstens war das nicht irgendein Artikel, sondern einer über den Herzensbrecher, und zweitens fanden wir den fein säuberlich platziert an einem Tatort. Also spielen Sie jetzt nicht den Idioten.«

»Haben Sie etwa Angst um mich?«, versuchte er sie mit einem coolen Spruch aus der Reserve zu locken.

»Natürlich habe ich Angst um Sie«, gab sie scharf zurück,

»denn was, wenn ich das nächste Mal nicht da bin, um Ihnen den Rücken während einer Panikattacke zu tätscheln?«

Fast rechnete sie damit, dass er sie rauswerfen würde, aber stattdessen entspannten sich Thomas' Gesichtszüge. »Autsch«, sagte er scherzend. »Das habe ich wohl verdient.«

Heide atmete aus, ihre Wut ließ nach. »Ja, das haben Sie.«

Er bat sie, sich zu setzen, bot ihr ein Bier an, das sie zu seiner Überraschung annahm.

Sie sah deshalb demonstrativ auf die Uhr und verkündete: »Offiziell bin ich seit zwei Stunden nicht mehr im Dienst. Ich tue Hauptkommissar Donner hier nur einen Gefallen.«

»Danke«, erwiderte Thomas höflich. »Ich weiß das zu schätzen, auch wenn es nicht so aussieht. Aber ich habe mir nun mal vorgenommen, mich nicht einschüchtern zu lassen. Ich lebe mein Leben ganz normal weiter.«

»Sie wurden überfallen.«

»Ja«, reagierte er gereizt, »von Jürgen Karon, der die Skizzen von Miriam Fuller gestohlen hat und jetzt verschwunden ist.«

»Das hätten Sie uns melden müssen, Sie behindern unsere Arbeit.«

»Wenn Ihre Arbeit darin besteht, meine Wohnung zu durchsuchen und mich festzunehmen, dann behindere ich sie gerne.«

»Schon mal daran gedacht, dass das nicht passiert wäre, wenn Sie sich gleich an uns gewandt hätten?«

Er wusste, dass sie recht hatte, antwortete deshalb ausweichend: »Ich war bei Bruno Rubian.«

»Ja«, schleuderte sie ihm verächtlich entgegen. »Ausgerechnet.«

»Der Mann ist ein guter Anwalt.«

»Er ist ein Anwalt für Verbrecher, sorgt dafür, dass die Schuldigen davonkommen. Wissen Sie eigentlich, mit wem

Sie sich da gerade einlassen?« Heide ereiferte sich. »Bruno Rubian würde alles tun, um einen Fall zu gewinnen. Der Mann kennt keine Skrupel und schon gar nicht irgendwelche Freundschaften. Wachen Sie auf. Wenn überhaupt, dann benutzt er Sie. Es ist mir unbegreiflich, wie ein erwachsener Mann so leichtsinnig sein kann.« Sie stand auf. »Ich rate Ihnen dringend, vorübergehend ins Haus Ihrer Mutter zu ziehen und sich bedeckt zu halten, bis wir mehr wissen. Und merken Sie sich, dass Rubian nicht Ihr Freund ist.«

Bevor sie davonstürmen konnte, war auch Thomas auf den Beinen. Er drängte sich zwischen Heide und den Ausgang.

»Ich weiß, dass Sie es gut meinen«, versuchte er ihren Zorn zu dämpfen. »Ich verspreche vorsichtig zu sein.«

Sie schnaubte durch die Nase, erinnerte ihn dabei ein wenig an seine Tante Lieselotte, die ihn vermutlich ähnlich hart angehen würde. Er sah ihr tief in die Augen, bevor er leise sagte: »Ich muss nur noch ein paar Dinge erledigen. Vielleicht«, fuhr er zögernd fort, »wenn das alles vorbei ist. Vielleicht könnten wir dann zusammen etwas essen gehen?«

Sie schien mit sich zu ringen, schnauzte dann: »Vielleicht, wenn Sie dann nicht schon tot sind oder sonst irgendwie alles versaut haben.«

Er grinste. »Und dann den besten Abend meines Lebens mit Ihnen an meiner Seite verpassen?«

Sie schüttelte den Kopf und marschierte ohne weiteren Gruß an ihm vorbei. Bereits im Treppenhaus fragte sie sich, was das eigentlich sollte. Wieso interessierte sie sich überhaupt dafür, was aus Thomas Brand wurde? Er benahm sich die meiste Zeit unvernünftig und hatte zudem ganz offensichtlich jede Menge eigene Probleme. Wollte sie sich das wirklich antun?

10

Am nächsten Tag

Rubian sah sich den skeptischen Gesichtern der Familie Hagen gegenüber. Er erinnerte sich an Thomas Brands Worte, an dessen unbeirrbaren Glauben, Jürgen Karon hätte etwas mit Miriam Fullers Tod zu tun. Ja, der gewiefte Anwalt gestand sich ein, dass er sich von dem Gerichtszeichner hatte anstecken lassen, denn mit Zurückhaltung würde er Kevin Hagens Situation nicht verbessern können.

»Ich dachte, wir sollen nicht aussagen«, meldete sich Beatrice Ehrstein-Hagen als Erste zu Wort, als ihnen der Anwalt mitteilte, dass er die Hilfe der Familie bräuchte.

»Das wird auch so bleiben«, erklärte Rubian geduldig.

Sie saßen im Salon der Hagen-Villa. Die Familie auf dem breiten Sofa, aufgereiht wie die sprichwörtlichen Hühner auf der Stange. Ihr gegenüber Bruno Rubian in einem zu seinem Leidwesen zwar bequemen, aber tiefen Sessel, in dem er einsank, wodurch er gezwungen war, zu seinen Gesprächspartnern aufzublicken. Verärgert fragte er sich, ob ihn

Beatrice, die die Rolle der Gastgeberin übernahm, nicht absichtlich dort platziert hatte.

Sie sah ihn mit ihren kalten Augen harmlos an und er wusste, dass er in ihr keine Verbündete haben würde.

Schließlich war es wie zu erwarten Sven, der seine Bereitschaft verkündete, zu kooperieren. »Wir tun, was nötig ist, um Kevin zu helfen«, erklärte er.

Beatrices kurzes genervtes Zucken der Mundwinkel war Rubian nicht entgangen, aber noch hatte nicht sie das Sagen.

Ärgerlicherweise schien jedoch auch Arno Hagen mittlerweile zurückhaltender in seinem Engagement, denn der meinte, während er sanft seine Hand auf Svens Arm legte: »Vielleicht sollten Sie uns erst einmal erläutern, was genau Sie denn planen.«

Sven wollte Einwände erheben, aber Arno setzte sich durch, indem er erklärte: »Wir erwarten längst nicht mehr, dass sich die Angelegenheit in Wohlgefallen auflöst. Mein Neffe Kevin wurde verurteilt, und so wie es aussieht, wird es Ihnen nicht gelingen, daran etwas zu ändern. Sprechen wir es doch deutlich aus. Die Schuld wurde festgestellt.«

Beatrice entspannte sichtlich, nur Sven rief empört: »Das wissen wir nicht.«

Wieder folgte eine beschwichtigende Geste. Arno sah Sven nun direkt an. »Es ehrt dich, dass du deinem Bruder gegenüber diese Loyalität zeigst, aber du bist nicht mehr länger nur für dich verantwortlich, du musst jetzt ein Unternehmen führen. Von dir sind Angestellte, ganze Familien abhängig und die brauchen einen Boss, der für Umsatz sorgt.«

»Ich verstehe nicht, was das mit Kevin zu tun hat. Ich habe doch mittlerweile alles Entsprechende in die Wege geleitet.«

»Sicher«, sagte der Onkel, »aber du darfst dir jetzt keinen Fehler erlauben. Auch wenn wir in einer Zeit leben, in der Anstand und ein Ehrenwort nichts mehr zählen, gibt es gewisse Grenzen, die man nicht überschreiten darf, sonst verliert man Kunden.«

Der jüngere Hagen legte ärgerlich die Stirn in Falten, hörte aber weiter zu.

»Es ist an der Zeit, sich von Kevin zu distanzieren, offiziell dessen Schuld anzuerkennen, damit es endlich aufhört. Die Sache muss zu einem Abschluss kommen.«

»Das reicht auch noch, wenn Herr Rubian alle Mittel ausgeschöpft hat«, antwortete ihm Sven.

»Wir sollten uns sofort herausziehen«, übernahm es dankbarerweise Beatrice, auszusprechen, was Arno meinte. Noch bevor Sven Einwände geltend machen konnte, fügte sie an: »Herr Rubian hat uns bereits sehr deutlich gemacht, dass er einzig und allein Kevins Anwalt ist. Das heißt, ihm geht es verständlicherweise nur um seinen Mandanten.« Sie schenkte ihrem Mann ein trauriges Lächeln. »Aber das bedeutet auch, dass es ihm völlig gleichgültig ist, wie sehr Kevins Verteidigung uns beziehungsweise unserer Firma schadet. Ich sehe es wie Arno, wenn wir uns nicht klar positionieren, dann kann uns das teuer zu stehen kommen.«

»Wir können meinen Bruder doch nicht fallen lassen«, rief Sven aufgebracht und sah flehend von einem zum anderen.

Rubian fragte sich, ob die drei sich wirklich so uneins waren oder ob man ihm gerade eine sehr schlau eingefädelte Komödie vorspielte.

»Sie könnten mich doch wenigstens anhören«, warf er dennoch freundlich ein und suchte den Blick von Sven.

Der gab ihm mit einem Nicken zu verstehen, dass er dazu bereit wäre.

»Natürlich vertrete ich die Interessen meines Mandanten«, gestand der Strafverteidiger ein. »Aber«, sprach er mit einem dramatischen Ton weiter, »Kevins Belange und die Ihren hängen doch zusammen. Wenn man ihn milder beurteilt, kann es Ihnen kaum schaden. Ein Mörder ist ein

Mörder, aber ein geistig kranker Mensch, jemand, der nicht nur Täter, sondern selbst Opfer war, den kann man wesentlich besser verkaufen.« Rubian entschied sich, Klartext zu reden. »Helfen Sie einfach nur mit, aus Kevin jemanden zu machen, der in einem Krankenhaus besser aufgehoben ist als in einem Gefängnis.«

»Das wäre er tatsächlich«, sprang Arno Hagen zu Rubians Erleichterung auf dieses Argument an.

»Ich möchte zweigleisig fahren, und dazu brauche ich Ihre Mitarbeit.«

Dieses Mal wanderte sein Blick zurück zu Sven. »Überzeugen Sie Ihren Bruder, sich als letzten Ausweg schuldig zu bekennen.«

»Was? Das hat er von Anfang an abgelehnt und ich kann das nachvollziehen.«

Überraschenderweise war es nun Beatrice, die Rubian zu Hilfe kam. »Hör dir an, was sein Anwalt zu sagen hat, vielleicht ist es ja doch ganz vernünftig.«

Rubian bedachte sie mit einem kalten Lächeln.

»Ich möchte, dass er, wenn es sein muss, zumindest einräumt, dass seine Schuld möglich sein könnte. Ich erwarte kein Geständnis. Aber er soll eingestehen, dass er Angst hat, es vielleicht doch getan zu haben, sich jedoch nicht mehr erinnert und sich deshalb Hilfe wünscht. Ich befürchte, dass das der einzige Weg ist, ihn am Ende in eine psychiatrische Einrichtung zu bekommen. Allerdings weigert er sich noch. Ich denke, wenn Sie mit ihm reden, als sein Bruder, dann wird er einlenken.«

Sven stierte vor sich hin, das Vorhaben gefiel ihm offensichtlich nicht.

Bevor er jedoch ablehnen konnte, fragte Beatrice schnell: »Und was werden Sie noch tun? Sie sagten, es wäre eine zweigleisige Lösung.«

Rubian teilte nur ungern anderen seine Strategien mit,

hatte aber in diesem Fall keine andere Wahl, denn er brauchte die Familie seines Mandanten dazu.

»Ich bringe Jürgen Karon ins Spiel. Sein gestörtes Verhältnis zu Miriam könnte dabei helfen, Zweifel zu säen.«

»Zweifel an was?«, schnauzte Beatrice. »Wie soll dieser Mann etwas mit dem Tod meiner Schwiegermutter zu tun haben?«

»Sicherlich klingt das zunächst absurd«, lenkte Rubian ein, sagte dann aber: »Der Mann hatte eine fragwürdige Beziehung zu Miriam, vielleicht hat er sie missbraucht, gestalkt, was auch immer. Außerdem hielt er sich, kurz bevor er verschwand, in Ihrer Nähe auf. Warum? Zufall? Oder hat er vielleicht versucht, einen von Ihnen auszuspionieren? Jürgen Karon verhielt sich jedenfalls äußerst merkwürdig. Wenn die Familie Hagen …« Er zögerte, suchte nach den richtigen Worten, und sagte schließlich mit geschürzten Lippen: »Sagen wir, es könnte nicht schaden, wenn Sie als die engsten Vertrauten von Miriam Fuller in der Öffentlichkeit über Jürgen Karons Rolle spekulieren würden. Erzählen Sie den Menschen, dass Miriam sich verfolgt gefühlt hat, dass zumindest im Nachhinein der Eindruck entstand, sie wäre nach Hamburg gekommen, um vor ihrer Vergangenheit zu fliehen, das wäre eine Hilfe. Karon verschwand, nachdem ihn Thomas Brand unter Druck gesetzt hat, außerdem stahl er dessen Skizzen von Miriam. Vielleicht steckt noch mehr dahinter. Durchaus denkbar, dass er den Plan hatte, Kevin etwas anzuhängen, um ihn zu ruinieren.« Der Anwalt konnte selbst nicht glauben, dass er Thomas Brands Idee aufgriff, aber in der Not …

Die Reaktionen waren wie erwartet. Beatrice brach in schallendes künstliches Gelächter aus und Arno Hagen schüttelte mitleidig den Kopf.

»Herr Brand wurde von Jürgen Karon überfallen, ich werde ihn aussagen lassen«, warf Rubian ein.

»Ist das klug? Gibt es denn überhaupt Beweise für Brands Geschichte?«, erwiderte Arno.

»Vielleicht will er nur die Aufmerksamkeit der Medien, manche sind für eine Schlagzeile zu allem bereit«, warf Beatrice unvorsichtigerweise ein.

»Wohl wahr«, gab ihr Rubian auf eine Art recht, die ihr die Röte ins Gesicht trieb.

»Ich halte es für leichtsinnig, auf Thomas Brands Wort zu zählen«, mischte sich erneut der Onkel ein. »Wie wir alle wissen, hatte er es in der Vergangenheit nicht leicht, so etwas hinterlässt an einem Menschen Spuren. Obwohl ich mich über ihn geärgert habe, tut er mir natürlich leid, und seine Mutter ist eine nette Frau. Dennoch denke ich, dass er mehr Schaden anrichten könnte, als dass er Kevin nützt.«

»Karons Geschichte und Spekulationen über ihn, so verrückt sie auch sein mögen, werden von Kevin ablenken, und Thomas Brand hilft dabei«, blieb Rubian beharrlich. Erneut verwendete er ganz automatisch Thomas' Worte, indem er sagte: »Und ganz ehrlich, wie sollte es für Kevin noch schlimmer werden?«

»Ich mache es«, sprach Sven plötzlich mit fester Stimme. »Ich werde mit Kevin reden und lenke in der Öffentlichkeit die Aufmerksamkeit auf Jürgen Karon.«

»Wir sollten das noch einmal überdenken«, schlug Beatrice zurückhaltend vor. »Vielleicht lassen wir uns von unseren Anwälten beraten, du musst vor allem an die Firma denken.«

»Das tue ich«, erwiderte Sven entschlossen. »Herr Rubian hat recht, wir müssen zu einem Abschluss kommen. Wenn ich meinen Bruder schon nicht retten kann, dann möchte ich wenigstens das Gefühl haben, alles versucht zu haben. Mir gefällt die Idee mit Jürgen Karon. Eher glaube ich, dass ein perverser Stalker unsere Mutter getötet hat, als dass mein eigener Bruder dazu fähig war; und das werde ich auch genau so jedem sagen, der es hören will. Und wer weiß«, sagte er bitter, »vielleicht könnte das alles noch einmal verändern.«

Rubian hatte nicht vorgehabt, irgendwelche Hoffnungen auf einen Freispruch zu wecken, aber wenn es dadurch möglich war, die Unterstützung der Hagens zu bekommen, sollte ihm das recht sein, deshalb unterließ er es auch, zu widersprechen.

* * *

Gegen Mitternacht

»Kann ich helfen?«, fragte Gernot gut gelaunt, nachdem er die Tür geöffnet hatte. Es folgte keine Antwort, stattdessen drang die Klinge des Messers sofort tief in seinen Hals ein. Er taumelte zurück, krächzend, die Augen ungläubig auf sein Gegenüber gerichtet, die Hände gegen die Wunde an der Kehle gepresst. Der schnelle und enorme Blutverlust ließ ihn in die Knie sinken. Aus dem Wohnzimmer drang Musik, die die Geräusche des Sterbens übertönte.

»Wer ist es denn?«, rief Johann durch die Musik hindurch. Da er keine Antwort erhielt, stand er auf und bewegte sich auf die Tür zu. Seine schmächtige Silhouette war durch das getrübte Glas zu erkennen. Er wiederholte seine Worte, neugierig und völlig arglos, dann trat auch er in den Flur.

»Gernot?«, rief er entsetzt, als er seinen Freund blutend auf dem Rücken liegend entdeckte und sterben sah. Im nächsten Augenblick wurde ihm klar, dass sie nicht allein waren, doch da war es schon zu spät.

Der Schock lähmte ihn, verhinderte die Flucht und die Gegenwehr. Vermutlich spürte er den ersten Schlag nicht einmal, denn Schreck und Angst hielten ihn gefangen. Als er auf die Erde stürzte, traf sein schmerzerfüllter Blick auf das bewegungslose Gesicht von Gernot. Johann sah in die leblosen Augen seines Mitbewohners, als ihm der Hammer die Wirbelsäule zertrümmerte. Mit jedem Schlag schien es, als würde er ein Stück weiter im Boden versinken. Im Bewusstsein, gleich zu sterben, streckte er die Hand nach Gernot aus. Eine liebevolle, freundschaftliche Geste und auch ein Versuch, die Angst vor dem Ungewissen zu zähmen. Es war ganz so, als wollte er sagen: »Warte auf mich, lass uns zusammen gehen.«

Der Hammer krachte erneut nieder und zerschmetterte mit einem hässlichen Geräusch den Schädel des jungen Mannes. Blut trat aus, verfärbte das feine blonde Haar dunkelrot. Ein Krampfen des Oberkörpers verriet, dass Johann soeben seinen letzten Atemzug tat, dann war es auch für ihn vorbei.

Mechanisch folgten die nächsten Handgriffe. Alles geschah, ohne groß nachzudenken, ohne Gefühle zu entwickeln; die jungen Körper wurden ausgenommen. Die Herzen herausgerissen und *gebrochen*, so wie es vor zwanzig Jahren geschehen war. Jetzt endlich sollte es genügen.

* * *

Am nächsten Morgen

»Was tun Sie da?« Die Stimme war schrill, abgehackt. Die Sätze wiederholten sich ständig und Thomas versuchte verzweifelt, zu blinzeln. Aber das konnte er nicht und es fühlte sich so an, als hätte er die Kontrolle über seine Augenlider verloren. Wieder hörte er die Stimme, spürte, dass man ihn beobachtete, dass ihn Augenpaare anstarrten, ihre Blicke sich wie ein Laserstrahl tief in seinen Rücken bohrten. Was war das nur für ein schrecklicher Traum?

Verena, dachte er traurig, sah die Haarsträhne über dem

Gesicht, die Wunden, und schaffte es nicht zu blinzeln, egal wie sehr er sich bemühte. Es gab eine zweite Leiche, auch das wusste er, er hatte sie gesehen, sie lag inmitten des vielen Blutes.

»Polizei«, hörte er hinter sich jemanden sagen.

Erleichterung breitete sich in ihm aus, jetzt würden andere übernehmen, würden dafür sorgen, dass alles gut werden konnte. Er musste sich nicht länger um die Toten kümmern. Die Unruhe, die hinter seinem Rücken entstand, hatte etwas Erlösendes, als würde ihm gleich eine Last abgenommen werden.

Eine Berührung ließ ihn zusammenzucken. Er war bereit aufzuwachen.

»Herr Brand, verstehen Sie, was ich sage?«, fragte man ihn.

Erneute Berührungen, links und rechts von ihm tauchten Menschen auf, halfen ihm auf die Beine. Er hatte gekniet, wusste nicht, wie lange, war ganz steif, hatte ein taubes Gefühl in den Gliedmaßen. Außerdem spürte er Kälte, eisige Kälte. Warum trug er keine Schuhe?

»Herr Brand«, sprach man ihn erneut an. »Wir werden Sie jetzt mitnehmen.«

Warum konnte er nicht blinzeln? Der Griff um seinen Arm schmerzte, er hatte plötzlich die Befürchtung, in Gefahr zu sein, er musste aufwachen, schnell aufwachen, begann sich deshalb zu winden.

»Herr Brand, hören Sie auf!« Ein Gesicht schob sich in sein Blickfeld.

Er hatte den Mann noch nie zuvor gesehen. Dennoch war es, als würde dessen Erscheinen alles verändern. Das Blinzeln, es funktionierte plötzlich wieder. Einmal, zweimal, seine Sinne schärften sich, wo um Gottes willen war er gerade?

Sein Atem ging ruckartig, er begann zu keuchen. Ja, er

war endlich aufgewacht – aufgewacht aus einem blutigen Traum.

Man hatte Thomas Brand fortgebracht. Die ganze Zeit über zitterte und fror er. Die Kälte hatte sich in seinem Körper ausgebreitet, schien sich wie eine eiserne Klaue um sein Herz zu legen und zuzudrücken. Irgendwann stand jemand in weißem Kittel vor ihm. Man gab ihm Spritzen, zog ihm die Kleidung aus, legte ihn in ein Bett. Er spürte die Anwesenheit von Menschen, nahm ihre Stimmen wahr, konnte sich aber das erste Mal in seinem Leben nicht ihre Gesichter einprägen. Hatte er etwa das, was ihn ausmachte, verloren? Als er deshalb panisch aufspringen wollte, hielt ihn jemand zurück, es folgte eine weitere Spritze, und er schlief sofort ein.

Hauptkommissar Donner sah Thomas Brand am Abend, als ihn die Kollegen nach unten in den Zellenbereich führten. Donner war von dem Fall abgezogen worden, hielt sich deshalb entfernt, erinnerte sich aber noch mit Schrecken, wie man Thomas am Tatort vorgefunden hatte: vom Blut durchtränkte Kleidung, die nackten Füße ebenfalls blutverschmiert, der Blick starr und verwirrt, der Hammer direkt neben ihm auf dem Boden liegend, nicht weit entfernt das Messer.

Hauptkommissar Donner hatte am Morgen den Weg von der Eingangstür zum Tatort langsam zurückgelegt, so als hätte er schwere Gewichte um die Fußgelenke geschnallt. Die unerwartete Geräuschkulisse vor der Wohnung der Opfer hatte ihn geärgert. Warum konnte man ihm nicht etwas Ruhe bei seiner Arbeit gönnen? Stattdessen stand eine wild gestikulierende Frau vor dem Absperrband und erinnerte mit der fortlaufenden Wiederholung des Satzes »Wenn ich gewusst hätte, dass so einer hier im Haus wohnt« an eine schnatternde Gans, die mit den Flügeln schlug.

»Was genau haben Sie gesehen?«, fragte einer der Kollegen.

Donner blieb stehen, diese Information würde sehr entscheidend sein.

»Nun, ich kam herunter«, antwortete sie wichtigtuerisch. »Ich hätte natürlich den Fahrstuhl nehmen können, aber ich bin ein sportlicher Mensch.«

Sie sieht nicht sportlich aus, dachte Donner und empfand eine gewisse Genugtuung, sie bei einer Lüge ertappt zu haben.

»Ich benutzte die Treppe.«

Der Kollege war auf Zack und hakte sofort nach. »Aber von der Treppe aus konnten Sie die Wohnung der Opfer nicht sehen.«

»Nein, das habe ich auch nicht behauptet«, giftete die *Gans,* wie Donner sie nun insgeheim nannte.

»Allerdings hörte ich die Musik.« Sie rümpfte pikiert die Nase. »Wir haben eine Hausordnung und Regeln, was die gegenseitige Rücksichtnahme angeht. Laute Musik ist verboten.«

»Sie hörten die Musik«, brachte sie der Beamte zurück zum Thema.

»So ist es«, ließ sich die *Gans* nicht beirren. »Ich wollte die Hausverwaltung informieren, aber dazu musste ich natürlich sicher sein, aus welcher Wohnung der Krach kommt. Obwohl ich mir natürlich dachte, dass es wieder diese merkwürdige Wohngemeinschaft ist.«

»Wieso merkwürdig?«, ging völlig unvermittelt Donner dazwischen.

Die Zeugin stutzte, war sich offenbar nicht sicher, ob sie dem Fremden überhaupt antworten musste.

»Hauptkommissar Donner«, stellte der sich ihr nun vor. »Warum sagen Sie ›merkwürdig‹?«

»Aus keinem bestimmten Grund«, reagierte die Frau gekränkt, »man sagt das eben so. Vielleicht weil es mit den jungen Leuten nicht unproblematisch war.«

»Können Sie das näher erläutern?«

Die Haltung der Frau änderte sich, sie wurde feindselig und Donner wusste, dass er gerade gegen eine seiner selbstaufgestellten goldenen Verhörregeln verstoßen hatte: Lass nie einen Zeugen spüren, dass du ihn nicht magst.

»Es ist entscheidend«, versuchte er gegenzusteuern. »Sie sind vermutlich unsere wichtigste Zeugin.«

Als die Frau daraufhin geschmeichelt lächelte, verachtete er sie von ganzem Herzen, dennoch hörte er ihr aufmerksam zu.

»Die haben sich nicht an die Hausregeln gehalten, zum Beispiel die Treppenhausreinigung vergessen und die Fahrräder unten in den Flur gestellt. Und heute Morgen war es die Musik. Wie gesagt, ich wollte nachsehen …« Nun verlor sie doch noch ihre Fassung und wirkte weniger überheblich. »Mein Gott«, flüsterte sie, »es war so viel Blut. Ich sah die Leichen und dann kniete da dieser Mann …«

Man bot ihr einen Stuhl an, den ein aufmerksamer Nachbar zur Verfügung gestellt hatte, und sie ließ sich bleich und dankbar darauf fallen. »Ich glaubte zunächst, er sei verletzt, habe nach ihm gerufen, aber es kam überhaupt keine Reaktion. Er kniete einfach nur auf dem Boden, mit dem Rücken zu mir. Ich erkannte nicht gleich, dass es Herr Brand war.«

»Und dann?«

»Ich hörte Schritte auf der Treppe und habe um Hilfe gerufen. Die Schneedorfs kamen gerade vom Einkaufen zurück, dann haben wir die Polizei verständigt.«

»Und haben Sie die ganze Zeit Herrn Brand im Auge behalten?«

»Herr Schneedorf und die anderen Männer haben das übernommen, damit der Brand nicht flüchtet. Aber der hat sich sowieso nicht von der Stelle gerührt.«

»Hatte er irgendetwas in der Hand, als Sie ihn entdeckten?«

»Sie meinen eine Waffe?«, fragte sie schrill.

Donner klärte sie nicht auf, sondern wartete, und sie begann zu überlegen. »Nein, ich glaube nicht.« Der Blick des Hauptkommissars wanderte zu dem Kollegen. Auch der schüttelte den Kopf, flüsterte: »Lag alles auf dem Boden.«

»Vielen Dank«, sagte Donner gepresst zu der Zeugin und ging nun den Gang entlang, vorbei an der Wohnung von Thomas Brand, die offen stand, weil sich die Kriminaltechnik bereits dort zu schaffen machte, dann weiter zum eigentlichen Tatort.

Kaum war er in den Schutzanzug geschlüpft, tauchte Heide Lindner hinter ihm auf. »Das ist doch nicht wahr«, sagte sie außer Atem.

Er sah sie nur mitleidig an, bevor er leise antwortete: »Ist schwierig, jemanden für unschuldig zu halten, der reglos im Blut von zwei Mordopfern kniet.«

Danach sprachen sie nicht mehr, sondern hörten angespannt den Ausführungen der Gerichtsmedizinerin zu.

»Vermutlich war er das erste Opfer«, sagte die und deutete auf Gernot. Er lag am Boden, einige Haare hatten sich aus dem Dutt gelöst und die langen Strähnen hingen ihm jetzt ins Gesicht. »Ihm wurde mit dem Messer die Kehle durchgeschnitten.« Zur Leiche von Johann erklärte sie knapp: »Hammerschläge.« Dann fügte sie überflüssigerweise noch an: »Messer und Hammer wie gewöhnlich bei den Opfern zurückgelassen.« Die Beamten betrachteten die Tatwaffen am Boden, neben die man bereits kleine gelbe Tafeln zur Markierung aufgestellt hatte.

»Wie war es möglich, zwei junge, kräftige Männer zu überwältigen?«, fragte Heide mit belegter Stimme.

»Die laute Musik«, antwortete Donner, bevor die Gerichtsmedizinerin etwas erwidern konnte.

Die erklärte dann: »Davon gehen wir jedenfalls aus. Der Mörder muss geklingelt haben und hat den Ersten getötet.« Ihr Finger wanderte wieder in Richtung Gernot. »Der hatte weder die Möglichkeit, sich zu wehren, noch, um Hilfe zu rufen. Eventuelle Geräusche wurden von der Musik aus dem Wohnzimmer übertönt. Wir haben das abgeschaltet. Es war ziemlich laut.«

»Und dennoch haben die die Klingel gehört.«

Die Gerichtsmedizinerin trat an ihnen vorbei vor die Wohnungstür und drückte den Knopf. Die Beamten fuhren zusammen, als der dröhnende Klang von Big Ben ihr Trommelfell vibrieren ließ.

»Die beiden wollten wohl keinen Besucher verpassen«, sagte die Gerichtsmedizinerin ungerührt. »Besser, sie hätten die Klingel überhört. Jedenfalls hatte der Mörder durch die Musik einen Vorteil. Aber auch ohne Beschallung wäre er erfolgreich gewesen. Die Menschen überschätzen ihre Fähigkeit zur Gegenwehr. Den meisten liegt die Flucht sowieso mehr als der Angriff, dazu kommt noch der Schock.« Sie seufzte bedauernd. »Jedenfalls«, fuhr sie erklärend fort, »muss der andere irgendwann nachgesehen haben, wo sein Freund bleibt, und wurde ebenfalls schlichtweg überrumpelt. Bisher konnte ich zumindest keine Abwehrspuren erkennen. Die entnommenen Herzen der beiden, oder besser das, was davon noch übrig ist, wurden auf dem Wohnzimmertisch aufgebahrt und zwei mit Blut skizzierte Herzen an der Wand gibt es auch.« Wieder folgte ein bedauernder Laut, dann sagte sie jedoch trocken: »Aber ein Gutes hat es wenigstens, ihr habt das Schwein jetzt.«

* * *

Gegen Abend

Thomas Brand saß nervös auf dem unbequemen Metallstuhl. Man hatte ihn inzwischen in einer Zelle untergebracht. Seither zweifelte er an seinem Verstand, zermarterte sich das Hirn, was genau am Morgen passiert war.

»Ich wollte zu Gernot, heute, am Morgen, oder?«, flüsterte er leise, um erschrocken festzustellen, dass er bereits Selbstgespräche führte. Gerne hätte er jetzt etwas gezeichnet, das hätte ihm geholfen, zu entspannen und klar zu denken.

Eigentlich müsste er längst zu Hause sein.

Was war nur geschehen? Am Morgen war er zu den Jungs gegangen, hatte sie um eine Tüte Milch bitten wollen, im Hausgang hörte er gedämpfte Musik, er wollte den beiden raten, sie leiser zu stellen, um Beschwerden zu vermeiden. Dann entdeckte er, dass die Tür nur angelehnt war. Er hatte die Wohnung betreten. Gernot und Johann beide tot, Blut, überall Blut … Irgendwann hatte man ihn fortgebracht und behauptet, er wäre das gewesen, aber er war es nicht, niemals. Oder doch?

Alles, was mit den Morden zu tun hatte, wirbelte durch seinen Kopf und er konnte die Erinnerungsfetzen nicht stoppen, um sie zu sortieren und in die richtige Reihenfolge zu bringen. Thomas fiel es schwer, sich zu konzentrieren, er stand immer noch unter Schock, traute sich selbst nicht mehr und brauchte dringend jemanden, mit dem er sich besprechen konnte. Ungeduldig wartete er darauf, dass endlich irgendetwas passieren würde. Er hatte nach seinem Anwalt verlangt und rechnete mit Bruno Rubian. Als schließlich die Tür aufging, verzog er jedoch enttäuscht das Gesicht.

»Wer sind Sie denn?«, fragte er mürrisch.

Die Frau im grauen Kostüm mit der klassischen randlosen Brille und dem geföhnten Pagenschnitt wirkte beinahe wie eine Kosmetikvertreterin. Ihre Stimme war fein und leise, und daher nahm Thomas an, man hätte ihm eine Psychologin geschickt.

»Ich bin Ihre Anwältin«, sagte die etwa Sechzigjährige stattdessen. »Mein Name ist Gudrun Erbe. Hier müssen Sie bitte unterschreiben.«

»Ich kenne Sie nicht«, entgegnete Thomas perplex. »Wo ist Bruno Rubian?«

Gudrun Erbe lachte auf. Es war ein kurzer, harter Ton und es klang für einen Moment so, als hätte jemand versucht eine Kettensäge anzuwerfen. Dann sah sie ihn wieder freundlich an und erläuterte, während sie sorgfältig Papier und Stifte auf dem Tisch ausbreitete: »Es verhält sich so …« Ihr Blick traf den seinen. »Bruno Rubian ist der Anwalt von Kevin Hagen. Sein Mandant wurde wegen Mordes verurteilt, und er plante eigentlich ein Wiederaufnahmeverfahren. Ich nehme an, das ist Ihnen bekannt. Wie ich weiß, haben Sie bisher mit Rubian zusammengearbeitet. Sicher waren Sie ihm nützlich, als Sie Herrn Jürgen Karon aus dem Hut gezaubert haben und bereit waren auszusagen, dass der ein gestörtes Verhältnis zur Verlobten von Kevin Hagen hatte. Ich nehme an, Rubian hätte das noch entsprechend für seine Zwecke aufgebauscht.«

Thomas schwieg, aber sein Gegenüber wusste auch so, dass das den Tatsachen entsprach.

»Der Versuch eines verzweifelten Anwalts, das Ruder noch einmal herumzureißen, ist legitim. Aber jetzt ändert sich alles, für Rubian, für Kevin Hagen und vor allem für Sie.«

»Ich verstehe nicht«, erwiderte Thomas müde.

»Sie werden beschuldigt, der Nachahmer des Herzensbrechers zu sein. Damit wird jedes Wort, das Sie je gesagt, und jeder Schritt, den Sie je getan haben, in Zweifel gezogen, und man wird Ihnen ab sofort das Schlimmste zutrauen. Rubian hat sicher gerade alle Hände voll zu tun, sein weiteres Vorgehen im Fall Kevin Hagen zu überdenken. Niemand glaubt mehr, dass Jürgen Karon ein Stalker ist, sondern nur, dass Sie krankhaft versucht haben, sich in die Ermittlungen einzubringen, und Karon von Ihnen vorgeschoben wurde, obwohl er eigentlich nur ein harmloser Familienvater und Sporttrainer ist. Man nimmt an, dass Sie den Mann ebenfalls umgebracht haben, dass sein Verschwinden die Folge eines von Ihnen verübten Verbrechens ist. Rubian kann weder Ihre Aussage noch Karon bei seiner Verteidigung verwenden. Er wird sogar tunlichst versuchen, Sie mit keinem Wort zu erwähnen, um damit nicht den Hass, den man auf Sie hat, auf seinen Mandanten zu lenken.«

»Woher wollen Sie das wissen?«, schnauzte Thomas. »Rubian wird mir glauben.«

»Mag sein, aber dennoch wird er das tun, was seinem Mandanten hilft. Ich kenne Bruno, ich habe ihn ausgebildet.« Sie lächelte harmlos. »Und jetzt sollten Sie unterschreiben oder ich gehe wieder, bevor Sie mir Dinge erzählen, die dann nicht unter die Schweigepflicht fallen.«

»Ich habe noch nie von Ihnen gehört«, sagte er zögernd und fühlte sich unendlich verloren.

»Werner hat mich angerufen. Wir sind so etwas wie alte Freunde.«

»Mein Stiefvater?« Mit einem Mal verlor Thomas die Nerven, und seine Augen füllten sich mit Tränen. »Ausgerechnet Werner hilft mir.«

»Warum sollte er das nicht tun?«

Thomas unterschrieb, obwohl er dabei das Gefühl hatte, einen Pakt mit dem Teufel zu schließen, und antwortete: »Ich war ihm gegenüber nicht immer gerecht.«

»Lektion eins«, erklärte Gudrun Erbe nun geschäftsmäßig, »Sie werden, bis das hier vorbei ist, mit niemandem außer mir über Ihre Gefühle, Wünsche oder gar Fehler sprechen. Sie äußern sich weder zur Vergangenheit noch zur Gegenwart oder Zukunft. Reden Sie so wenig wie möglich mit anderen Menschen, denn ab sofort gilt tatsächlich, dass alles, was Sie sagen, auch gegen Sie verwendet werden könnte. Und jetzt erzählen Sie mir ganz genau, an was Sie sich noch erinnern.«

»Ich habe mit den Morden nichts zu tun«, ereiferte sich Thomas, »wie oft muss ich das noch sagen? Es ist, als würde ich gegen eine Wand reden, niemand hört mir zu.«

Er wurde lauter, aber seine Anwältin unternahm nichts, um ihn zu bremsen. Aus Erfahrung wusste sie, dass es manchmal gut war, den Dingen ihren Lauf zu lassen. Besser, ihr Mandant bekam jetzt einen Tobsuchtsanfall als später vor Gericht.

»Ich bin rübergegangen, wollte mir Milch borgen. Seit mir Gernot und Johann nach dem Einbruch geholfen haben, hatten wir ein freundschaftliches Verhältnis. Ich marschierte also zur Wohnung und bemerkte, dass die Tür offen war.«

»Das hat Sie nicht gewundert?«, hakte Gudrun harmlos nach.

»Ich sage Ihnen das Gleiche, was ich auch schon der Polizei gesagt habe: Das waren junge Leute, die nahmen es nicht immer so genau. Musik lief, ich dachte, die hatten eine Partynacht hinter sich.«

»Und ich erkläre Ihnen nebenbei noch das Gleiche, was ich allen meinen Mandanten erkläre: ›Wer unter Mordverdacht steht, redet nicht mit der Polizei.‹«

»Die haben mich gefragt und ich habe geantwortet«, schnauzte er.

»Da waren Sie bereits festgenommen worden. Hat man Sie nicht über Ihre Rechte aufgeklärt?«

»Doch, aber ich fand nicht, dass etwas dabei wäre, die Wahrheit zu sagen. Ich ging rüber, wunderte mich *nicht* über die offene Tür«, sagte er mit übertriebener Betonung auf dem »nicht«, »und trat ein. Ich sah …« Sein Ton änderte sich, er musste sich anstrengen, um mit fester Stimme sprechen zu können. »Dann sah ich die beiden.«

Gudrun beugte sich ganz leicht nach vorn: »Und was ist dann passiert?«

Er sah beschämt auf die Tischplatte. »Ich war geschockt, ich … ich weiß es nicht mehr. Ich erinnere mich an den Mann, der mir aufhalf, dann erst wieder ans Krankenhaus.« Thomas hob den Kopf, bevor er weitersprach: »Ich habe nichts mit den Morden zu tun. Die beiden waren meine Nachbarn, meine *Freunde*. Ich verstehe das alles nicht.«

Gudrun Erbe hatte sich längst den Inhalt der Akte eingeprägt. Sie blätterte nur aus Gewohnheit darin herum, vielleicht auch, um etwas Zeit zu gewinnen.

»Als man Sie fand, knieten Sie im Blut der beiden Opfer. Sie waren nicht ansprechbar. Die Polizei behauptet, dass Sie die beiden umgebracht haben.«

»Ich war das nicht«, schrie ihr Mandant, aber sie ignorierte seine Einwände, sprach einfach weiter. »Die gute Nachricht ist, dass man Sie zweifelsfrei für psychisch krank halten wird.«

»Psychisch krank?«, schrie Thomas panisch auf. »Ich bin nicht psychisch krank, sind Sie verrückt?« Er verlor erneut die Fassung.

»Man wird Sie wegen mehrfachen Mordes anklagen«, fuhr ihn Gudrun Erbe scharf an. »Ob ich verrückt bin oder nicht, tut wenig zur Sache. Hier zählt einzig und allein Ihr Geisteszustand.«

»Aber ich bin das nicht gewesen, ich habe niemand umgebracht.«

»Oder Sie haben es getan und können sich nur nicht mehr daran erinnern. Sie haben keine Alibis für die Morde an Olaf Kaas oder Theodor Schulz.«

»Ich weiß noch nicht einmal, wer diese Menschen sind«, wehrte sich Thomas.

»Sie hatten einen Disput vor Zeugen mit Jürgen Karon

und der ist jetzt verschwunden, und dann hätten wir noch die toten Männer in Ihrer Nachbarwohnung, in deren Blut Sie knieten. Sie haben nicht um Hilfe gerufen, sind nicht davongelaufen oder in Ihre Wohnung geflüchtet.«

»Weil ich unter Schock stand«, verteidigte sich ihr Mandant.

»Oder weil Sie ein Blackout hatten. Eines von vielen, in denen Sie nicht Sie selbst waren und andere verletzt haben.«

»Wieso werfen Sie mir diese Dinge vor? Ich dachte, Sie sind meine Anwältin. Vielleicht ist es besser, wenn Sie gehen.«

»Sie verlieren jetzt schon die Nerven?«, antwortete ihm Gudrun Erbe spöttisch. »Dann werden Sie die Hauptverhandlung niemals überstehen.« Ihr Ton wurde eisig. »Ja, ich bin Ihre Anwältin, damit gehört es auch zu meinen Aufgaben, Ihnen schonungslos vor Augen zu führen, was Sie vor Gericht erwartet. Man hält Sie für schuldig und will Sie bestrafen. Ich bin hier, um Ihnen ein mildes Urteil oder bestenfalls einen Freispruch zu verschaffen. Das gelingt aber nur, wenn Sie mich meinen Job machen lassen. Wenn ich Ihnen also zusetze und unangenehme Fragen stelle, dann müssen Sie das aushalten, oder Sie suchen sich tatsächlich einen anderen Rechtsbeistand.«

Für wenige Sekunden herrschte völlige Stille in dem kargen Raum, dann sagte Thomas mit tränenerstickter Stimme: »Bitte helfen Sie mir, ich werde mich an Ihre Vorgaben halten, versprochen.«

Die Anwältin blickte ihn versöhnlich an. Sie hatte schon viele Strafprozesse geführt und genauso viele Angeklagte begleitet. Die meisten waren auf die ein oder andere Art schuldig gewesen. Von den Schuldigen hatten einige ein schlechtes Gewissen, andere genug Grips, um von einem Geständnis zu profitieren. Manche hätten mehr als nur eine lange Haftstrafe verdient gehabt, andere wären mit einer zweiten Chance gerechter behandelt gewesen. Sie blickte

Thomas an, natürlich sah er nicht wie ein Serienkiller aus, das sahen die gefährlichsten Mörder der vergangenen Kriminalgeschichte auch nicht.

»Momentan hat die Polizei vor allem Indizien. Ihre fehlenden Alibis für die ersten beiden Morde, die mitten in der Nacht geschehen sind, kann man vernachlässigen. Menschen schlafen nachts und Singles schlafen allein. Der Streit mit Jürgen Karon ist bedauerlich, aber auch da können wir darauf hinweisen, dass erstens kein Beweis für ein Verbrechen vorliegt, was die Staatsanwaltschaft natürlich anders sehen wird, und zweitens man den Mann nach Ihrem Streit noch lebend gesehen hat. Weiter spricht für Sie, dass sämtliche Zeugen bestätigen, dass Sie heute Morgen, als man Sie in der Wohnung Ihrer Nachbarn fand, unter Schock standen.«

»Das ist doch gut, oder?«, fragte er zaghaft.

Sie gab ihm keine Antwort, sondern sprach mit einem bedauernden Gesichtsausdruck weiter: »Leider könnte Ihnen aber genau das zum Verhängnis werden. Trotz der Zeugen wird die Staatsanwaltschaft womöglich behaupten, Sie hätten den Schock vorgegaukelt.«

»Warum? Ist das nicht absurd? Wenn ich der Mörder wäre, dann hätte ich mich doch verzogen, wäre geflüchtet, hätte meine Kleidung gewechselt.«

»Oder es wäre einfacher gewesen, ganz offen die Spuren der Mordnacht zu tragen und zu behaupten, die stammten vom Fund, vom Berühren der Leichen, als Sie nach Lebenszeichen suchten.«

»Wann genau starben die beiden?«, fragte Thomas mit trockener Kehle.

»Gegen Mitternacht«, sagte die Anwältin und sah ihn dabei fast schon lauernd an.

»Dann hätte ich die beiden ermordet und hätte mehrere Stunden danach immer noch neben den Leichen gekniet, das ist doch lächerlich.«

»Es gab schon Mörder, die Tage, sogar Wochen mit ihren toten Opfern verbracht haben.«

»Ich bin doch nicht geisteskrank«, brach es aus Thomas heraus.

Sie antwortete ihm nicht und er hauchte fassungslos: »Sie denken, ich bin verrückt. Sie glauben, ich bin ein Psychopath? Ich schwöre Ihnen, dass ich nichts mit den Morden zu tun habe.«

»Die werden ein Gutachten fordern«, ging die Anwältin nicht auf seinen Kommentar ein.

»Bitte«, erwiderte Thomas gereizt. »Ich habe nichts zu verbergen, ich weiß genau, was ich getan habe und was nicht.«

Ihr Schweigen provozierte ihn über alle Maßen. »Reden Sie mit mir«, schnauzte er deshalb. »Was hält Sie davon ab, mir endlich zuzustimmen?«

Sie atmete geräuschvoll aus. »Wissen Sie, wie es zu einer Anklage kommt?« Gudrun Erbe wartete nicht auf eine Antwort, sondern gab selbst die Erklärung. »Soweit kein Geständnis vorliegt, werden die mühsam von den Ermittlungsbeamten zusammengetragenen Schnipsel, die wir Beweise und Indizien nennen, ausgebreitet und bewertet. Manchmal macht es keinen Sinn, sie zusammenzusetzen, und manchmal ist das Gegenteil der Fall. Ihre Schnipsel sind ausreichend überzeugend gewesen, man wird Sie vor Gericht stellen.«

Thomas schloss für einen Moment die Augen. Er war müde, ausgelaugt und wäre einfach gern allein gewesen, dennoch richtete er sich jetzt etwas auf.

»Ich bin das nicht gewesen, weder bewusst noch unbewusst. Ich habe keine gespaltene Persönlichkeit, keine soziopathischen Neigungen oder sonst irgendeine kriminelle Energie. Entweder Sie glauben mir und helfen, meine Unschuld zu beweisen, oder Sie gehen.«

11

»Ich will helfen«, hatte Heide Lindner gesagt und war dann von einem verdutzten, aber auch wachsamen Bruno Rubian hereingebeten worden.

Den Urlaub hatte sie sofort genehmigt bekommen. Jeder wusste, dass Oberkommissarin Lindner die Festnahme von Thomas Brand für Unsinn hielt. Ihre Meinung hatte sie an diesem Tag laut und häufig geäußert.

Donner hatte sie bekniet, sich zusammenzureißen. »Du weißt, dass wir einen Fall objektiv beurteilen müssen. Die Ermittlungsergebnisse haben für eine Anklage gereicht.«

»Dann sollten wir wenigstens versuchen zu beweisen, dass Thomas unschuldig ist.«

Ihr Vorgesetzter war geduldig gewesen und hatte gesagt: »Wenn du helfen willst, dann nicht so. Die Kollegen werden bereits misstrauisch, man denkt, du hast persönliche Gefühle für Thomas Brand, sehr persönliche Gefühle.« Dabei sah er sie fragend an.

»Und wenn das so wäre, würde es keine Rolle spielen. Man kann ihn nicht vor Gericht stellen, bloß weil er die Leichen seiner Nachbarn gefunden hat.«

»Es geht nicht nur um den Leichenfund, sondern darum,

dass er schwere psychische Störungen hat. Du kennst doch seine Vorgeschichte. Mal von den fehlenden Alibis für die Morde abgesehen, entsteht von ihm das Bild eines sehr wütenden Mannes. Er hat sich bei der Hausdurchsuchung mit den Beamten angelegt, Jürgen Karon bedroht, die Familie Hagen bedrängt, ist seit Jahren mit der eigenen Mutter und dem Stiefvater verstritten. Ein Einzelgänger ohne feste Beziehung, grüßt kaum die Nachbarn. Zudem zeichnet er Bilder, die düster, brutal und äußerst beunruhigend sind. Du hast gesehen, was wir in seiner Wohnung gefunden haben.«

»Er ist *Künstler*«, hielt sie dagegen. »Außerdem«, fuhr sie gereizt fort, »wenn Thomas Brand ein Einzelgänger ist, dann bin ich das auch. Man hat immer Phasen im Leben, in denen man seine Kontakte reduziert.«

»Ich vermute, du wirst niemanden finden, der Thomas Brand vor Gericht als unkomplizierten, witzigen Typen bezeichnen würde, der gerade eine einsame Phase durchlebt«, erwiderte Donner und lächelte wehmütig. »Seit ich ihn kenne, geht er auf Distanz zu anderen.«

»Das hat schließlich seinen Grund«, warf Heide ein. »Wie du schon sagtest, wir kennen seine Vorgeschichte. Er war fünfzehn, als er die Leichen seiner Schwester und seines Vaters fand. Ich habe die Bilder gesehen, das war ein Schlachtfeld. Wie kann man nur daran zweifeln, dass er unter Schock stand, als sich ihm in der Nachbarwohnung das gleiche Bild bot? Die Geschichte hat sich für ihn wiederholt, da ist er zusammengebrochen. Das wäre anderen auch passiert.«

»Möglich, aber genau das, was du ihm zugutehältst, wird ihm von der Staatsanwaltschaft zur Last gelegt.«

»Was?«, schnauzte Heide.

»Seine Vergangenheit«, antwortete Donner.

Sie sah ihn entgeistert an. »Die verwenden seine Vergangenheit gegen ihn?«

»Ich glaube nicht, dass *die* eine Wahl haben«, versuchte er sachlich zu bleiben. »Nennen wir es vielmehr eine logische Konsequenz.« Er betrachtete sie mitfühlend, bevor er sagte: »Es gibt Kinder, denen passieren sehr schlimme Dinge. Ich habe das in meiner beruflichen Praxis häufig erlebt. Wenn sie dann älter werden, wenn sie es eigentlich besser wissen müssten, da werden sie manchmal zum Täter, obwohl sie selbst einmal ein Opfer waren. Gelegentlich zieht sich die Gewalt sogar durch mehrere Generationen einer Familie. Das Kind wiederholt, was es von Vater oder Mutter kennt.«

»Was?« Heide wurde bleich. »Sein Vater hat ihm doch niemals etwas getan. Soviel ich weiß, hatten die beiden ein sehr gutes Verhältnis.«

»Und das wurde ihm von einem grausamen Mörder zerstört«, ergänzte der Hauptkommissar. »Man glaubt, dass er zu dem Mann geworden ist, der ihm alles genommen hat. Du weißt, was ich meine.«

»Identifikation mit dem Aggressor«, sagte Heide leise und presste anschließend so sehr die Lippen aufeinander, dass ihr Mund nur noch einem dünnen Strich glich. Sie kannte den Fachbegriff. Auch ihr waren in ihrer beruflichen Laufbahn Fälle untergekommen, in denen ein ehemaliges Opfer zum Täter geworden war. Sie hatte Fortbildungen besucht, Lehrgänge zum Thema Viktimologie, sprich Opferforschung, absolviert und war daher vertraut mit psychologischen Besonderheiten wie dem *Stockholm-Syndrom*, dem *Münchhausen-Stellvertreter-Syndrom* oder eben auch der Identifikation eines Opfers mit seinem Aggressor. Alles waren Dinge, die sie nicht nur aus der Theorie kannte, und doch hätte sie nichts davon je mit Thomas Brand in Verbindung gebracht.

Einen Moment lang herrschte Schweigen.

Die Oberkommissarin musste ihre Gedanken sortieren, fragte dann plötzlich angriffslustig: »Und du? Glaubst du das auch?«

»Ich habe das nicht zu entscheiden«, entgegnete der Kollege.

»Das ist keine Antwort auf meine Frage«, blieb sie hartnäckig.

»Objektiv betrachtet spricht vieles dafür«, wich er ihr nicht aus. »Im Hagen-Prozess war Brand als Gerichtszeichner tätig. Vielleicht sorgte allein das Auseinandersetzen mit dem brutalen Verbrechen an Dorothea Hagen für eine Wiederbelebung von Brands eigenem Trauma. Er hat grausame Bilder von dem Mord gezeichnet, blutige Bilder. Dann lernt er auch noch Miriam Fuller kennen und entwickelt eine Faszination für die Frau. Sie stirbt, begeht Suizid und ihr Tod löst weiteren alten Kummer aus. Thomas Brand fühlt sich schuldig, aus irgendeinem Grund verantwortlich, wird außerdem an den Verlust der Schwester erinnert. Es gibt Zeugen, vor denen er sich genau so geäußert hat«, ließ sich Donner nicht beirren, als er Heides skeptischen Gesichtsausdruck wahrnahm. »Wenn man sein Verhalten sachlich beurteilt, kommt man zu dem Schluss, dass er sich über das normale Maß hinaus engagiert hat«, fuhr der Hauptkommissar fort. »Er war am Grab von Miriam, sprach dort mit der Mutter, hat Nachforschungen angestellt, Skizzen von Miriam gezeichnet. Die ganze Zeit über sprach er von Jürgen Karon als einem Stalker, aber wer sagt uns denn, dass nicht er der Stalker war? Er hat sogar Miriams Kampf für Kevin Hagen weitergeführt. Kann man ihm wirklich abnehmen, dass er das nur tat, weil er ein idealistischer Verfechter der Wahrheit ist? Oder geht seine Besessenheit für Miriam so weit, dass er sogar ihren Platz einnehmen wollte? Und was ist mit Jürgen Karon? Er beschuldigt den Mann, sich Miriam gegenüber missbräuchlich verhalten zu haben, und kurz darauf verschwindet der spurlos. Bei einer harmlosen Hausdurchsuchung widersetzt sich Thomas Brand, muss sogar abgeführt werden.«

»Du stellst das völlig verdreht dar«, widersprach ihm

Heide. »So hört es sich an, als wäre Thomas ein Besessener, ein Spinner.«

»Ja, natürlich tut es das, denn das ist das Bild, das er hinterlassen hat!«

»Nicht bei mir«, ereiferte sich die Oberkommissarin.

Als Donner nicht reagierte, fragte sie zornig: »Du bist also auf deren Seite?«

»Du bist gerade viel zu sehr persönlich involviert, um wirklich objektiv Stellung beziehen zu können.«

»Das ist keine Antwort.«

»Kaum ist Miriam Fuller gestorben, beginnen diese Nachahmungsmorde, und beim zweiten finden wir auch noch einen Artikel über Thomas Brands Vater«, warf Donner ein.

»Wäre das nicht ziemlich leichtsinnig, das zu tun?«, hakte die Polizistin kalt nach. »Damit lenkte er die Aufmerksamkeit der Polizei doch erst recht auf sich.«

»Vielleicht war das auch sein Ziel. Womöglich hat er einen Hilferuf gesendet, wollte von uns gefasst werden«, erwiderte Donner mit belegter Stimme. »Was, wenn wir das nicht erkannt haben, wenn deshalb Menschen gestorben sind?«

Erst jetzt begriff Heide, wie sehr ihr Kollege gerade litt. Er machte sich Vorwürfe. »Menschen sind gestorben, und der Täter war möglicherweise die ganze Zeit in meiner Nähe«, brach es plötzlich aus dem Beamten heraus.

»Niemand würde dir deshalb einen Vorwurf machen«, sagte sie automatisch.

»Es geht mir gewiss nicht um meine Karriere«, reagierte er ungewohnt schroff.

»Das weiß ich doch«, beschwichtigte sie ihn, meinte dann aber streng: »Du brauchst dir keine Vorhaltungen machen, weil Thomas das nicht getan hat.«

»Seit wann bist du eine ausgebildete Psychologin? Wie willst du erkennen, welchen Grad von Gestörtheit dein

Gegenüber hat? Niemand kann das«, blieb Donner hart. »Wir können ja nicht einmal wissen, ob Thomas sich überhaupt an seine Taten erinnert. Denkbar, dass das alles in seinem Unterbewusstsein steckt. Weißt du, wie es damals bei Norman Iburg war?«

Er wartete nicht auf ihre Antwort, sondern schnauzte: »Wir arbeiteten vor zwanzig Jahren mit einem renommierten Psychologen zusammen. Er sollte uns helfen, den Herzensbrecher zu verstehen, Täterprofil und so weiter, du weißt schon. Wie sich später herausstellte, hatte der Mann einen gewissen Norman Iburg in seiner Kartei. Es handelte sich um einen seiner Patienten, ein ehemaliger Sexualstraftäter, bekannt für seine Gewaltbereitschaft. Dieser Psychologe war ein erfahrener Arzt und gut in seinem Job, saß Norman Ibach jede Woche eine Stunde gegenüber, wusste von dessen Störungen, kannte die Strafakte, und doch hatte er nicht einen Moment den Verdacht, dass ausgerechnet *sein* Patient der Herzensbrecher war.«

»Psychopathen sind schlau«, hatte Heide lahm eingeworfen. »Bei einem Arzt verstellen die sich.«

»Ach, und bei einem Polizisten etwa nicht?«, hatte ihr Donner entgegengeschleudert.

»Thomas hat sich nicht verstellt«, war sie beharrlich geblieben.

»Der Psychologe«, hatte Donner müde den Faden wieder aufgenommen, »er hat sich später das Leben genommen, fühlte sich verantwortlich dafür, dass so viele gestorben waren, weil er nicht sah, was direkt vor seiner Nase geschah.« Donner hatte eine Pause gemacht, bevor er angefügt hatte: »Du solltest dich also fragen, ob du dich in diesem Fall nur auf dein Bauchgefühl verlassen willst. Denn es ist durchaus denkbar, dass Thomas Brand genau das getan hat, was man ihm vorwirft – entweder wissentlich oder aufgrund seiner geistigen Störung, ohne Erinnerung daran.«

Sie hatte daraufhin den Urlaub eingereicht und war ihre Optionen durchgegangen. Nun saß sie spätabends auf der Couch von Bruno Rubian.

»Die Polizei zu so später Stunde«, hatte der süffisant gesagt, nachdem er sie mit hochgezogenen Augenbrauen und den Worten: »Oh, Frau Oberkommissarin«, begrüßt hatte.

»Ich bin nicht als Polizistin gekommen«, erklärte sie, »sondern als Freundin von Thomas Brand.«

»Das wird ihn sicher freuen, macht aber aufgrund der Tatsache, dass ich nicht sein Anwalt bin, überhaupt keinen Sinn.«

Dennoch bot er ihr einen Whiskey an. Sie trank ihr Glas in einem Zug, was Rubian mit den Worten »War für uns alle ein harter Tag« kommentierte.

»Ich weiß, dass Sie ihn nicht vertreten, aber er hat mit Ihnen bis zu seiner Verhaftung zusammengearbeitet.«

»Sie meinen, bis man ihn beim Abschlachten seiner Nachbarn erwischt hat.«

* * *

Am nächsten Morgen

Beatrice von Ehrstein-Hagen hatte schon früh gelernt, ihre Gefühle zu verbergen. Dennoch entgleisten ihr für einige Sekunden die sonst so kontrolliert wirkenden Gesichtszüge, als sie auf ihrem Handy die neuesten Nachrichten las.

»Die haben Thomas Brand verhaftet«, sagte sie vorsichtig, als sie von ihrem Telefon aufblickte und zu ihrem Mann sah, der gerade nur mit einem Handtuch um die Hüften aus dem Badezimmer kam.

»Was?« Sven reagierte geschockt. Unwirsch riss er seiner Frau das Smartphone aus der Hand und blätterte die Pushnachrichten durch. »Er ist der Nachahmungstäter? Ein

Mörder?« Entsetzt schnappte Sven nach Luft. »Also hat er Rubian nur an der Nase herumgeführt, es gibt keinen Stalker, der meinen Bruder reingelegt hat.« Müde reichte er Beatrice das Telefon und ging wie in Trance zum Bett. Langsam sank er auf die Matratze.

Sie blickte ihn besorgt an, wollte jetzt auf keinen Fall etwas Falsches sagen.

»Weißt du«, begann Sven nach einer gefühlten Ewigkeit zu sprechen. »Ich dachte, es gibt noch eine Chance. Fast schien es so, als wäre mit Jürgen Karon sogar ein möglicher Verdächtiger aufgetaucht.«

Sie eilte zu ihm, schlang die Arme um ihn und er fühlte ihre weiche Haut auf der seinen.

»Es ist, wie es ist«, sagte sie tröstend. »Wir werden das gemeinsam durchstehen. Ich bin für dich da.«

»Am liebsten würde ich einfach meinen Koffer packen und verschwinden. Der Gedanke, dass meine Mutter durch Kevins Hand starb, macht mich fertig. Ich habe das Gefühl, keine Luft mehr zu bekommen. Ich bin kein Kämpfer«, fügte er noch an, »das war ich nie.«

»Ich werde für dich kämpfen«, bot sich Beatrice schnell an. »Ich unterstütze dich, egal bei was.«

Er wandte ihr den Blick zu, bewundernd, fast schon ehrfürchtig, und sie wusste, dass sie endlich gewonnen hatte. Svens unvernünftiges Festhalten an Kevins Unschuld, sein Leugnen des Offensichtlichen, all das sollte heute enden.

Sie schmiegte sich an ihn. Berührte ihn sanft, wartete ab, wie er reagierte, und stellte zufrieden fest, dass er erregt war. Sven war leicht zu durchschauen und nicht besonders anspruchsvoll, was ihre Partnerschaft anging. Mit Sex konnte sie sowohl seine Wut als auch seine Trauer kurieren.

Während sie sich ihren Rock über die Hüften schob und den Slip abstreifte, schob er sein Handtuch zur Seite. Sie setzte sich ihm zugewandt auf seinen Schoß und er drang in sie ein. Sven entspannte augenblicklich, begann mit rhythmischen Bewegungen und schloss die Augen. Beatrice stöhnte und feuerte ihn sanft an, so wie er es mochte. Parallel dazu machte sie Pläne, lobte sich im Stillen für ihre ausgeprägten Multitasking-Fähigkeiten und wusste schnell, in welchen abgelegenen Ferienressort sie Sven alsbald schicken wollte. Er könnte sich dort erholen, während sie das Unternehmen führen und endlich eine angemessene Position einnehmen würde.

Sven kam zum Höhepunkt und sie stöhnte: »Oh ja, ich liebe dich!«

12

Circa sechs Wochen später

Hauptverhandlung im Strafverfahren gegen Thomas Brand, Anklage: mehrfacher Mord

Oberkommissarin Heide Lindner saß im Gerichtssaal. Nicht das erste Mal, aber das erste Mal mit solch einem persönlichen Interesse. Sie hatte die letzten Wochen rund um die Uhr gearbeitet, allerdings nicht nur in ihrem eigentlichen Job. Urlaubstage, Abbauen von Überstunden, Krankmeldungen und ein sehr wohlwollender Hauptkommissar Donner hatten es ihr ermöglicht, auf eigene Faust Ermittlungen anzustellen, um Thomas Brand zu helfen, seine Unschuld zu beweisen. Bruno Rubian hatte sie mit Gudrun Erbe zusammengebracht, und obwohl anfänglich skeptisch, hatte die die Hilfe schließlich mit Handkuss angenommen.

»Wir stehen auf verlorenem Posten«, hatte Gudrun der Polizistin erklärt.

Mit Thomas hatte Heide nicht sprechen dürfen. Die Anwältin hatte ihr abgeraten. »Man wird Ihre Motivation und damit Ihre Objektivität hinterfragen. Das Letzte, was ich jetzt gebrauchen kann, ist eine Polizistin im Zeugenstand, der man unterstellt, Akten manipuliert zu haben, weil sie romantische Gefühle für den Angeklagten hat. Sorgen Sie also dafür, dass Sie nicht auffliegen.«

So gebrieft hatte sich Heide bedeckt gehalten. Sie sah Thomas heute das erste Mal wieder und erschrak. Der Anzug, den er trug, hatte sicher einmal gepasst, aber mittlerweile war er ihm mindestens eine Nummer zu groß. Außerdem wirkte Thomas abwesend, betäubt, er sah sich nicht um, saß völlig unbeweglich auf dem Stuhl, schicksalsergeben, so als würde ihm selbst die Kraft für die einfachsten Handlungen fehlen.

Hauptkommissar Donner schlüpfte in letzter Minute durch die Tür und setzte sich neben Heide. Sie war froh, ihn zu sehen. Er nickte ihr zu, aufmunternd, freundschaftlich.

Auch Rubian war im Saal, Thomas' Mutter, seine Tante Lieselotte und der Stiefvater, so wie die Mitglieder der Familie Hagen, die man als Zeugen geladen hatte.

Das Prozedere begann. Verlesung der Anklageschrift, Fragen zu Thomas Brands Person, sein »Ich bin unschuldig«, die Belehrung für die Zeugen und dann die Ankündigung, nun in die Beweisaufnahme einzutreten. Zuvor mussten jedoch noch die geladenen Zeugen den Saal verlassen. Es raschelte, kam zu Unruhe. Heide stand nicht auf der Liste, aber ihr Kollege Donner, der deshalb ebenfalls den Sitzungssaal verließ.

Die Oberkommissarin starrte auf Gudrun Erbes Rücken. Die Anwältin hatte die Schultern nach hinten gezogen, stand so gerade wie eine Primaballerina und wirkte trotz ihrer Zierlichkeit und ihres Alters energiegeladen. Die Frau konnte ohne Probleme mit den flotten Sprüchen des schneidigen Staatsanwaltes mithalten, schlug sich hervorragend und wirkte beeindruckend kompetent.

»Es waren keine Fingerabdrücke an den gefundenen Tatwaffen?«, fragte sie den Kriminaltechniker.

»Nein«, bestätigte der.

»Ihr Mandant hat sie abgewischt«, warf der Staatsanwalt ein, »das ist doch nicht untypisch.«

»Ist es schon«, konterte sie. »Wozu hätte er sie abwischen sollen, wenn er sich dann entschließt, im Blut der Leichen zu knien, bis die Polizei kommt? Viel wahrscheinlicher ist doch, dass die Tatwaffen vom eigentlichen Täter abgewischt wurden.«

Gudrun Erbe schürte Zweifel. Zerpflückte akribisch das belastende Material gegen Thomas Brand.

Während der Befragung von Hauptkommissar Donner schwenkte der Staatsanwalt plötzlich wichtigtuerisch einige der Skizzen, die man nach dem Doppelmord in Thomas Brands Wohnung gefunden hatte. Brutale Zeichnungen, blutige Bilder, die einen Mann zeigten, dem man ein Messer in den Kopf getrieben hatte und der ganz zufällig die Gesichtszüge von Jürgen Karon trug. Ein anderes zeigte Karon unter Wasser, wie er ertrank, und dann gab es noch ein weiteres. Es stellte die Szene in einer Hinrichtungskammer nach – ein Mann auf einem elektrischen Stuhl, ebenfalls Karon.

Gudrun Erbe war ihren Mandanten deshalb vor der Verhandlung heftig angegangen: »Wieso fand man dieses kranke Zeug in Ihrer Wohnung?«

Verzweifelt hatte Thomas sich bemüht zu erklären: »Das ist eben meine Art, mir Luft zu machen. Andere joggen, spielen Fußball, und ich zeichne, das entspannt mich.«

Sie hatte genervt den Kopf geschüttelt und gesagt: »Das können wir so nie und nimmer als Erklärung abgeben.« Heute hatte sie natürlich für das Gericht eine perfekte Begründung parat.

Als der Staatsanwalt mit bedauernder Miene einfließen ließ: »Thomas Brand ist ein sehr gestörter Mann«, zerriss sie ihren Gegner in der Luft, indem sie schnippisch erwiderte: »Entweder mein Mandant ist ein sehr gestörter Mann, wie es der Herr Kollege von der Staatsanwaltschaft so herrlich laienhaft ausgedrückt hat, oder aber …« Sie blickte amüsiert auf die Skizzen, bevor sie weitersprach: »Mein Mandant ist Grafikdesigner, Maler, Gerichtszeichner und arbeitet an Entwürfen für einen Comic. Wäre das nicht die wesentlich wahrscheinlichere Erklärung für diese Skizzen?«, fügte sie noch überlegen an. »Horror-Comics erfreuen sich großer Beliebtheit und nur, weil mein Mandant diese Bilder zeichnet, um damit eines Tages seinen Lebensunterhalt verdienen zu können, ist er noch lange nicht *gestört*. Sonst würde das ja auch für die meisten Krimiautoren gelten.«

Sie erntete Lacher aus dem Publikum, aber der Vorsitzende Richter war hartnäckig und verlangte nach Fakten: »Uns liegen keine Unterlagen vor, die belegen, dass Herr Brand als Comic-Zeichner tätig ist.«

Gudrun hatte mit diesem Einwand gerechnet und erklärte gelassen: »Mein Mandant ist Künstler und aufgrund seines unsicheren Einkommens gezwungen, flexibel zu agieren. Heute ein Job als Gerichtszeichner, morgen ein Auftrag bei einer Werbefirma und, um über die Runden zu kommen, der Versuch, mit einem Comic Geld zu verdienen. Die Arbeit bei Gericht hat ihn inspiriert. Es spricht doch nichts dagegen, zu diversifizieren, das macht heute jeder vernünftige Geschäftsmann.«

Die Miene des Richters zeigte, dass er die Wörter »diversifizieren« und »Geschäftsmann« für übertrieben hielt im Zusammenhang mit einer künstlerischen Tätigkeit, aber er gestand der Verteidigung zu, dass das Argument dennoch schlüssig war.

Vor allem die Vernehmung von Hauptkommissar Donner verleitete Anklage und Verteidigung dazu, sich ein regelrechtes Ping-Pong-Wortgefecht zu liefern. Der Staatsanwalt fragte den Beamten, wie wahrscheinlich es denn wäre, dass ein Fremder ausgerechnet die beiden Nachbarn von Thomas Brand ermorden würde, dem Mann, der bereits in die alten Morde des Herzensbrechers involviert gewesen war.

Donner antwortete vorsichtig: »Sicher ein großer Zufall«, was hätte er auch sagen sollen?

»Und es gab keine Einbruchspuren?«, bohrte der Ankläger weiter.

»Nein«, antwortete Donner auch dieses Mal wahrheitsgemäß.

»Keine Abwehrspuren an den Leichen, keine Anzeichen für einen Kampf in der Wohnung der Opfer.«

Wieder antwortete der Hauptkommissar mit einem schlichten Nein.

»Würden Sie, als erfahrener Polizist, sagen, dass alles danach aussieht, als wäre das Verbrechen von einem Freund, Bekannten oder Nachbarn der Opfer verübt worden, von jemandem, den die beiden kannten?«

Donner zögerte und der Einspruch der Anwältin ersparte ihm die Antwort.

Die griff, als sie kurz darauf an der Reihe war, diesen Punkt sofort wieder auf. »Keine Abwehrspuren, kein Kampf, so wie es der Fall ist, wenn der Mörder oder die Mörderin im ersten Moment auf das Opfer nicht bedrohlich wirkt?«

Dieses Mal bestätigte der Hauptkommissar.

»Nicht bedrohlich, weil es sich bei dem Täter oder der Täterin um eine Freundin, eine Bekannte, den Hausmeister, den Postboten, einen Polizisten, eine Nonne, einen Priester, eine schöne Frau, eine Hochschwangere und so weiter handelte?«

Der wütende Einspruch des Staatsanwaltes wurde abgelehnt und Gudrun fügte noch an: »Ich wollte nur aufführen, dass es viele Gründe dafür gibt, warum ein Opfer zu spät bemerkt, dass es in Gefahr ist.« Gudrun formulierte die nächste Frage. »War oder war nicht in den Tagen vor den Morden die Presse ständig mit dem Fall des Herzensbrechers beschäftigt?«

»Das kann man wohl sagen«, erwiderte Donner wahrheitsgemäß.

»Wir können also nicht ausschließen, dass sowohl Thomas Brands Wohnsituation als auch sein freundschaftliches Verhältnis zu den Nachbarn dem eigentlichen Täter bekannt gewesen ist.«

»Nein, das kann man nicht ausschließen.«

»Ist es nicht so, dass die Nachbarn des Angeklagten, die beiden Opfer, aktiv in den sozialen Netzwerken unterwegs waren. Sodass man sie hätte ausspionieren können?«

»Die beiden waren nicht sehr sorgsam mit ihren persönlichen Daten, das ergab die Untersuchung der Handys und Laptops.«

Gudrun lächelte zufrieden und fragte dann freundlich: »Gelang es Ihnen einwandfrei festzustellen, dass die Haustür an jenem Abend keinem Fremden geöffnet worden war? Meine eigenen Recherchen haben ergeben, dass sechsunddreißig Wohneinheiten in dem Haus zur Verfügung stehen und dort fünfundsiebzig Personen gemeldet sind. Können Sie ausschließen, dass keine dieser fünfundsiebzig Personen, Kinder eingeschlossen, am Mordtag das Haus verlassen und jemand anderem ohne böse Absicht Zugang gewährt hat? Wir kennen das doch, man tritt aus der Tür, jemand möchte gleichzeitig hinein, ganz automatisch hält man die Tür auf, fragt sicher nicht nach dessen Berechtigung und schon gar nicht, wenn derjenige aussieht wie der Postbote, ein Polizist, eine Nonne …«

Der Richter unterbrach. »Wir haben verstanden, Frau Anwältin«, und an Donner gewandt: »Beantworten Sie die Frage, bitte.«

»Nein, das können wir nicht ausschließen«, aber da er sich verpflichtet fühlte, mit der Staatsanwaltschaft zu kooperieren, und berufliche Objektivität von ihm verlangt wurde, fügte er ungefragt an: »Die Anwohner wurden von uns befragt, und keiner kann sich an einen Fremden erinnern.«

Gudrun Erbe ärgerte sich über diese Bemerkung, sie fuhr

ihr in die Parade. Dennoch lächelte sie erneut und setzte nach: »Wann wurden die Befragungen durchgeführt?«

»Umgehend?«

»Sie haben alle fünfundsiebzig Bewohner wenige Stunden nach dem Mord befragt?«

»Einige«, erwiderte Donner knapp.

»Und das bedeutet?«

Sie bohrte weiter und ließ sich von einem zähneknirschenden Donner bestätigen, dass es natürlich nicht möglich gewesen war, eine so große Befragung in wenigen Stunden durchzuführen. Viele der Hausbewohner waren arbeiten, machten Einkäufe und so weiter. Am Ende stellte sich heraus, dass erst nach fünf Tagen alle Aussagen vorgelegen hatten und man unmöglich ausschließen konnte, dass das Erinnerungsvermögen der einzelnen Bewohner nicht durch die Zeitverzögerung getrübt war. Heide atmete erleichtert auf, als man Donner aus dem Zeugenstand entließ.

Er setzte sich erneut neben sie, wirkte jedoch verärgert. »Ich kann nur hoffen, dass diese Frau wirklich einen Unschuldigen verteidigt. Gut, dass sie nur noch selten vor Gericht zieht. Die ist ja schlimmer als Rubian«, flüsterte er der Oberkommissarin zu und die antwortete ihm mit einem leisen »Ja, Gott sei Dank!«, das er mit einem Augenrollen kommentierte.

Er war nicht begeistert von Heide Lindners Einsatz, hatte deshalb mit ihr gestritten, aber sie am Ende dennoch gewähren lassen.

»Ich will nicht wissen, was du in deiner Freizeit tust«, hatte er ihr lediglich mit auf den Weg gegeben. »Aber sei dabei vorsichtig.«

Sie spürte, wie seine Blicke auf ihr ruhten, und drehte ihm den Kopf zu. »Es wird alles gut«, flüsterte sie mit einem Lächeln, aber Donner hatte seine Zweifel, die er jedoch für sich behielt, während er weiter dem Gerichtsverfahren folgte.

Der Staatsanwalt hatte einige Trümpfe verloren, ließ sich deshalb aber nicht beirren, als er als Nächstes eine Kellnerin befragte. Sie hatte Thomas und Miriam am Tag von Kevin Hagens Verhandlung in dem Café um die Ecke bedient. Sie war hochgewachsen und blond mit aufmerksamen blauen Augen, die auch während ihrer Befragung ständig die Reihen im Gerichtssaal scannten, so als warte sie darauf, dass irgendwer gleich die Hand heben und eine Bestellung aufgeben wollte.

»Die junge Frau hat sich Franzbrötchen bestellt«, sagte sie aus. »Ich erinnere mich daran, weil ich noch dachte: ›Wie kann die nur so schlank bleiben bei der Menge an Süßkram?‹«

Einige Seufzer aus dem Publikum zeigten, dass die Anwesenden genau verstanden, was die Frau im Zeugenstand meinte.

»Erst dachte ich, was für ein nettes Paar, dann jedoch müssen sie gestritten haben. Die Frau ist aufgesprungen und gegangen.«

»Wissen Sie, um was es bei dem Streit ging?«,

»Na ja …« Sie sah zögernd zu Thomas, dann wieder zum Staatsanwalt, bevor sie antwortete: »Die Frau sagte, dass sie sich in ihm getäuscht hätte, so was in der Art, dass sie ihn für nett gehalten hat, er aber ein falscher Freund wäre, dann ist sie davongestürmt.«

Der Staatsanwalt unterließ es, die Zeugin nach dem Skizzenblock zu fragen, befürchtete, die Geschichte mit dem Comic würde dann erneut seine Anklage schwächen, meinte aber noch: »Miriam Fuller hat den Kontakt mit dem Angeklagten abgebrochen, weil sie ihn durchschaut hat. Er war ein falscher Freund, sie hatte sich in ihm getäuscht.«

Nach ihm war Gudrun dran. In freundlichem Plauderton wandte auch sie sich an die Zeugin, lobte deren gutes Gedächtnis, was der Frau schmeichelte, und fragte dann völlig harmlos: »Und danach sind die beiden für immer getrennte Wege gegangen. Keine Versöhnung, keine Aussprache?«

»Woher soll ich das wissen?«, reagierte die Zeugin angespannt. Sie hatte die Belehrung noch im Gedächtnis, nichts hinzufügen, weglassen und so weiter. Bemüht, klarzustellen, dass sie eine gute und ehrliche Zeugin war, fuhr sie dankenswerterweise fort: »Das kann ich nicht beurteilen, ich habe die zwei doch nie wieder gesehen.«

Mit den Worten: »Eben, deshalb können Sie auch nicht wissen, dass Frau Fuller trotz dieses angeblichen Streits erneut mit meinem Mandanten Kontakt aufgenommen hat. Sie hinterließ ihm nämlich eine Nachricht im Briefkasten, wie der Staatsanwaltschaft durchaus bekannt ist.« Daraufhin las Gudrun Erbe Miriams Nachricht vor und beendete die Vernehmung der Kellnerin mit einem triumphierenden Seitenblick auf den Vertreter der Anklage.

Dann endlich war es Zeit, die Hagens aufzurufen. Heide richtete sich auf ihrem Stuhl auf, und auch Rubian, einige Reihen weiter, schob sich auf dem für ihn viel zu schmalen Sitz in eine aufrechtere Position.

Während der nächste Zeugenaufruf erfolgte, erinnerte sich Heide an ihren Besuch bei Kevin Hagen:

… »Was will die denn hier?«, hatte Kevin ungehalten gefragt und vorwurfsvoll zu Rubian gesehen.

Der Anwalt hatte kurz die Umstände erklärt und dafür von seinem Mandanten ein abschätziges Zungenschnalzen geerntet.

»Ist das wieder eine Ihrer brillanten Ideen? Eine Polizistin im Urlaub, die versucht, den Mann aus dem Knast zu holen, der eigentlich mich retten sollte?«

Kevin lehnte sich lässig zurück. Seine Hände lagen auf

der Tischplatte und die Oberkommissarin sah die Wunden auf den Knöcheln, die gerade verheilten.

»Ich habe nur ein paar Fragen«, sagte Heide versöhnlich.

»Ach«, schnauzte Kevin. »Haben Sie mir die nicht längst alle gestellt? Gleich nachdem Sie mich beschuldigt haben, meine eigene Mutter getötet zu haben.« Er lachte bitter auf. »Ist nicht mehr so angenehm, wenn Verleumdungen einen selbst treffen, oder?«

Sie blieb ihm die Antwort schuldig, wollte keinesfalls mit dem Mann streiten, denn sie brauchte ihn.

»Dieser Thomas Brand gehört doch zu Ihrem Laden«, bohrte Kevin weiter.

»Der Mann ist Gerichtszeichner«, mischte sich Rubian ein, »kein Polizist.«

Kevin grinste. »Dann stehen Sie vermutlich auf den Kerl, Frau Oberkommissarin.«

Zu ihrem Ärger errötete Heide Lindner, blieb aber beherrscht, als sie entgegnete: »Ich stehe auf Wahrheit und Gerechtigkeit und ja, vielleicht auch auf Thomas Brand. Also, reden Sie nun mit mir oder nicht?« Sie reckte das Kinn vor, sagte müde: »Ich kann Sie nicht dazu zwingen«, und machte Anstalten aufzustehen.

»Warten Sie«, lenkte Kevin ein und vollführte eine lässige Handbewegung, die ihr andeuten sollte, sich zu setzen.

»Ist ja nicht so, dass ich viel Besuch bekomme, und in meinem Terminkalender ist gerade etwas frei.« Wieder grinste er, dieses Mal allerdings gequält. »Ist das einzig Gute hier: keine Geschäftsessen, und die einzigen Meetings habe ich mit der Antisuchtgruppe.«

Sie sah ihn direkt an, versuchte nicht daran zu denken, wie es Thomas gerade ging, und meinte aufrichtig: »Ich bedauere es, dass die Umstände sind, wie sie sind.« Leider war es ihr nicht gelungen, den Satz ohne ein stummes Aber zu beenden.

Kevin erwiderte deshalb: »*Aber* Sie sind der Meinung, ich

habe das hier verdient.« Wieder wedelte er mit der Hand durch die Luft, so als wollte er seinen letzten Kommentar damit fortwischen. »Stellen Sie Ihre Fragen. Mein Anwalt« – sein Blick wanderte belustigt zu Rubian – »wird sicher eingreifen, wenn es zu persönlich wird.«

Heide fasste sich ein Herz. »Wie stand es wirklich zwischen Ihnen und Ihrem Bruder Sven?«

Kevin sah sie verblüfft an. »Sie möchten etwas über meine Beziehung zu Sven wissen? Ich dachte, es geht um Herrn Brand und Miriam?«

Heide legte abwartend den Kopf schräg, und Kevins Blick wanderte zu Rubian. Der nickte seinem Mandanten zu.

»Na ja, wir sind Brüder und ich bin ehrlich gesagt ziemlich sauer auf ihn, weil er mich nicht mehr besucht.«

»Das hat seine Gründe«, warf Rubian ein.

»Ich weiß schon, der Ruf der Firma, den Ball flach halten, trotzdem …«, fügte er an. »Ich würde ihn gerne sehen.«

»Sie verstanden sich gut?«

»Ich denke ja, bis auf die üblichen Quälereien unter Geschwistern.« Kevin verzog den Mund. »Ich bin der Ältere, natürlich habe ich ihn leiden lassen.« Er lächelte, schien sich an Kindheitstage zu erinnern.

»War es denn nie ein Problem für Sven, dass er von der Firmennachfolge ausgeschlossen war?«

Kevin atmete geräuschvoll aus. »Die Firmennachfolge«, stieß er genervt hervor. »Bei uns hat sich immer alles nur darum gedreht.« Er überlegte, wie viel er gegenüber der Polizistin preisgeben sollte, entschied sich dann dafür, offen zu sein. »Sie werden mir das vermutlich nicht glauben, aber seit ich hier bin, fange ich an zu begreifen, was wirklich wichtig ist.« Es klang traurig und Heide war versucht, die Worte des Mannes für bare Münze zu nehmen.

»Ich dachte einmal, der Tag, an dem ich die Firma übernehme, wird der glücklichste in meinem Leben sein. Aber es war ziemlich enttäuschend, denn erstens setzte das den Tod meines Vaters voraus und zweitens bedeutete es nichts als Verantwortung und Arbeit. Klar, ich war darauf vorbereitet, ein Leben lang, und ich war auch gut darin.« Wieder wanderte sein Blick zu Rubian und als der nickte, erklärte Kevin: »Während meines Prozesses hieß es immer, dass meine Mutter den Laden geschmissen hat, aber das ist nicht die Wahrheit gewesen. Mutter hat Fehler gemacht, war zu unbeweglich, wollte alles so weitermachen wie mein Vater, aber die Zeiten ändern sich.«

Dieses Mal war es Heide, die den Anwalt fragend anblickte und schließlich direkt nachhakte: »Sorry, aber warum ließen Sie es zu, dass vor Gericht der Eindruck entstanden ist, dass Dorothea Hagen den Laden am Laufen hielt.«

»Wir haben das so stehen lassen«, antwortete Kevin anstelle von Rubian, »da es nicht schmeichelhaft für mich gewesen wäre, wenn ich meine Mutter als unfähige, machtgierige Frau dargestellt hätte. Abgesehen davon hätte man das dann auch wieder als Motiv ausgelegt. Außerdem fehlten Zeugen, da wir es nie an die große Glocke gehängt haben, wer denn nun für die Fehlentscheidungen in der Firma verantwortlich gewesen war. Aber ja, meine Mutter taugte nicht fürs Geschäft. Eigentlich sollte sie sich auch nur pro forma mit mir die Leitung teilen, sozusagen als Anstandswauwau, bis ich eingearbeitet wäre. Eine Regelung, die mein Vater offenbar für notwendig hielt. Er selbst hätte sich von ihr nie reinquatschen lassen, und dann setzt er mir ausgerechnet sie vor die Nase.« Er bemerkte Heides Stirnrunzeln und sagte schnippisch: »Hoffen Sie nicht auf ein Geständnis, ich habe sie nicht umgebracht. Ich hätte es auch nicht getan, wenn Sie versucht hätte, Sven in die Firma zu holen.«

»Sie bleiben dabei, dass sie das nicht vorhatte.«

»Ich weiß, dass sie es nicht vorhatte. Der Chauffeur hat definitiv gelogen, keine Ahnung, was er sich davon erhofft hat, aber es war eine Lüge. Und nein, ich habe ihn nicht ermorden lassen.«

»Wie können Sie da so sicher sein? Sie selbst geben an, dass Sie und Ihre Mutter sich in geschäftlichen Dingen nicht einig waren. Warum also sollte sie sich mit Sven keine Unterstützung holen? Womöglich wollte sie Ihnen damit einen Denkzettel verpassen.«

Ein weiteres Mal war Rubians Zustimmung gefragt, bevor Kevin antwortete.

»Meine Mutter hätte mir nur allzu gerne einen Denkzettel verpasst. Sie war mit vielem, was ich tat, nicht einverstanden. Dennoch schien ihr Sven nicht die richtige Lösung zu sein und das weiß ich, weil sie es gesagt hat.«

»Wann?«, fragte Heide plump.

»Wann genau weiß ich nicht mehr, vielleicht zwei Monate vor …« Er suchte nach einem passenden Wort, sagte dann einfach: »Vor ihrem Tod.«

»Was genau sagte sie denn?«

Er zuckte mit den Schultern. »Ich habe nur Bruchstücke des Gesprächs gehört.«

Heides fragender Blick ließ ihn sagen: »Sie unterhielt sich mit Beatrice. Ich habe nicht gelauscht, kam nur zufällig am Zimmer vorbei und schnappte ein paar Brocken auf.«

»Nun sagen Sie schon«, drängte ihn Heide ungeduldig. Sie war nicht als Polizistin hier, musste sich also nicht an irgendwelche höflichen Floskeln halten oder in Geduld üben.

Kevin grinste belustigt, antwortete jedoch: »Sie sagte: ›Vergiss es, Sven ist nicht berechtigt, und damit Ende der Diskussion.‹«

Die Oberkommissarin zog eine Schnute. »Was heißt das, er ist nicht berechtigt? Er ist doch Erbe?«

»Sicher, aber die Berechtigung zur Firmenleitung hat der Erstgeborene. Manche sagen, das wäre überholt, andere meinen, dadurch besteht nicht die Gefahr, dass das Unternehmen wegen Familienstreitigkeiten auseinanderbricht.

Und bevor Sie fragen, auch das haben wir vor Gericht nicht verwendet, weil dann Beatrice in den Zeugenstand gemusst hätte, und damit wäre ihr Zeugnisverweigerungsrecht zum Teufel gewesen, was für den Staatsanwalt sicher ein gefundenes Fressen gewesen wäre. Zu großes Risiko, Beatrice weiß auch nicht, dass ich das Gespräch gehört habe.«

Er sah provozierend zu Rubian, der erläuterte: »An der Aussage des Chauffeurs hätte es nichts mehr geändert. Der Staatsanwalt wäre sicher so clever gewesen zu behaupten, dass Frau Hagen ihre Meinung eben kurz vor ihrem Tod geändert hat.«

»Sven war also nicht berechtigt, aber wenn Sie sterben oder im Gefängnis sind, dann kommt das nächste Kind an die Reihe«, griff Heide das Thema noch einmal auf.

»Ganz genau.«

»Ist Ihnen eigentlich nie in den Sinn gekommen, dass Sven Interesse an Ihrem Platz haben könnte?«

Eigentlich wurde ihr erst jetzt richtig bewusst, dass diese Frage auch während Kevins Verhandlung nie gestellt worden war.

Sie wollte deshalb nachhaken, aber ihr Gegenüber brach in schallendes Gelächter aus und unterbrach sie dadurch.

Schließlich beruhigte er sich wieder und schüttelte den Kopf. »Wenn jemand keinerlei Ambitionen in diese Richtung hat, dann ist das Sven. Glauben Sie im Ernst, ich hätte ihm den Zugang zur Firma verweigert? Ich hätte ihn als Manager anstellen, ihm irgendeine Tochterunternehmung geben können, er hätte freie Auswahl gehabt, wenn er gewollt hätte. Für Sven ist es jetzt gerade am schlimmsten, denn er muss etwas tun, was er wirklich hasst.«

»Und das wäre?«

»Entscheidungen treffen. Ich kenne kaum einen unentschlosseneren Menschen als meinen Bruder, und ehrlich gesagt auch keinen argloseren.« Er beugte sich ein Stück vor, und für einen Augenblick veränderte sich sein Gesichtsausdruck. Böse starrte er Heide an. »Mein Bruder hat garantiert nichts mit dieser Scheiße zu tun. Fangen Sie nicht an, ihm da etwas anzudichten.«

»Ich will niemandem etwas andichten, aber wenn Sie behaupten, unschuldig zu sein, was denken Sie denn, wie das abgelaufen ist, wer hat Ihre Mutter umgebracht?«

Kevin schwieg, dieses Mal wanderte sein Blick nicht zu Rubian, dennoch mischte sich der sofort ein. »Sie werden sicher verstehen, dass wir nicht jede Frage beantworten möchten.«

»Ja, natürlich«, entgegnete Heide betreten, da sie begann zu ahnen, warum das so war. Kevin hatte keine Antwort. War das etwa bei Thomas genauso? Gab es keine andere Lösung? War Thomas Brand psychisch so schwer gestört, dass er, ohne es zu wissen, zum Serienmörder geworden war?

»Was auch immer in dieser Nacht passiert ist«, sagte Kevin in die Stille. »Sven hat ganz bestimmt nichts damit zu tun. Sven ist mein kleiner Bruder, er ist jemand, auf den man aufpassen muss. Mein Vater hat ihn ignoriert, eigentlich hat er sich auch um mich wenig gekümmert«, sagte er nun nachdenklich, »aber da ich ja sozusagen der Thronfolger war, bekam ich zumindest etwas Aufmerksamkeit, und Mutter, na ja. Sie hatte genug mit sich selbst zu schaffen und wenig Interesse an ihrem Zweitgeborenen. Sven war vermutlich immer sehr einsam. Ich bin zehn Jahre älter als er. Als Jugendlicher hatte ich natürlich keine Lust, ihn zu hüten, während meine Freunde Party machten. Wir hatten für so etwas Angestellte und irgendwie auch Onkel Arno, er war Sven immer eine Stütze, wird es auch jetzt sein.«

»Und Beatrice?«, fragte Heide harmlos.

Kevin sah sie anzüglich an. »Sie mögen meine Schwägerin nicht, oder?«

»Ich kenne Sie kaum«, wich ihm die Oberkommissarin aus.

»Niemand mag Beatrice, wenn überhaupt, fürchtet man

sie. Die Frauen, weil sie ihnen die Männer ausspannen könnte, und die Männer, weil sie fürchten, den Verstand wegen ihr zu verlieren.«

»Aber Sie haben Beatrice nie gefürchtet, oder?«

Es folgte ein breites Grinsen. »Als Beatrice in mein Leben trat, wusste ich ziemlich schnell, mit wem ich es zu tun hatte«, antwortete er spöttisch.

»Und mit wem hatten Sie es zu tun?«, stieg Heide auf seinen Tonfall ein.

»Mit einem Klon meiner Mutter.« Er lachte. »Die beiden haben sich deshalb vermutlich auch einigermaßen gut verstanden. Ich weiß, dass meine Mutter Beatrice gerne an meiner Seite gesehen hätte und sie sich gewiss auch. Armer Sven, er war die zweite Wahl, aber er ist so verliebt, da kommen Sie mit Vernunft nicht dagegen an.«

»Hatten Sie denn versucht ihm die Ehe auszureden?«

»Ich?«, rief Kevin überrascht, »Wie käme ich dazu? Ich bin doch kein Idiot. Verliebte Männer lassen sich nichts ausreden.«

»Sie sprechen aus Erfahrung?«

»Nein, ich spreche aus Beobachtung. Ich habe es stets vermieden, mich, wie es so schön heißt, emotional zu sehr zu binden.«

»Deshalb Miriam Fuller«, rutschte es Heide heraus und sie hätte sich für diesen unsensiblen Einwurf ohrfeigen können.

»Ja, deshalb Miriam.« Er schüttelte den Kopf, nahm ihr die Direktheit nicht übel. »Zumindest am Anfang. Miriam war einfach nur nett und sie mochte mich, mit all meinen Fehlern und dunklen Seiten. Sie hat nie an mir herumkritisiert, mich verbessert, mir gute Ratschläge gegeben, das war erfrischend. Sie war loyal und ich, ich habe sie mies behandelt.« Er senkte den Kopf, und Heide fand, dass sie heute einen anderen Kevin Hagen erlebte als damals nach der Festnahme und bei der Gerichtsverhandlung. Oder war der

Mann einfach nur ein guter Schauspieler? Versprach er sich vielleicht etwas für sein Wiederaufnahmeverfahren? Sie wüsste nicht, was, und es war ihr im Moment auch gleichgültig.

Sie wollte lediglich Informationen, deshalb fragte sie: »Was ist mit diesem Jürgen Karon, hat Miriam je von ihm erzählt?«

»Da kann ich Ihnen nichts Neues sagen. Ich habe den Namen von meinem Anwalt das erste Mal gehört.«

»Nicht einmal Andeutungen, irgendetwas in die Richtung, dass sie belästigt wurde, dass es einen Vorfall gegeben hat?«

Er schüttelte den Kopf. »Tut mir leid, Jürgen Karon ist meiner Verteidigung sehr gelegen gekommen, aber jetzt heißt es, Ihr Freund hätte ihn umgebracht, und da fällt Karon natürlich als Miriams psychopathischer Ex-Freund, der mich ins Gefängnis bringen wollte, aus. Und Thomas Brand wird man auch nicht mehr glauben.«

Rubian gab einen tiefen Seufzer von sich, als ihm erneut klar wurde, dass seine Strategie für Kevins Wiederaufnahmeverfahren nicht mehr funktionierte.

Das Gespräch ging zu Ende und bevor sich Heide bedanken und aufstehen konnte, fiel Kevin dann doch noch etwas ein. »Miriam hat mich bei ihren Besuchen im Gefängnis immer trösten wollen. Sie konnte reden wie ein Wasserfall, was irgendwie angenehm war, weil ich dann nichts sagen musste. Meistens erzählte sie belanglose Dinge, um mich abzulenken. Aber einmal meinte sie, dass sie genau wisse, wie es sich anfühlt, wenn man schon vorab weiß, dass einem sowieso keiner glaubt. Dann hatte sie noch gesagt: ›In so einer Situation nicht weglaufen und irgendwo neu anfangen zu können, macht es natürlich noch schlimmer.‹« Er hatte gestockt. Offenbar hatte ihn die Erinnerung an seine Verlobte aus der Fassung gebracht. Es war ein Räuspern gefolgt und er hatte versucht, sich den Schmerz nicht anmerken zu lassen.

»Wer weiß, ich hielt das damals für einen ihrer rührenden Versuche, mir beizustehen, aber vielleicht bezog sich das ja wirklich auf ihre eigene Situation.«

»Gut möglich«, hatte Heide erleichtert geantwortet.

Zumindest hatte sie ein Indiz dafür gefunden, dass Thomas Brand, was Jürgen Karon betraf, richtiglag. Das hatte ihr geholfen, das Vertrauen in ihre Instinkte, aber auch in Thomas nicht zu verlieren …

Sie schob die Erinnerung an ihr Gespräch mit Kevin Hagen zur Seite und sah nach vorne zur Anklagebank.

Thomas wagte es nicht, sich umzusehen. Wusste er doch genau, was ihn dann erwarten würde. Der traurige Blick seiner Mutter, reuevoll, um Verzeihung flehend, denn natürlich gab sie sich die Schuld an allem. Sie hatte es bei den Haftbesuchen nicht gesagt, sondern versucht, positiv und unbeschwert zu klingen, aber er hatte es trotzdem herausgehört. Werners Blicke hingegen waren vorwurfsvoll gewesen. Natürlich tat der Stiefvater, was in seiner Macht stand, um Thomas zu helfen, und das rechnete er ihm hoch an, dennoch gelang es Werner kaum, seinen Ärger zu unterdrücken. Jedes Räuspern von ihm hatte in dem überwachten Besuchsraum geklungen wie ein »Warum hast du das deiner Mutter angetan?«.

Schließlich war dann auch noch Tante Lieselotte erschienen. Von ihr hatte sich Thomas Stärke und Zuversicht erhofft, aber auch sie war bei dem Versuch, Fassung zu bewahren, gescheitert.

»Bevor du ins Gefängnis gehst, werde ich deinen Platz einnehmen, versprochen«, hatte sie ihm mit erstickter Stimme versichert.

Ihm wäre es lieber gewesen, sie hätte sich solche Versprechungen gespart, dann wäre er nicht gezwungen gewesen, tapfer zu lächeln und irgendeinen lahmen Witz über Fluchtpläne zu machen. Die Einzige, mit der er gerne gesprochen hätte, wäre Heide Lindner gewesen. Von Gudrun Erbe wusste er, dass die Polizistin alles unternahm, um seine Unschuld zu beweisen.

»Eine größere Liebeserklärung kann man einem Mann kaum machen«, hatte die Anwältin das Verhalten von Heide kommentiert und er nicht widersprochen.

Wenn er nachts in seiner Zelle lag, dann stellte er sich vor, er würde mit den Fingern durch ihr rotes Haar streicheln, mit einer Locke spielen, sich zu ihr beugen und sie küssen. Er bedauerte es, dass er ihr seine Gefühle nicht gestanden hatte. Obwohl es nie irgendeine Art von Intimität zwischen ihnen gegeben hatte, fühlte er sich ihr nahe.

Feigling, beschimpfte sich Thomas im Stillen und widerstand der Versuchung, nun doch den Kopf zu drehen und die Reihen nach Heide abzusuchen.

Er hatte so viel in seinem Leben verpasst. Gelegenheiten zur Versöhnung verstreichen lassen, nur weil er die Zeit damit verbracht hatte, um die Toten zu trauern, anstatt sie mit den Lebenden zu verbringen. War dieser Gerichtssaal seine Strafe?

Gudrun Erbe berührte ihn am Arm, lehnte sich zu ihm und flüsterte: »Egal, was passieren wird, halten Sie um Gottes willen den Mund.«

»Ich weiß Bescheid«, murmelte er, »ich halte mich an den Plan.« Thomas tat zwar so, als wäre er völlig ruhig, aber in Wahrheit konnte er die Nervosität kaum aushalten. Sein Blick wanderte zu den Papieren, die Gudrun Erbe vor sich ausgebreitet hatte. Wie gerne würde er eines dazu verwenden, um eine Zeichnung anzufertigen. Die Vorstellung, den Stift zwischen den Fingern zu spüren, ihn über ein weißes Blatt zu bewegen, half ihm, sich zu beruhigen.

Er hörte das leise Ausatmen seiner Anwältin, auch sie

schien nervös. Sicherlich nicht, weil sie gleich wieder vor einem Publikum sprechen musste, sondern weil sie, genau wie Bruno Rubian, Heide Lindner und Thomas selbst wusste, dass ihre einzige Chance auf ausgesprochen tönernen Füßen stand.

Auch die Oberkommissarin spürte die aufsteigende Unruhe, sie hatte wirklich alles gegeben, dennoch fehlte es immer noch an eindeutigen Beweisen und deshalb kam es jetzt auf das Geschick von Gudrun Erbe an.

Arno Hagen hatte zwischenzeitlich im Zeugenstand Platz genommen und der Staatsanwalt ließ es sich nicht nehmen zu hinterfragen, was die Vernehmungen der Familie Hagen denn überhaupt zu bedeuten hatten.

»Die gesamte Anklage basierte darauf, dass mein Mandant die angeblichen Verbrechen, die ihm zur Last gelegt werden, begangen hat, nachdem durch den Hagen-Prozess und Miriam Fuller in ihm ein altes Trauma wiederbelebt wurde. Ich denke, es ist nur recht und billig, dass ich diese Zusammenhänge hinterfrage.« Sie sah zum Vorsitzenden Richter. »Ich bitte im Sinne der Wahrheitsfindung um ein wenig Spielraum.«

Der Richter nickte und lehnte weitere Einwände der Anklage ab.

Arno Hagen wirkte nicht aufgeregt, sondern eher genervt. Gudrun stellte ihm Fragen zu Miriam, die er alle einsilbig beantwortete.

»Ist es richtig, dass Frau Fuller auch Sie nach der Verurteilung ihres Verlobten um Hilfe gebeten hat?«

»Das ist richtig«, antwortete er knapp.

»Würden Sie sagen, dass Frau Fuller wusste, was sie wollte?«

»Sie war nicht besonders ehrgeizig, wenn Sie das meinen«, entgegnete Arno irritiert.

Gudrun lächelte nachsichtig und erklärte: »Ich beziehe das vielmehr auf Frau Fullers Wunsch, Kevin Hagen aus dem Gefängnis zu holen, als auf irgendeinen beruflichen Ehrgeiz.«

Der Staatsanwalt krähte Einspruch, aber man ließ die Frage zu.

»Ja, Kevins Wohl lag ihr wirklich am Herzen, wie uns allen«, antwortete Arno reserviert.

»Sie waren in der Nacht, in der Ihre Schwägerin ermordet wurde, nicht zu Hause, oder?«

Der Richter griff ein: »Wohin soll das führen?«

»Es geht mir um den Eifer, mit dem Frau Fuller ihr Ziel verfolgt hat. Sie hat sich an Menschen gewandt, die ihr augenscheinlich kaum helfen konnten, so verbissen war sie in dieser Angelegenheit. Der Zeuge war laut Akten zwar einer der letzten, der Dorothea Hagen gesehen hat, hielt sich aber nicht in der Villa auf, als es passiert ist.«

Wieder lenkte der Richter ein und ließ sie fortfahren, wobei er den Zeugen anwies zu antworten.

»Ja, es stimmt. Ich habe mich von Dorothea verabschiedet und fuhr in mein Ferienhaus in der Lüneburger Heide. Das mache ich häufig, ich bin ein Naturliebhaber und genieße gerne etwas Ruhe. Die Wohltätigkeitsarbeit macht mir sehr viel Freude, aber in meinem Alter sind nächtliche Veranstaltungen und Galas kein Zuckerschlecken mehr.« Er lächelte sympathisch.

»Sie waren also nicht zu Hause und dennoch erhoffte sich Miriam Fuller von Ihnen Hilfe, um die Unschuld ihres Verlobten zu beweisen.«

»Ja, sie war ein lieber Mensch. Konnte Kevin nicht aufgeben, wollte so unbedingt helfen.« Nun wurde er doch etwas aufgeschlossener und fügte ungefragt an: »Ich habe ihr natürlich meine Unterstützung zugesagt, aber ich wusste gar nicht, wie ich noch hätte helfen können. Wie Sie schon sagten, ich war nicht da, ich wusste nichts.«

»Also stimmen wir überein, dass sich Miriam Fuller nach

Kevin Hagens Verhaftung sehr hartnäckig im Bestreben, ihn zu entlasten, gezeigt hat.«

»Ja, das hat sie«, bestätigte Arno Hagen.

Gudrun war fertig und der Staatsanwalt griff den Faden auf und befragte den Zeugen zu seinen Begegnungen mit Thomas Brand. Mit einem abschätzigen Gesichtsausdruck bestätigte Arno nun, dass Thomas die Familie mit seinen Fragen bedrängt hätte. »Das war sehr unangenehm.«

Der Staatsanwalt wandte sich triumphierend ab, aber Gudrun ließ sich erneut das Wort erteilen.

Die Anklage hatte ihr in die Hände gespielt und sie ließ es sich nicht nehmen, Arno zu fragen: »Würden Sie sagen, er verhielt sich genauso hartnäckig wie Miriam Fuller, um die Wahrheit herauszufinden?«

»Das mag sein, aber sicher ist es ihm dabei nicht um Kevins Wohl gegangen.«

Die Anwältin ließ die Antwort unkommentiert und setzte sich. Arno wurde aus dem Zeugenstand entlassen und suchte sich im Saal einen freien Platz.

Als Nächstes kam Sven Hagen an die Reihe. Im Prinzip stellte die Anwältin ihm die gleichen Fragen. Und es folgten ähnliche Antworten. Auch er nahm anschließend im Saal Platz. Als Letztes rief man Beatrice herein.

Sie hatte ihren großen Auftritt, als sie erhobenen Hauptes und ohne Eile nach vorn ging.

Heide glaubte sogar, einen kalten Hauch zu spüren, als die Frau an ihrem Sitz vorbeischritt.

Kurz darauf begann das Frage-und-Antwort-Spiel zwischen der Anwältin und der Zeugin.

Gudrun Erbe startete ganz harmlos. Allgemeine Fragen zu Beatrices Person, ihrem Werdegang. Die Anwältin versuchte die Zeugin in Sicherheit zu wiegen, so dafür zu sorgen, dass sie unbefangen antworten konnte. Aber Beatrice von Ehrstein-Hagen war nicht so leicht zu manipulieren. Sie war selbstsicher und schlau genug, nicht leichtfertig etwas herauszuplappern.

Deshalb wurde Gudrun Erbe von ihr auch mit einem mitleidigen Lächeln bedacht, als sie versuchte, Beatrice mit einer Frage zum Bankrott des Vaters herauszufordern.

»Es ist allgemein bekannt, dass mein Vater unsere Firma verloren hat.« Sie sah zum Richter. »Ich verstehe nicht, was meine Familientragödie mit dieser Verhandlung zu tun hat.« Sie sprach sehr respektvoll und wirkte bei der Erinnerung an den finanziellen Absturz der von Ehrsteins von Kummer geplagt.

Der Richter blickte daraufhin fragend zur Anwältin, die entschuldigend wiederholte: »Bitte, ein wenig Spielraum.«

Man gestattete ihr, weiterzumachen, und sie sprach plötzlich mit deutlich mehr Härte. »Ich nehme an, in die Familie Hagen einzuheiraten war daher eine logische Folge.«

Das Publikum im Saal wurde lebhaft. Die Menschen richteten sich ganz automatisch auf, man hörte das Rascheln ihrer Kleidung. Die Müdigkeit, die allgemein herrschte, die stickige Luft und die trocken vorgetragenen Fakten schienen vergessen. Diese Befragung versprach unterhaltend zu werden.

»Wenn Sie eine Heirat als die logische Folge sehen, um eine große Liebe zu besiegeln, dann stimme ich Ihnen gerne zu«, schleuderte Beatrice zurück.

»Aber«, stellte sich die Anwältin dumm, »war nicht Kevin Hagen Ihre große Liebe, hatten Sie nicht zuerst versucht, seine Gunst zu gewinnen?«

Tatsächlich rief jemand im Saal überrascht »Oh«, was den Richter zu einem mahnenden Stirnrunzeln veranlasste.

Heide konnte einen Blick auf Sven Hagen werfen und sah, dass er regelrecht erstarrte. Offenbar war ihm das neu und sehr unangenehm.

»So ein Unsinn«, widersprach Beatrice, sah wieder zum

Richter, der jedoch keine Anstalten machte, einzugreifen. Daraufhin erklärte sie: »Ich habe den Mann geheiratet, den ich über alle Maßen liebe.« Ihr Blick wanderte zu Sven und sie lächelte ihn an.

Auch wenn der nun tapfer zurücklächelte, entging es der Oberkommissarin nicht, dass bei ihm gewisse Zweifel gesät worden waren.

»Dann stimmt es also nicht, dass Dorothea Hagen Sie lieber an der Seite ihres ältesten Sohnes gesehen hätte?« Gudrun räusperte sich und fügte an: »Es gibt Zeugen, die das bestätigen können.«

Mit harter Miene entgegnete Beatrice: »Mag sein, dass das Dorotheas Wunsch war, aber gewiss nicht meiner«, lenkte Beatrice daraufhin ein.

Der Staatsanwalt fuhr dazwischen: »Was soll das?«

Dieses Mal reagierte der Richter. »Frau Anwältin übertreiben Sie es nicht mit dem Spielraum.«

»Gab es Streit zwischen Ihnen und Dorothea Hagen?«

»Nein.« Das erste Mal verzog sich Beatrices Gesicht ärgerlich.

»Sie hat Ihnen also nicht klipp und klar gesagt, dass für ihren Sohn Sven kein Platz in der Firma sein wird, solange sie Mitspracherecht hat?«

Nun geriet Beatrice aus der Fassung, sie blickte hektisch zum Richter, der erneut Einwände gegen die Befragung erheben wollte, aber dieses Mal kam ihm die Anwältin zuvor. »Mein Mandant«, rief sie mit fester Stimme, »wird des mehrfachen Mordes angeklagt, angeblich, weil er gefangen in einem Trauma selbst zum Mörder wurde. Alles fing laut Staatsanwaltschaft mit dem Hagen-Prozess und dem Suizid von Miriam Fuller an. Ich werde jedoch beweisen, dass mein Mandant unschuldig ist. Diese Nachahmungsmorde dienten nämlich einzig und allein einer Vertuschungsaktion.« Gudrun Erbe wusste, dass es jetzt darauf ankam, überzeugend zu sein, sie hatte nur diese eine Chance. »Ich werde beweisen, dass berechtigte Zweifel daran bestehen, dass Thomas Brand etwas mit den Morden zu tun hatte. Diese Taten wurden begangen, um meinen Mandanten aus dem Weg zu räumen.«

»Und warum?«, fragte der Staatsanwalt spöttisch.

»Weil er«, erwiderte sie eisig, »genau wie Miriam Fuller sehr hartnäckig versucht hat, die Unschuld von Kevin Hagen zu beweisen.«

Im Publikum wurde die Unruhe größer.

Donner wandte sich an Heide, die aufmerksam die Gesichter der Hagens studierte: »Das wird nicht funktionieren. Ist das wirklich euer Plan?«, zischte er ungläubig.

»Das ist kein Plan, das ist die Wahrheit«, gab sie ihm gereizt Antwort.

»Habt ihr Beweise?«, fragte er daraufhin ungeduldig.

»Indizien«, gab sie zu, meinte dann jedoch: »Gudrun Erbe wird für den Rest sorgen.«

Der kleine Tumult wurde von der lauten Stimme des Richters zum Verstummen gebracht.

Beatrice sah sich Hilfe suchend um. »Auf solche Fragen muss ich nicht antworten«, schnauzte sie schließlich.

»Natürlich nicht, Sie müssen sich nicht selbst belasten«, schleuderte ihr Gudrun entgegen.

»Die Zeugin wird von der Frau Verteidigerin eingeschüchtert«, ereiferte sich der Staatsanwalt.

Aber Beatrice war bereits dabei, den verbalen Fehdehandschuh, den ihr die Anwältin entgegengeworfen hatte, aufzufangen. »Ich lasse mich von niemandem einschüchtern«, sagte sie eisig. »Ich gratuliere Ihnen allerdings zu Ihrer blühenden Fantasie.«

»Dann stimmt es also nicht, dass Ihre Schwiegermutter sich geweigert hat, ihren Zweitgeborenen in der Chefetage des Hagen-Konzerns willkommen zu heißen?« Sie sah Beatrice herausfordernd an.

»Es ist kein Geheimnis, dass die Hagens an einer sehr alten und meiner Meinung nach überholten Tradition festhalten. Aber ja«, sagte sie nun schnippisch, »Dorothea wollte zuerst, dass Kevin die Firma alleine führt. Ihre geerbten Anteile hätte sie dann irgendwann an ihn übergeben, so wie es mein verstorbener Schwiegervater gewünscht hat. Allerdings stand es ihr rechtlich gesehen frei, darüber auch anders zu verfügen. Und offensichtlich hatte sie das ja auch, kurz bevor sie starb, beabsichtigt, wie sie unserem Chauffeur anvertraut hat.«

»Hatte Ihr Mann Kenntnis davon, dass Sie für ihn um Firmenanteile feilschten?«

»Wir haben das nicht besprochen, da steckte kein Plan dahinter. Dorothea und ich verstanden uns gut, irgendwann ergab sich das Thema und ich habe sie gefragt«, entgegnete sie unaufgeregt.

»Was genau war die Antwort Ihrer Schwiegermutter?«

»Sie sagte, Sven sei nicht berechtigt«, erwiderte Beatrice und verzog dabei abschätzig das Gesicht.

»Wollten Sie die Anteile eigentlich für sich oder für Ihren Mann?«, fragte die Anwältin unerwartet schnippisch und man konnte Beatrice ansehen, dass sie sich über die Frage ärgerte.

Gudrun Erbe legte nach: »Wie man hört, werden Sie künftig die Geschicke des Hagen-Konzerns lenken.«

»Mein Mann und ich werden das zusammen machen«, antwortete sie scharf.

»Jetzt, wo Dorothea Hagen tot ist und Kevin Hagen im Gefängnis sitzt, steht dem ja auch nichts mehr im Wege.«

Es hagelte Einspruch und Ermahnungen, und ein lautes Raunen ging durch den Saal.

»Hören Sie«, schnauzte Beatrice, die nicht bereit war, sich länger zurückzuhalten. »Ich habe weder etwas mit dem Tod meiner Schwiegermutter noch mit Kevins Inhaftierung zu tun.«

»Aber wenn das doch der Fall wäre«, hakte die Anwältin mit einem feinen Lächeln nach, »dann hätte Ihnen ein herumschnüffelnder Thomas Brand heftig schaden können.«

»Ich war am Tag von Dorotheas Ermordung auf einer Hochzeit«, reagierte die Zeugin scharf.

»Das waren Sie, nur gibt es da eine Ungereimtheit«, blieb Gudrun Erbe hartnäckig. »Ihr Mann Sven wurde zur entsprechenden Tatzeit gesehen, denn er war an der sogenannten *Brautentführung* beteiligt.« Die Anwältin blickte zu den Richtern und erläuterte: »Das ist ein Spiel, am Hochzeitsabend, die Braut wird von ein paar Freunden des Bräutigams entführt und der …«

Der Vorsitzende Richter winkte ab, zum Zeichen, dass er und seine Kollegen verstanden hatten.

»Nun, Sie waren nicht dabei«, formulierte Gudrun ihre Frage als Feststellung in Richtung Beatrice.

»Wie Sie schon sagten«, reagierte die selbstbewusst. »Die Freunde des Bräutigams organisieren dieses Spiel. Ich war bei den anderen Gästen.«

»Und genau da liegt das Problem«, wandte sich Gudrun direkt an die Richterbank. »Es gibt nämlich einen Zeitraum von knapp sechzig Minuten, in dem Frau Hagen von niemandem gesehen wurde. Trotz gründlicher Recherchen konnten wir keinen einzigen Zeugen ausmachen. Zufällig liegt ihr Verschwinden genau in der Zeitspanne, die die Gerichtsmedizin als ungefähre Tatzeit festgelegt hat.«

»Ich war auf einer Hochzeit mit hundert Gästen, die können Sie unmöglich alle befragt haben. Und außerdem«, zischte sie wütend, »bloß weil sich keiner erinnert, heißt das noch lange nicht, dass ich nicht da war.«

Die Anwältin überging den Einwand lässig und erklärte: »Vom Hotel, in dem die Hochzeitsfeier stattfand, bis zur Villa der Hagens braucht man mit dem Wagen ungefähr fünfundzwanzig Minuten. Bei guter Verkehrslage und wenn man sich nicht an alle Geschwindigkeitsbegrenzungen hält, ist man schneller. Sie hätten also Zeit gehabt, nach Hause zu fahren, Dorothea Hagen umzubringen, alles Kevin Hagen in die Schuhe zu schieben und wieder zurück ins Hotel zu fahren.«

Der Staatsanwaltschaft schrie seinen Einspruch, und der Richter hob zu einer weiteren Ermahnung an. Aber Gudrun Erbe ließ sich nicht beirren. »Allerdings benötigten Sie Hilfe. Ich nehme an, der Chauffeur André Merker stand Ihnen zur Seite. Ist es nicht so?«

Wieder donnerte der Einspruch des Staatsanwalts durch den Raum, aber der Richter gab dem nicht statt, sondern sah zur Zeugin und belehrte die: »Sie müssen nicht auf Fragen antworten, die Sie selbst belasten«, erklärte er ernst.

»Ich will aber antworten«, schnappte Beatrice. »Sie unterstellen mir hier einen Mord, das ist doch völlig absurd.«

»Ich unterstelle nicht nur einen Mord. Ich behaupte, dass Sie sowohl André Merker, Ihren Komplizen, umgebracht haben, vermutlich auch Miriam Fuller, die hartnäckig an Kevins Unschuld festhielt, und schließlich auch Jürgen Karon, der das womöglich beobachtete oder zumindest geahnt hatte. Als dann mein Mandant ebenfalls nicht lockerließ, da mussten Sie auch ihn aus dem Weg räumen. Was wäre da besser geeignet gewesen, als ihn mit diesen Nachahmungstaten ins Visier der Ermittler zu bringen?«

Beatrice wurde blass. Das erste Mal, seit sie den Zeugenstand betreten hatte, wirkte sie ängstlich. Ein Ausdruck von Panik lag auf ihrem Gesicht, als sie entsetzt rief: »Ich soll das getan haben? Ich?«

Sie sah Hilfe suchend zu Sven, der wie betäubt wirkte.

»Was sind das denn für völlig haltlose Anschuldigungen?«, schnauzte der Staatsanwalt. »Als könnte man ein Alibi bei einer Hochzeit mit hundert Personen überprüfen. Dort herrschte sicher ein ständiges Kommen und Gehen.

Menschen verlassen den Saal, um zu rauchen, zur Toilette oder zur Bar zu gehen, oder nutzen ihr Hotelzimmer, um sich frisch zu machen. Daran schon einmal gedacht?«, warf er seiner Kollegin an den Kopf.

»Frau Hagen war nicht auf ihrem Zimmer, die Schlüsselkarte wurde ihr nämlich erst sehr viel später an diesem Abend ausgehändigt«, gab Gudrun gelassen zurück und streifte die Zeugin mit einem wissenden Blick. »Erklären Sie es dem Staatsanwalt?«

»Es hatte Probleme mit unserer Reservierung gegeben. Bei unserer Ankunft war kein Zimmer vorbereitet. Wir sollten daher eine der großen Suiten beziehen, als Wiedergutmachung, die musste aber noch hergerichtet werden«, erwiderte Beatrice gepresst, blitzte die Anwältin dann wütend an und sagte erneut: »Ich war auf dieser Hochzeit.« Sie hatte sich gefangen. »Mir zu unterstellen, ich sei eine Mörderin, bloß weil mich angeblich niemand gesehen hat, ist eine Unverschämtheit. Ich wette, die meisten Gäste können nicht lückenlos nachweisen, wo sie während dieser Brautentführung waren.«

»Nur dass die anderen Gäste nicht in ihre Autos gestiegen sind, damit den Parkplatz verlassen haben und erst eine Stunde später wieder zurückkamen.«

Im Gerichtssaal war es mucksmäuschenstill.

Hauptkommissar Donner sah zu Heide, die die Hände zu Fäusten geballt hatte und angespannt flüsterte: »Jetzt gib es schon zu.«

Der Staatsanwalt rief: »Bis jetzt haben Sie uns noch keinen einzigen Beweis vorgelegt?«, aber er wirkte irritiert und für einen Augenblick schien es, als hätte er plötzlich Zweifel.

»Ich war nicht in Hamburg?«, rief Beatrice wütend.

»Ich habe die Aussage eines Angestellten, der sich sehr für alte Autos interessiert. Ihm ist Ihr roter Sportwagen schon am frühen Abend aufgefallen. Während der Brautentführung hatte er Pause und wollte Fotos davon machen, aber da war der Wagen weg. Erst eine gute Stunde später stand er wieder an seinem Platz. Der Mann nahm an, jemand von den Brautentführern wäre damit gefahren, aber das war nicht der Fall. Ihr Mann saß nämlich im Wagen eines Freundes. Wollen Sie also immer noch behaupten, Sie hätten das Fahrzeug nicht bewegt?«

Gudrun beobachtete, wie Beatrice mit sich rang. Sie hatte den Kopf gesenkt, blickte auf ihre schmalen, gepflegten Hände, spielte mit ihrem Ehering.

»Sie taten es für Ihren Mann«, sagte Gudrun Erbe verständnisvoll. »Sven war von der Unternehmensleitung ausgeschlossen. Dorothea verhielt sich unfair, wie eine Rabenmutter. Sie hatten versucht, mit ihr vernünftig zu reden, aber Ihre Schwiegermutter blieb stur. Sie wollten nur, dass Ihr Mann zu seinem Recht kommt. Sie hatten alles fein säuberlich geplant und dann ist es irgendwann aus dem Ruder gelaufen. Ihr Komplize hat Sie erpresst, Miriams Hartnäckigkeit, das plötzliche Auftauchen von Jürgen Karon und Thomas Brand.«

Beatrice unterbrach die Anwältin: »Ich …« Sie sprach sehr leise. »Ich habe Dorothea nicht umgebracht, es gab keinen Plan.«

»Dann war es womöglich ein Unfall, ein Streit, der eskalierte.«

»Nein«, widersprach Beatrice und für einen Moment wirkte sie klein und hilflos.

»Sie sollten jetzt die Wahrheit sagen«, redete ihr die Anwältin gut zu.

Die Zeugin blickte Gudrun direkt an, Hass lag in ihren Augen, sie hatte ihr Selbstbewusstsein zurück. Die Worte: »Das werde ich Ihnen niemals verzeihen«, musste Beatrice nicht aussprechen.

Ihre ganze Haltung und Mimik spiegelten das unbedingte Verlangen nach Vergeltung wider, bevor sie sich an den Richter wandte und unnatürlich ruhig sagte: »Ja, ich habe die Feier verlassen.«

Heide unterdrückte einen freudigen Aufschrei, Thomas' Familie atmete erleichtert auf, und auch der Angeklagte glaubte, es sei nun vorbei. Hingegen hatten Hauptkommissar Donner und der Anwalt Bruno Rubian eine dunkle Vorahnung, die sich im nächsten Augenblick bestätigen sollte.

»Ja«, sagte Beatrice trotzig, »ich war mit dem Wagen unterwegs, aber ich war nicht in Hamburg.« Ihre Gesichtszüge wurden hart, als sie nun anfügte: »Und ich habe dafür einen Zeugen.«

Sofort vermuteten die meisten Anwesenden, dass Beatrice gerade dabei war, einen Ehebruch zu gestehen. Man blickte verstohlen zu Sven, der wirkte, als würde über ihm die Welt einstürzen.

»Ich kann Ihnen den Namen des Mannes geben. Wir waren ungefähr eine Stunde zusammen. Nicht weit vom Hotel gibt es einen kleinen Wald, dort haben wir geparkt. Und bevor Sie mir jetzt unterstellen, ich hätte die Tat gemeinsam mit ihm begangen, möchte ich Sie warnen. Ich habe nämlich genug von Ihren Verleumdungen. Wenn Sie mir noch einmal vorwerfen, eine Mörderin zu sein, dann verklage ich Sie, dass Ihnen Hören und Sehen vergeht, ich ...«

»Frau von Ehrstein-Hagen«, ging der Richter mit schneidender Stimme dazwischen. »Das reicht.«

Die Angesprochene atmete tief durch und zischte in Richtung der Anwältin: »War's das?«

»Wir werden das natürlich überprüfen«, reagierte Gudrun Erbe bemüht, zu verbergen, dass sie gerade eine der größten Niederlagen ihrer Karriere erlitt.

»Tun Sie das«, schnauzte Beatrice.

In diesem Augenblick stand Sven Hagen auf. Er blickte

zu seiner Frau, und die rief verzweifelt und zuckersüß: »Sven, es hat mir nichts bedeutet.«

Es klang falsch und verlogen, und Sven schüttelte enttäuscht den Kopf, bevor er den Gerichtssaal verließ.

Beatrice Hagen folgte ihm kurz darauf, und der Staatsanwalt ließ es sich nicht nehmen, einen Kommentar abzugeben.

»Am Ende hat es uns nur sehr viel Zeit gekostet, der Frau Anwältin zuzusehen, wie sie eine Ehe zerstört hat. An der Schuld von Thomas Brand wird das allerdings nichts ändern. Es gibt keinen Grund, daran zu zweifeln.«

Der Staatsanwalt sollte recht behalten, denn im Anschluss an Beatrices Vernehmung wurde ein vom Gericht bestellter Gutachter befragt, der zwar kein eindeutiges Urteil über den Angeklagten abgab, aber leider vereinfacht ausgedrückt von verdächtigen Tendenzen sprach.

Als der Verhandlungstag endete, hatte Gudrun Erbe große Mühe, erhobenen Hauptes den Gerichtssaal zu verlassen.

Heide Lindner versuchte sich ihr zu nähern, aber Gudrun streckte den Arm aus, als wollte sie die Oberkommissarin abwehren. »Ich will nichts mehr von Ihnen hören«, schnauzte sie ungehalten. »Sie haben es vermasselt. Ich dachte, Sie haben recherchiert, wie konnte es Ihnen da entgehen, dass Beatrice sich mit ihrem Liebhaber davongestohlen hat?«

»Vielleicht ist er ein Komplize?«, versuchte es Heide.

»Vielleicht sind Sie auch einfach unfähig. Gehen Sie mir aus den Augen«, schnauzte sie und schob sich an der Beamtin vorbei.

Kurz darauf stand Heide mit Hauptkommissar Donner im Freien. Er hob ihr eine Tüte mit Fruchtgummis vor die Nase.

»Sag es«, brummte sie müde.

»Was?«, fragte er arglos.

»Dass du es gleich gewusst hast, dass das nicht klappt.«

»Woher hätte ich das wissen können?«, verteidigte er sich.

»Deine Bemerkung vorhin, ich kenne dich. Du hättest es niemals so in den Sand gesetzt. Ich hab den Wald vor lauter Bäumen nicht gesehen.«

Er verkniff es sich, sie zu kritisieren, denn sie tat ihm aufrichtig leid. Außerdem sah sie ihre Fehler selbst.

»Ich hätte das überprüfen, Beatrice direkt darauf ansprechen müssen. Ich habe es nicht gewagt, meine Befragungen der Hochzeitsgäste als Polizistin zu machen, also habe ich gesagt, ich sei eine Art Privatermittlerin, offenbar hat das meine Autorität untergraben, denn ich glaube, man hat mich benutzt.«

Donner sah sie fragend an, und Heide antwortete: »Die Frauen unter den Hochzeitsgästen, mit denen ich gesprochen habe, waren alle schnell bereit, mir Beatrices Verschwinden zu bestätigen. Ich nehme an, die wussten, dass sie mit einem Typen abgehauen ist, und wollten ihr auf diese Weise eins auswischen. Ist natürlich viel einfacher, mich auf die Spur der Ehebrecherin zu bringen, als sie selbst anzuschwärzen. Vermutlich dachten sie, ich bin im Auftrag von Sven Hagen unterwegs. Gudrun Erbe hasst mich. Was soll ich denn jetzt tun? Die werden Thomas verurteilen, weil ich versagt habe.«

»Du magst den Kerl wirklich, oder?«

Sie zuckte mit den Schultern. »Ich verstehe es selbst nicht, aber ich kann einfach nicht glauben, dass er das getan hat.«

Hauptkommissar Donner seufzte. »Wir sollten schleunigst etwas trinken gehen.«

13

Werner Münster reichte seiner völlig aufgelösten Frau Karla einen Cognac, während Lieselotte ablehnte, etwas von »Klarem Kopf behalten« murmelte und im Wohnzimmer auf und ab tigerte wie ein Feldwebel.

»Du musst mit der Anwältin reden«, wandte sich Lieselotte an Werner, »ihr kennt euch doch.«

»Sicher kennen wir uns«, gab der nun genervt zurück. »Aber um Himmels willen, was sollte ich ihr sagen?«

»Na, dass sie sich schleunigst eine andere Strategie überlegen muss.«

»Ich glaube, das weiß Gudrun Erbe auch ohne meine Hilfe.«

Karla schluchzte, stammelte: »Thomas hat das nicht getan.« Es war das gefühlt tausendste Mal, dass sie diese Worte verwendete. Werner beobachtete seine Frau und sie spürte seinen Blick.

»Was ist?«, fragte sie irritiert.

»Wir sollten uns darauf einstellen, dass man ihn schuldig spricht«, erwiderte er leise.

Karla verzog entsetzt das Gesicht.

Ihr Mann fügte in ruhigem Ton an: »Er wird uns brauchen, wenn das passiert«, und zögernd meinte er schließlich: »Womöglich müssen wir auch damit rechnen, dass er schuldig ist.«

Das Entsetzen in Karlas Gesicht wich unbändiger Wut. »Ja, das würde dir in den Kram passen«, warf sie ihm vor. »Du hast ihn ja noch nie verstanden, immer auf ihm herumgehackt. Aber wenn er jetzt im Gefängnis verrottet, dann hast du endlich, was du willst.« Sie wusste, dass alles, was sie in diesem Moment sagte, ungerecht war, und dennoch wollte sie es nicht zurücknehmen. Sie hatte Schuldgefühle wegen Thomas, fühlte sich verantwortlich, und insgeheim war da auch die Angst, dass Werner recht hatte und dass das einzige Kind, das ihr noch geblieben war, den Verstand verloren hatte.

Werner sah sie einen Augenblick lang an, dann wandte er sich ab und ging davon. Kurz darauf hörten die beiden Frauen im Wohnzimmer, wie die Haustür ins Schloss fiel.

Karla brach weinend in Lieselottes Armen zusammen. »Am Ende verliere ich sie beide«, schluchzte sie laut. »Das ist die Strafe für alles, was ich getan habe.«

Lieselotte fiel es schwer, die richtigen Worte zu finden. Sie zögerte, sagte dann aber: »Thomas wird nichts passieren, das verspreche ich dir.«

* * *

Etwas später

Gudrun Erbe spürte so viel Wut in sich, dass sie am liebsten auf einen Boxsack eingedroschen hätte. Jeder, der ihr nach der Verhandlung in die Quere gekommen war, hatte sein Fett wegbekommen. Oberkommissarin Lindner, Bruno Rubian, die Reporter, sie war vor lauter Zorn nicht mehr in der Lage gewesen, klar zu denken.

Zunächst war alles so gut gelaufen, sie hatte die richtigen Fragen gestellt, die Zeugen hervorragend gelenkt und am Ende Beatrice Hagen zu einem Geständnis gebracht. Leider zu dem falschen. Außerdem hatte, wie zu erwarten, der Liebhaber von Beatrice deren Aussage zähneknirschend bestätigt. Vermutlich würde auch seine Ehe nun auf der Kippe stehen, aber das war Gudrun im Moment herzlich egal, denn ihr machte vielmehr zu schaffen, dass ihre Verteidigungsstrategie heute wie eine gewaltige Seifenblase geplatzt war.

Natürlich kannte sie das Risiko einer solchen Vorgehensweise, aber die Indizien hatten trotz einiger ungeklärter Fragen gegen Beatrice gesprochen.

Früher wäre mir das nicht passiert, dachte sie. *Früher, da hätte ich mich nicht darauf eingelassen, einen derartigen Bluff abzuziehen. Früher …* Die Türklingel unterbrach ihre Gedanken.

Als sie zur Gegensprechanlage ging, war sie bereit, die nächste schneidende Abfuhr zu erteilen, aber als der unerwartete Gast seinen Namen nannte, brachte sie lediglich ein überraschtes »Sie?« über die Lippen und öffnete die Haustür.

»Was wollen Sie?«, fragte sie dann jedoch gereizt und fügte noch an: »Wollen Sie mich verklagen? Mich demütigen, es mir heimzahlen? Die Versagerin öffentlich vorführen?«

»Oh nein, ich will nichts dergleichen«, erhielt sie Antwort. »Ich will Sie nur töten. Es ist nichts Persönliches, obwohl ich Sie nicht gerade mag, es ist einfach notwendig, jetzt, wo Sie so nahe an der Wahrheit sind.«

Gudrun Erbe riss entgeistert die Augen auf. »Das ist ein schlechter Scherz, oder?« – doch schon im nächsten Augenblick richtete man eine Waffe auf sie.

»Die ist *echt*, kein Scherz«, sagte ihr Gegenüber amüsiert über die Angst, die plötzlich in ihrem Gesicht zu erkennen war. »Ich bin *reich*, ich kann mir *echte* Waffen besorgen.«

14

Etwa zur gleichen Zeit

Sie hatten ein Bier getrunken, und Hauptkommissar Donner überredete Heide sogar dazu, einen Brathering mit Bratkartoffeln zu essen, aber aufmuntern konnte er sie natürlich nicht.

Schließlich verließen sie die urige Kneipe am Hamburger Schanzenviertel, und Donner bot sich an, seine Kollegin nach Hause zu bringen.

»Ich bin leider kein bisschen betrunken«, gab die zur Antwort. »Ich bin also durchaus in der Lage, die öffentlichen Verkehrsmittel zu besteigen. Ich komme klar«, sagte sie und spielte die Tapfere. »Ein bisschen Bewegung wird mir helfen, wieder klar zu denken.«

»Also gut«, gab Donner nach und umarmte sie zum Abschied, eine Geste der Freundschaft, die bedeutete, dass er immer für sie da sein würde.

»Du solltest heute Nacht zur Ruhe kommen, und morgen, da gehe ich mit dir noch einmal die Akten durch, versprochen«, sagte er und sie nickte dankbar. Kurz darauf entfernten sie sich in entgegengesetzte Richtungen.

Donner war tief in Gedanken versunken, beschleunigte seinen Schritt deshalb auch nicht, als es zu regnen begann. Zwar hatte es für ihn nicht so viele Zweifel an Thomas Brands Schuld gegeben wie für Heide, aber glücklich war er mit der Verhaftung des jungen Mannes nicht gewesen, dafür mochte er ihn zu sehr. Auch er hatte daher nach einer anderen Lösung gesucht, sich das Hirn zermartert, war aber zu keinem Ergebnis gekommen. Noch dazu hatten die Morde nach Thomas Brands Verhaftung aufgehört. Während Donner immer noch vor sich hin grübelte, hielt plötzlich ein Wagen neben ihm.

»He, Interesse an einem Taxi, ich mache ’nen guten Preis.«

Donner spürte plötzlich, wie müde und durchnässt er mittlerweile war, und sagte deshalb: »Warum nicht?«

Der Fahrer, ein breitgesichtiger Typ Mitte dreißig, der über das ganze Gesicht strahlte, hatte offenbar das Bedürfnis, sich zu unterhalten. »Mich hat ein Fahrgast versetzt, ist immer ärgerlich. Aber dann sah ich Sie zufällig so einsam herummarschieren und dachte, einen Versuch ist es wert.«

Donner lächelte verständnisvoll und nannte seine Adresse.

Der Fahrer erwiderte: »Manchmal, da geht etwas fürchterlich schief, und dann muss man flexibel sein, um das wieder hinzubiegen. Man kann eben nicht immer alles planen.«

»Ja«, reagierte Donner, und plötzlich schien sich ein Nebel zu lichten. Er hatte das Gefühl, in seinem Kopf wäre ein Schalter umgelegt worden. War etwa genau das geschehen? Eine einfache Reaktion, etwas, das man gar nicht hätte vorhersehen können? Etwas, das unplanbar gewesen war, eine schnelle flexible Entscheidung? Er stieß ein lautes »Oh Gott!« aus, woraufhin ihn der Taxifahrer besorgt anblickte.

»Alles in Ordnung?«

»Nein«, murmelte Donner, und plötzlich überschlugen sich in seinem Kopf die Gedanken. So erklärten sich die Dinge, die geschehen waren. Konnte es etwa so einfach sein? Siedend heiß fiel ihm Gudrun Erbe ein. Er schnappte das Handy und rief sofort Heide Lindner an.

Sie ging dran, meinte spöttisch: »Ich mache schon keine Dummheiten, sitze noch im Bus. Ich bin …«

»Ihr hattet recht!«, brüllte er fast ins Telefon. »Thomas Brand war es nicht!« Es folgte eine schnelle Erklärung: »Alles wird so deutlich, wenn man davon ausgeht, dass es keinen Plan gegeben hat, Kevin Hagen reinzulegen. Selbst wenn ich das Motiv nur erahnen kann, macht jetzt alles einen Sinn«, fügte er noch an, dann fragte er hektisch: »Wo wohnt Gudrun Erbe? Ich glaube, sie ist in Gefahr. Ich fahre zu ihr, gib mir ihre Adresse, versuche sie anzurufen und zu warnen und verständige die Kollegen.«

* * *

Gudrun Erbe versuchte Ruhe zu bewahren, obwohl sie furchtbare Angst hatte und nicht wusste, was sie tun konnte. An der Entschlossenheit ihres bewaffneten Gegenübers zweifelte sie nicht, daher sah sie ihre einzige Chance darin, Zeit zu gewinnen, um auf Hilfe oder eine grandiose Idee zu hoffen.

»Wenn Sie mich erschießen, wird man wissen, dass Thomas Brand unschuldig ist. Jeder wird glauben, dass ich kurz davorstand, den wahren Mörder zu identifizieren.«

»Es wird nicht nötig sein, Sie zu erschießen. Sie werden Selbstmord begehen, schließlich haben Sie heute voll und ganz versagt.«

»Eine Selbstmörderin mit einer Schusswunde, abgegeben aus der Entfernung, noch dazu mit einer Waffe, die ihr nicht gehört. Das glaubt doch niemand.«

»Hinsetzen«, befahl man ihr, ohne auf ihre Argumente einzugehen. Immer noch die Waffe auf sie gerichtet, händigte man ihr eine Plastiktüte aus.

»Trinken Sie«, befahl man ihr.

Gudrun holte eine Flasche Rotwein aus der Tüte. Sie war bereits entkorkt.

»Ich werde ganz sicher nichts davon trinken«, weigerte sie sich.

»Dann erschieße ich Sie und lasse es wie einen Raubüberfall aussehen, mir ist es gleich. Der Selbstmord wäre nur weniger schmerzhaft. Aufgeschnittene Pulsadern oder Erhängen, das geht schnell.«

»Ich bin keine Idiotin«, versuchte sie ein Gespräch zu forcieren, denn was hatte sie sonst für eine Wahl? »Sie brauchen den Selbstmord, sonst wird man ermitteln.«

»Da lasse ich es drauf ankommen. Sie können versichert sein, dass ich Sie auch erschießen werde, um zu verhindern, dass Sie weiter im Leben anderer Leute herumschnüffeln«, antwortete man ihr schneidend. »Sie werden heute sterben, so oder so, und nun rate ich Ihnen zu trinken.«

Gudrun nahm den ersten Schluck versuchte dabei, den Wein zu verschütten, aber sofort hielt man ihr die Waffe direkt an den Kopf, und die Anwältin nahm daher folgsam einen großen Schluck. Es dauerte nicht lange und sie spürte bereits die Wirkung. Dem Rotwein musste etwas beigefügt worden sein.

»Warum?«, rief sie schnell, um die Flasche absetzen zu können. »Wenn ich schon sterben muss, dann habe ich es wenigstens verdient, die ganze Wahrheit zu erfahren.«

Ein Lächeln huschte über das Gesicht ihres Gegenübers. »In der Tat, das wäre nur fair, aber ich möchte, dass eines von vorneherein klar ist, ich habe das alles nur für Sven getan.«

* * *

Endlich erreichte Donner das Haus der Anwältin. Gudrun Erbe hatte bislang Heides Anrufe ignoriert. Der Hauptkommissar hoffte, dass sie nur sauer war und deshalb nicht reagiert hatte. Er war versucht zu klingeln, überlegte es sich dann jedoch anders und ging durch den Garten zur Rückseite des Hauses. Durch die große Scheibe sah er sie sofort.

Gudrun Erbe balancierte im Wohnzimmer auf einem Schemel, ihr Kopf steckte in einer Schlinge, den Strick hatte man über einen Deckenbalken geworfen. Für gewöhnlich machte der hölzerne Querträger den Charme des Hauses aus, heute jedoch war er zum Verhängnis der Bewohnerin geworden.

Hauptkommissar Donner hatte ein solches Szenario nicht erwartet. Davon ausgehend, die Frau wolle sich umbringen, nahm er, ohne zu zögern, einen der schweren Gartenstühle, warf ihn gegen die Scheibe und hoffte, sie würde zerbersten. Aber außer einem ohrenbetäubenden Krach geschah nichts.

Gudrun blickte ihn mit glasigen Augen flehentlich an, ihr Mund bewegte sich, er konnte sie nicht hören, glaubte, sie wolle ihn wegschicken. Weder registrierte er, dass ihre Hände auf dem Rücken zusammengebunden waren, noch erkannte er, dass sie vorsichtig mit den Lippen die Worte »Achtung, Waffe« formte, noch befand sich die zweite Person im Raum in seinem Blickfeld.

Dafür hörte er die Fahrzeuge der eintreffenden Kollegen, ihre aufgeregten Stimmen und glaubte sogar, Heides rheinischen Akzent herauszuhören. Lautes Rufen folgte: »Polizei, wir kommen rein!«

Während die Beamten an der Vorderseite versuchten, die Eingangstür aufzubrechen, schmetterte Donner erneut den Stuhl gegen die Scheibe.

Dieses Mal gab das Glas nach, der Hauptkommissar stürmte durch den Scherbenhagel. Jetzt konnte er Gudrun verstehen. Sie hatte ihn nicht weggeschickt, sondern gewarnt.

Erneut keuchte sie: »Nein, Vorsicht, Waffe«, während ihr Tränen übers Gesicht liefen. Doch es war zu spät – mit voller Wucht wurde der Hocker unter ihren Füßen weggetreten, zeitgleich löste sich ein Schuss. Der Knall war ohrenbetäubend, zerriss die Luft, es folgten weitere Schüsse. Donner sah nur die Frau mit dem Strick um den Hals, die plötzlich in der Luft baumelte und mit den Beinen strampelte, um zu überleben. Er wollte zu ihr stürzen, schien aber wie eingefroren, kam kaum von der Stelle. Alles geschah in Zeitlupe, was war nur los mit ihm? Endlich erreichte er sie, sank in die Knie, umschloss ihre Beine und drückte ihren Körper erschöpft in die Höhe. Dabei schrie er: »Hierher, ich brauche Hilfe!« Es kam ihm wie eine Ewigkeit vor, bis man ihn endlich von seiner Last befreite. Donner keuchte, bekam kaum Luft, selbst das Heben seines Kopfes fiel ihm schwer, und er sank nach hinten.

»Wir übernehmen«, rief jemand, dann plötzlich kniete Heide neben ihm.

»Peter?«, fragte sie ängstlich.

Sie nannte ihn selten beim Vornamen, warum jetzt? Er wollte aufstehen, aber die Beine gehorchten ihm nicht, alles fiel ihm schwer, das Atmen, das Heben der Arme.

»Nicht bewegen«, hörte er Heides Stimme und dann etwas lauter ihr Rufen nach dem Arzt.

»Heide«, flüsterte er angestrengt. »Jetzt wird Thomas freikommen.«

»Ja, wird er«, stammelte sie und drückte dabei fest auf die Wunde in Donners Bauch, aber die Blutung ließ sich einfach nicht stoppen.

»Ich hatte recht, oder?«, flüsterte er.

»Natürlich hattest du das, so wie immer.« Sie bemühte sich, nicht laut zu schluchzen.

Er sah nur noch sie, ihre roten Locken, ihre Sommersprossen und die Tränen.

»Ich bin so müde«, sagte er, »aber da ist etwas, etwas, das

ich dir sagen muss. Heide«, flüsterte er leise, »ich habe es übersehen.«

»Nein.« Sie versuchte Zuversicht in ihre Stimme zu legen. »Du hast es herausgefunden.«

»Aber nicht damals«, hauchte er und sah sie traurig an, dann trübte sich sein Blick.

Heide schrie schrill auf, man drängte sie zur Seite, die Rettungskräfte waren endlich eingetroffen. Hände massierten Donners Brust, bedienten den Defibrillator, versetzten dem leblosen Körper Stromschocks. Das Gerät versuchte regelrecht das Leben in den Leib des Beamten hineinzuprügeln – aber es gelang nicht. Hauptkommissar Donners Seele hatte diese Welt bereits für immer verlassen.

15

Der Fall war gelöst. Man hatte den zuständigen Richter aus dem Bett geklingelt, den Staatsanwalt verständigt, und nun war es an der Zeit für die Abschlussbesprechung.

Gudrun Erbe hatte ihre Aussage gemacht, ihr hatte der wahre Täter schließlich alles gestanden, und außerdem kannte Heide die vorläufigen Schlussfolgerungen ihres Kollegen Peter Donner, der am Ende sicher auch noch den Rest herausgefunden hätte.

Als Heide nun vor den Kollegen stand, musste sie immer wieder gegen die Tränen ankämpfen, dennoch fasste sie mit fester Stimme die Aussage der Anwältin zusammen.

Einleitend erklärte sie: »Man hat Gudrun Erbe mit einer Waffe bedroht und gezwungen, Rotwein zu trinken, der mit einem starken Schlafmittel versetzt war. Danach sollte ihr Selbstmord vorgetäuscht und ein Abschiedsbrief auf dem Computer hinterlassen werden. Wenige Worte, nur: *Ich habe versagt.* Unser Kollege Peter Donner wurde dann bei dem Versuch, die Frau zu retten, erschossen.«

Als Heide an die Stelle kam, an der sie den Namen von Donners Mörder aussprechen musste, stockte sie zunächst. Dass der Mörder ebenfalls erschossen worden war, brachte ihr keine Befriedigung. Sie hätte ihn lieber vor Gericht gesehen, ihn für seine Taten büßen lassen.

Dann jedoch erklärte sie mit fester Stimme: »Arno Hagen klingelte an der Tür von Gudrun Erbe, und sie ließ ihn ein, weil sie ihn für harmlos hielt, annahm, er wolle ihr lediglich die Meinung sagen, weil sie Beatrice in der Öffentlichkeit bloßgestellt hatte. Aber das war nicht der Fall, denn Arno Hagen wollte Gudrun Erbe nicht zur Rede stellen, sondern töten, weil sie bereits zu nahe an der Wahrheit war. Zumindest nahm er das nach der Verhandlung an.«

»Also nicht Beatrice hatte das alles eingefädelt, sondern Arno Hagen?«, hakte einer der Kollegen nach.

Heide nickte und fuhr fort: »Das mit dem Einfädeln ist der entscheidende Punkt bei dem Fall. Hauptkommissar Donner hat das erkannt, deshalb hat er mich auch angerufen. Offenbar brachte ihn die Unterhaltung mit seinem Taxifahrer auf die Idee.« Sie lächelte traurig, als sie an das letzte Telefonat mit ihrem verstorbenen Kollegen zurückdachte. Dann räusperte sie sich und sprach ernst weiter: »Wir haben Kevin Hagens Version von einem Komplott immer in Zweifel gezogen, weil es schwer zu planen gewesen wäre, ihm den Mord an der eigenen Mutter unterzuschieben. Selbst mit einem Komplizen hätte es nicht wirklich funktioniert. Wie wäre es beispielsweise möglich gewesen, Kevin Hagen zur richtigen Zeit dazu zu bewegen, seinen Klub zu verlassen? Wie sollte man vorher wissen, wie viel er dort trinkt, ob er alleine nach Hause geht, ob er überhaupt nach Hause geht? Man kann schließlich nicht darauf hoffen, dass der Sündenbock im richtigen Moment auftaucht. Deshalb war Kevin Hagens Verteidigung von Anfang an unglaubhaft. Außerdem sprach alles gegen ihn, Beweise, Indizien, die Spuren am Tatort, sein Verhalten in der Vergangenheit und er hatte ein Motiv.

Zumindest wenn man annahm, dass er weder sein Geld noch seine Macht mit jemandem teilen wollte. Es gab das Medizinfläschchen mit Benzodiazepin, welches wir in seinem Zimmer fanden. Wie hätte ihm jemand die Tropfen heimlich in sein Glas geben können, wenn er sich das doch selbst eingeschenkt hat?«

»Richtig«, bestätigte eine Kommissarin, »ansonsten hätte das Zeug in der Wodkaflasche sein müssen, aber dort gab es keine Drogenspuren. Nur im Glas.«

Heide nickte. »Spulen wir zurück an den Anfang. Dorothea Hagen wird ermordet, ein Mord im Affekt, nachdem es einen Streit gegeben hat. Wie wir jetzt wissen, ist Sven Hagen nicht der Neffe von Arno Hagen, sondern dessen Sohn. Dorothea und Arno hatten eine Affäre. Dorothea hat es ihrem Mann nie gestanden, sondern ihn in dem Glauben gelassen, Sven wäre sein eigen Fleisch und Blut. Zudem hat sie den Fehltritt zeitlebens bereut. Vor allem, weil Sven als Beweis daraus hervorgegangen war, der sie im Zweifel ihre Ehe gekostet hätte. Also bat sie Arno, es ihr zuliebe geheim zu halten, und das tat er auch. Nachdem aber nun Wilfried Hagen, Dorotheas Ehemann und Arnos Bruder, gestorben war, forderte Arno für Sven mehr Rechte. Er wollte, dass sein Sohn an der Leitung der Firma beteiligt wird. Offenbar empfand er es selbst seit jeher als ungerecht, vom Vater auf den zweiten Platz verbannt worden zu sein, um die Wohltätigkeitsarbeit zu übernehmen. Also bekniete er Dorothea, sich über Wilfrieds Wünsche hinwegzusetzen. Die blieb jedoch stur. Wir können ihre Äußerung gegenüber Beatrice, Sven sei nicht berechtigt, also durchaus wörtlich nehmen. Sven war nämlich tatsächlich kein direkter Erbe von Wilfried Hagen. Wirklich tragisch ist, dass Sven Hagen selbst nie Interesse an der Firma oder an einer einflussreichen Position hatte und Arno so blind gewesen war, das nicht zu bemerken. Jedenfalls gibt es am Mordabend erneut ein Gespräch zwischen Arno und Dorothea, das dieses Mal in einem heftigen Streit endet. Arno Hagen rastet aus, schlägt zu und drückt Dorothea die Kehle zu. Als es vorbei ist, kommt er wieder zu sich. Geschockt, panisch und voller Scham. Er will die Polizei verständigen, hat das Handy schon in der Hand, als er ein Auto hört. Er geht zum Fenster im Flur, sieht Kevins Wagen die Einfahrt hochfahren und hat plötzlich eine Idee. Wenn er es jetzt richtig anstellen würde, dann könnte er sogar dafür sorgen, dass Sven alles bekommt. Er hat nicht viel Zeit, muss sich beeilen, schnappt sich aus Dorotheas Medizinschrank die Tropfen mit dem Benzodiazepin und gibt davon ausreichend in Kevins Wodkaflasche in dessen Wohntrakt. Danach muss er nur noch warten und hoffen. Was hat er schon zu verlieren? Wenn Kevin trinkt, wird er kurz darauf weggetreten sein. Arno kann alles präparieren und darauf vertrauen, dass wer auch immer als Nächstes die Villa betritt, entsprechende Schlüsse ziehen wird. Sollte Kevin nicht in seinen Wohnbereich gehen, sondern womöglich die Leiche seiner Mutter entdecken, kann Arno immer noch gestehen. Aber es funktioniert: Wie an den meisten Abenden, wenn Kevin nach Hause kommt, parkt er direkt vorne, nicht hinten in der Garage. So weiß er also auch nicht, wessen Wagen fehlt, wer im Haus ist oder eben nicht. Da ihm jedoch sowieso nicht nach Gesellschaft ist, begibt er sich direkt in seinen Wohnbereich, schenkt sich ein Glas Wodka ein und den Rest kennen wir. Arno findet seinen Neffen kurz darauf schlafend. Er beschmiert ihn mit dem Blut der Mutter, drückt ihm die Statuette in die Hand, mit der sie von Arno niedergeschlagen wurde, platziert das Fläschchen mit den Benzodiazepin-Tropfen und …« Sie sah in die Gesichter der Kollegen. »… tauscht die Wodkaflasche aus. Das ist entscheidend für seinen Plan. Er schüttet den mit Benzodiazepin versetzten Flascheninhalt in die Toilette und nimmt die leere Wodkaflasche zur Sicherheit mit, um sie außerhalb des Grundstücks zu entsorgen. Außerdem denkt er daran, eine neue Wodkaflasche, von der er etwas abschüttet, zu platzieren und auch Kevins Fingerabdrücke darauf zu drücken, bevor er sie neben das Glas stellt. So wird später Kevins Version von den untergejubelten Tropfen unglaubhaft und unlogisch. Das Ganze dauert keine fünfzehn Minuten. Danach verschwindet Arno, fährt zu seinem Ferienhaus. Jeder weiß, dass man einen Todeszeitpunkt nicht auf die Minute feststellen kann. Er sagt einfach, als er gegangen sei, hätte Dorothea gelebt und Kevin wäre noch nicht zu Hause gewesen. Damit stellt er es so dar, als hätte er kurz vor Kevins Ankunft die Villa verlassen. Warum sollten wir daran zweifeln? Wir halten den netten Onkel Arno für einen unschuldigen Wohltäter ohne Motiv. Ab diesem Zeitpunkt wäre es eigentlich perfekt für ihn gelaufen, wenn man ihn nicht an diesem Abend am Flaschencontainer zufällig beobachtet hätte.«

Jemand stieß einen Pfiff aus, ein anderer sagte: »André Merker, der Chauffeur.«

Wieder bestätigte Heide. »Niemand hätte Arno am Flaschencontainer Beachtung geschenkt, aber André, der die Fahrzeuge der Familie kennt und weiß, dass die Hagens niemals ihren Müll selbst fortbringen, findet das höchst aufschlussreich, als er seinen Arbeitgeber zufällig dort sieht. Vermutlich hat er zunächst angenommen, der Onkel hätte ein Alkoholproblem und würde heimlich die leeren Flaschen entsorgen. Sicherlich wollte er sich durch sein Wissen später einen Vorteil verschaffen. Aber als dann plötzlich der Mord von Dorothea Hagen im Raum steht und Kevins abstruse Geschichte von untergeschobenen Drogen in seinem Wodkaglas die Runde macht, da zählt er eins und eins zusammen.«

»Er hat versucht Arno Hagen zu erpressen?«, warf einer der Kollegen ein.

»Genau, und Arno ging zum Schein darauf ein, versprach ihm sogar einen Bonus, wenn er vor Gericht zusätzlich eine entsprechende Aussage machen würde.«

»Und anstatt ihn zu bezahlen, hat er ihn an einen dunklen Ort gelockt und umgebracht. Wir gingen also fälschlicherweise von einem Schuldeneintreiber als Täter aus, in Wahrheit handelte es sich um Erpressung«, kommentierte die Kollegin neben der Oberkommissarin.

»Der Klassiker sozusagen«, gab ihr Heide recht. »Und als Miriam Fuller Arno mit ihren ständigen Versuchen, Kevins Unschuld zu beweisen, in die Quere kam, da musste er sie beseitigen. Zudem hatte sie ihm auch noch ihre Schwangerschaft anvertraut. Was einen weiteren Erben und eine erneute Bedrohung für Sven bedeutet hat.«

Heide hielt inne, blickte auf die Aussage von Gudrun und meinte dann: »Miriam Fuller war leichtgläubig, Arno Hagen hatte sich mit ihr am Hafen verabredet, von einem Abendspaziergang am Wasser gesprochen, um Pläne für Kevins Freilassung zu schmieden, und sie so in die Falle gelockt. Natürlich hatte er gehofft, ihre Leiche würde aufs offene Meer treiben, aber auch ihr Fund brachte ihn nicht wirklich in Schwierigkeiten. Der Schlag, den er ihr verpasst hatte, um sie ohnmächtig ins Wasser zu werfen, damit sie ertrinken würde, konnte man bei den vielen Verletzungen des Leichnams nicht mehr feststellen. Die Wunde hätte auch von etwas anderem stammen können. Er entwendet noch ihr Handy, schickt eine Fake-Nachricht an die Mutter und entsorgt nicht nur die Leiche im Wasser, sondern auch alles andere, was ihn verraten könnte. So geht er dann künftig weiterhin vor: blutige Schutzkleidung, Waffen, die er nicht zurücklassen will, persönliche Gegenstände der Opfer, wie zum Beispiel Ausweispapiere, eine Reisetasche und so weiter. Sämtliches Belastungsmaterial landet in der Elbe. Dummerweise passieren nun zwei Dinge. Erstens fängt Thomas Brand an, Fragen zu stellen, und zweitens beobachtet jemand Arno Hagen in der Nacht, in der er Miriam tötet. Nicht den Mord selbst, aber das Treffen. Denn Miriam hatte tatsächlich einen Stalker.«

»Jürgen Karon«, ergänzte einer der Kommissare.

»So ist es«, stimmte Heide Lindner zu. »Als der nun wegen Thomas Brands Nachforschungen in Bedrängnis gerät, sucht er den Kontakt zu Arno. Er bekniet ihn auszusagen: ›Die glauben, ich hätte etwas mit Miriams Tod zu tun, aber Sie waren doch bei ihr. Sie haben sich mit ihr getroffen und ich bin nach Hause gefahren.‹ Natürlich wollte Karon das ungern selbst zu Protokoll geben, denn dann hätte er sich als genau den Stalker geoutet, für den ihn Thomas Brand hielt. Karon hatte übrigens tatsächlich bei Brand eingebrochen und die Skizzen von Miriam gestohlen. Karon hat eine Zeit lang Miriams Mutter verfolgt, offenbar um an alte Zeiten anzuknüpfen und Miriam nahe zu sein. Dabei entdeckte er Thomas, wie der am Friedhof Blumen niedergelegt hat. Im Strauß steckte eine seiner Skizzen. Wir können davon ausgehen, dass Brand von Karon verfolgt wurde. Vermutlich wollte Jürgen Karon einfach nur mehr über den möglichen Nebenbuhler erfahren, eventuell kannte er ihn auch aus dem Gerichtssaal, wenn er Miriam gestalkt hat. Karon ist neugierig und Brands Adresse kein großes Geheimnis. Er wartet ab, bis Thomas das Haus verlässt, und kann nicht widerstehen, sich umzusehen.« Die Oberkommissarin sah in die Runde, und als niemand eine Frage stellte, sagte sie: »Zurück zum Mord an Miriam. Jürgen Karon hielt wie wir alle Miriams Tod für einen Suizid. Natürlich kam er zunächst nicht auf die Idee, dass der gutmütige *Onkel Arno* etwas damit zu tun haben könnte. Er war den beiden zwar an dem Abend an den Kai gefolgt, blieb aber nicht dort, sonst hätte er vermutlich gesehen, was passiert ist, womöglich hätte er sogar eingreifen und Miriam retten können. Für ihn wäre Arno Hagens Aussage einfach ein Alibi gewesen. Arno hätte damit bestätigt, dass Miriam noch lebte, als Karon bereits einen Tankstopp auf dem Weg nach Hause machte.

Als Karon nun bei einer Veranstaltung auftaucht und Arno wegen einer Aussage anspricht, muss der befürchten, in

Verdacht zu geraten, wenn er plötzlich zugibt, in der Nacht von Miriams Tod bei ihr gewesen zu sein. Bis zu diesem Zeitpunkt weiß das außer Karon nämlich niemand. Karon hingegen will die eigene Haut retten, ohne als Stalker aufzufliegen. Nur deshalb zögert er noch, selbst zur Polizei zu gehen und auszusagen. Aber Arno weiß nicht, wie lange Karon schweigen wird, wenn man ihn weiter bedrängt. Also muss auch Karon verschwinden. Er vereinbart mit ihm ein Treffen am Kai, schlägt den Platz vor, an dem man Miriam gefunden hat, nennt das ganze Totenwache. Karon, immer noch krankhaft auf Miriam fixiert, willigt sofort ein. Anzunehmen, dass ihm, wenn überhaupt, erst als es schon zu spät war, in den Sinn kam, dass Arno etwas mit Miriams Tod zu tun haben könnte.« Heide stieß geräuschvoll die Luft aus, bevor sie bedauernd weitersprach: »Dieses Mal wird die Leiche nicht gefunden. Was sich im Nachhinein jedoch als Problem herausstellt, denn so entsteht plötzlich der Verdacht, Jürgen Karon, ein durchgeknallter Stalker, der untergetaucht ist, hat etwas mit dem Mord an Dorothea Hagen zu tun. Natürlich ist das alles recht vage, aber was, wenn es Bruno Rubian dennoch gelingen würde, mithilfe von Thomas Brands Aussage bezüglich Karon ausreichend Zweifel an der Schuld von Kevin Hagen zu schaffen? Thomas Brand kommt den Plänen von Arno Hagen also erneut in die Quere. Vermutlich hat Arno Hagen längst den Bezug zur Realität verloren«, fuhr Heide fort. »Der erste Mord im Affekt hat ihn zu Anfang womöglich belastet, aber dann ist er in die typische Spirale eingetaucht. Immer mehr davon überzeugt, dass er alles für seinen Sohn tut, dass es nur gerecht ist und dass die Opfer letzten Endes selbst schuld sind, beschließt er, auch Thomas Brand aus dem Weg zu räumen. Allerdings kann er ihn nicht einfach umbringen, das hätte zu viele Fragen aufgeworfen und noch mehr Zweifel an Kevins Schuld gesät. Immerhin will Thomas Brand bei der Aufklärung helfen. Also überlegt sich Arno Hagen einen anderen Plan. Er würde nicht Thomas Brand beseitigen, sondern lediglich dessen Interesse an dem Fall Kevin Hagen.«

»Deshalb die Nachahmungsmorde«, nahm ein Kollege den Faden auf. »Die perfekte Ablenkung. Vor allem für Thomas Brand.«

»Die Morde des Herzensbrechers nachzustellen sollte dazu dienen, Thomas Brand schmerzhaft an die eigene Vergangenheit zu erinnern, und ihn aus der Bahn werfen, damit er sich nicht mehr für die Probleme einer ihm eigentlich völlig fremden Familie interessiert. Allerdings reichte ein Mord nicht aus. Nach Olaf Kaas, den er am Bahnhof beobachtet und ausgesucht hat, wird beim nächsten Opfer noch eine Botschaft platziert. Theodor Schulz findet er zufällig, als er eine der sozialen Einrichtungen besucht, die er im Zuge seiner Wohltätigkeitsarbeit unterstützt. Das hat er zumindest gegenüber Gudrun Erbe ausgesagt. Neben besagter Einrichtung befindet sich nämlich eine Baustelle. Der Bautrupp vor Ort macht Pause, steht auf dem Parkplatz und unterhält sich lautstark. Einer von ihnen ist nur vorübergehend in Hamburg, erzählt von seinem anonymen Hotel und den langweiligen Abenden, die er in seinem Zimmer vor dem Fernseher verbringt. Deshalb verabreden sich die Männer für den nächsten Tag zu einem abendlichen Kartenspiel. Er nennt ihnen die Adresse und die Zimmernummer, dankbar, dass die Kollegen ihm ein bisschen Abwechslung verschaffen wollen. Arno Hagen hat alles gehört und ergreift kurzfristig die Gelegenheit. Mittlerweile hat er vermutlich völlig den Verstand verloren, denn als auch der zweite Mord Thomas Brand nicht stoppt, da wagt er sich noch näher an ihn heran und tötet dessen Nachbarn. Ich gehe davon aus, dass die beiden jungen Männer keine Gefahr sahen, als der ältere freundliche Herr vor ihrer Tür aufgetaucht ist.«

»Und sicher ist der auch ohne Mühe ins Haus gekommen. Wenn man Zeugen danach fragt, ob ihnen ein Fremder, der zwei Männer ermordet hat, begegnet ist, werden sie jemanden wie Arno Hagen ausklammern. Außerdem denkbar, dass er irgendwo geklingelt hat und ihm wurde ohne Nachfragen geöffnet. Das würde im Nachhinein auch niemand mehr zugeben. Aber wie konnte er wissen, dass man Thomas Brand verdächtigen würde?«

Heide lächelte matt. »Konnte er nicht. Das war etwas, das ihm einfach in die Hände gespielt hat. Vermutlich hat er noch nicht einmal damit gerechnet, dass Thomas die beiden findet. Er wollte nur, dass Thomas Brand weiß, wie nah der Mörder ist. Die ersten kriminaltechnischen Auswertungen haben ergeben, dass Arno Hagen sich über die sozialen Netzwerke und die Medien auf dem Laufenden gehalten hat. So erfuhr er etwas über die Nachbarn von Thomas Brand. Ich bin mir sicher, dass die beiden es nicht böse gemeint haben, aber die Versuchung, zu posten, dass genau neben ihnen der mittlerweile berühmte Thomas Brand wohnt, der konnten sie schließlich nicht widerstehen. Für Arno Hagen war das wie eine Einladung. Und als Thomas dann kniend im Blut der beiden gefunden und verhaftet wurde, da hat ihn das noch mehr bestätigt. Immerhin war es das zweite Mal, dass er durch eine glückliche Fügung seinem Ziel viel näher kam, als er es eigentlich geplant hatte. Er wäre fast damit durchgekommen«, seufzte Heide. »Auch wenn Gudrun Erbe mit Beatrice das falsche Mitglied der Familie Hagen im Visier hatte, kam sie der Wahrheit dennoch sehr nahe. *Zu nahe*, das wurde auch Arno Hagen bewusst. Die Idee, sie in den Selbstmord zu zwingen, hätte vielleicht sogar funktionieren können. Er hatte alles bei sich, den mit Betäubungsmitteln versetzten Wein, das Seil, selbst das rechtzeitige Lösen der Fesseln, um keine Spuren zu hinterlassen, hatte er eingeplant. Anschließend wollte er eine entsprechende Notiz auf dem Rechner hinterlassen.«

»Aber Donner wusste es besser«, sagte jemand anerkennend und eine Minute schwiegen alle mit gesenkten Köpfen.

»Ja, er hatte es erkannt«, ergriff erneut Heide das Wort.

»Er hat eins und eins zusammengezählt und plötzlich hat alles einen Sinn ergeben. Er sagte zu mir: ›Was, wenn nicht nur der Mord, sondern auch der Versuch, Kevin Hagen zum Sündenbock zu machen, sozusagen im Affekt geschah? Das hätte man nie planen können, aber womöglich war auch gar kein Plan nötig gewesen. Und wenn das so war, wer kommt dann als Mörder infrage? Logischerweise der Einzige, der sonst noch im Haus war und der dazu auch noch die meisten Gepflogenheiten von Kevin Hagen kennt. Jemand, der wissen konnte, wo sich welche Medikamente befinden, und der sowohl Kontakt zu André Merker als auch zu Miriam Fuller hatte. Jemand, dem Thomas Brand durch seine Fragerei auf den Schlips getreten ist, und jemand, der auf irgendeine Weise profitiert, wenn Dorothea Hagen stirbt und Kevin im Gefängnis landet.‹« Sie hielt kurz inne, bevor sie anfügte: »Donner konnte zwar nicht wissen, dass Arno Hagen der Vater von Sven ist, aber er nahm richtigerweise an, dass es um die Erbschaft und das Geld ging, und er hatte recht.« Tränen liefen über ihr Gesicht, bevor sie sagte: »Er wird mir so unendlich fehlen.«

EPILOG

Gudrun Erbe war selbstverständlich bereit gewesen, alles, was ihr Arno Hagen gestanden hatte, an die Polizei weiterzugeben. Der Schock, das Adrenalin und eine entsprechende Behandlung hatten ihren messerscharfen Verstand schnell zurückgebracht.

Bruno Rubian war sofort zur Stelle gewesen, um zu helfen. Leider hatte man Sven Hagen weiteren Schmerz nicht ersparen können. Beatrice von Ehrstein-Hagen war mittlerweile aus der Villa ausgezogen und allgemein rechnete man damit, dass sie sich die Scheidung teuer bezahlen lassen würde. Einzig der Umstand, dass Kevin freigelassen wurde, half Sven, nicht völlig zu verzweifeln.

»Er wird Sie jetzt mehr brauchen als Sie ihn«, hatte Rubian seinem Mandanten Kevin Hagen mit auf den Weg gegeben. »Ich hoffe, Sie beide finden trotz allem Ihren Frieden.«

»Ich habe dazugelernt«, hatte Kevin bewegt erwidert, »und ich bin dankbar. Verlassen Sie sich darauf, ich habe nur noch einen Wunsch, und das ist, Sven in die Arme zu schließen. Er ist und bleibt meine Familie.«

* * *

Am Tag von Hauptkommissar Donners Beerdigung

Thomas Brand stand vor dem Spiegel. Er war vorübergehend bei seiner Mutter und seinem Stiefvater Werner eingezogen. Vieles hatte sich verändert; Kleinigkeiten, aber auch Dinge, die ihn auf seltsame Weise beschäftigten. Da war zum Beispiel Tante Lieselotte gewesen, die vor Erleichterung geweint hatte, als er aus dem Gefängnis entlassen worden war. Eigentlich war es unsinnig, dass ihn gerade das so sehr ins Grübeln brachte. Vielleicht lag es daran, dass ihm dadurch ein völlig anderes Bild von Lieselotte gezeigt wurde, die er doch bisher für den sprichwörtlichen Fels in der Brandung gehalten hatte. Noch nie zuvor hatte er sie weinen sehen, nicht einmal bei der Beerdigung seines Vaters und das, obwohl es zwischen Lieselotte und ihrem Bruder immer eine starke Verbindung gegeben hatte.

Dann war da noch Werner gewesen, der ihn fest an sich gedrückt hatte. Mittlerweile war Thomas klar geworden, dass ihn der Mann nicht belogen hatte. Es war nicht anzunehmen, dass es zu Lebzeiten von Thomas' Vater eine Affäre zwischen Werner und Karla gegeben hatte.

Karla Brand war ihrem Sohn mit den Worten: »Es ist, als wärst du mir ein zweites Mal geschenkt worden«, entgegengetreten und auch das hatte ihn sehr bewegt. Während seiner Haft hatte sie ihn, so oft es unter den Auflagen möglich war, besucht. Vielleicht würde er nie erfahren, was wirklich zwischen seinen Eltern vorgefallen war, aber eines hatte er endlich verstanden: Die Schuld an dem Unglück von damals trug nur einer, und zwar der Mörder Norman Iburg, den die Presse den »Herzensbrecher« genannt hatte. Es war an der Zeit, seinen Frieden mit der Vergangenheit zu machen.

Und schließlich gab es ja mittlerweile auch jemanden, der ihm beistehen würde.

»Bist du so weit?«, hörte er Heide hinter sich fragen. Sie war ins Zimmer getreten und betrachtete ihn im Spiegel. »Ich hasse dunkle Anzüge«, murmelte sie und kämpfte gegen die Tränen an.

Schnell war er bei ihr und drückte sie fest an sich. »Ich bin da«, flüsterte er und küsste sie auf ihr rotes Haar. »Ich werde immer für dich da sein, so wie du es für mich warst.«

»Du bist zu nichts verpflichtet«, antwortete sie, während sie sich fest an ihn schmiegte. »Du bist mir nichts schuldig.«

»Ich weiß«, gab er zurück, »aber ich habe mich nun mal in dich verliebt und wir hatten ja sowieso schon fast ein Date, wäre da nicht diese dumme Sache mit dem Gefängnis dazwischengekommen«, versuchte er sie aufzuheitern.

Sie lachte kurz auf, löste sich von ihm und sah ihm direkt in die Augen. »Manch einer würde sagen, ich habe dir einen ordentlichen Vertrauensvorschuss gegeben«, ging sie auf seinen Scherz ein.

»Oder aber, du bist einfach verrückt nach mir«, erwiderte er grinsend.

»In diesem Punkt bin ich vermutlich schuldig«, sagte sie, bemüht, selbstkritisch zu klingen.

»Gott sei Dank«, hauchte er, zog sie an sich und küsste sie leidenschaftlich auf den Mund.

Kurz darauf mussten sie aufbrechen, die Beisetzung war für den Nachmittag geplant. Heide Lindner wünschte sich weit weg, hoffte, die Trauerfeier würde ihr wenigstens helfen, einen Abschluss zu finden. Sie wollte sich jedoch nicht nur von ihrem Kollegen verabschieden, sondern auch für sich klären, ob ihr Donner womöglich kurz vor seinem Tod etwas hatte sagen wollen. Heide traute sich noch nicht, mit Thomas darüber zu sprechen. Denn womöglich waren Peter

Donners letzte Worte nicht mehr gewesen als der Ausdruck des Bedauerns darüber, nicht immer alle gerettet zu haben. Sie sah ihn in Gedanken vor sich, seinen flehenden Blick, während er sterbend in ihren Armen lag.

»*Heide, ich habe es übersehen.*«

Sie erinnerte sich an ihre Widerworte: »Du hast es herausgefunden«, hatte sie entgegnet.

Daraufhin hatte er mit seinem letzten Atemzug gehaucht: »*Aber nicht damals.*«

Ganz tief in ihrem Inneren befürchtete sie, dass er auf die Morde des Herzensbrechers vor zwanzig Jahren angespielt hatte, dass es etwas gab, das damals übersehen worden war. Was, wenn er von ihr erwartete, dass sie das sozusagen als Erfüllung seines letzten Willens überprüfen würde? Sie wusste, dass sie deshalb bald eine Entscheidung treffen musste, aber dafür war später noch Zeit. Heute wollte sie nur in Frieden Abschied von Hauptkommissar Peter Donner nehmen.

Ende …?

SCHLUSSWORT UND ANMERKUNGEN

Alle Personen, Institutionen und Handlungen in meinem Psychothriller »Mortem – Blutiger Traum«, nebst Namen und Bezeichnungen, sind frei erfunden. Das gilt auch für die Kleinstadt *Domsbüttel*, die Dienststellen der Kriminalpolizei, die erwähnten Behörden und Unternehmen. Ähnlichkeiten mit lebenden oder toten Personen und deren Handlungen sind rein zufällig und nicht beabsichtigt.

Gerichtszeichner spielen in Deutschland noch immer eine große Rolle, da Ton-, Foto- und Filmaufnahmen im Gerichtssaal verboten sind.

Vielen Dank, dass Sie sich die Zeit für mein Buch genommen haben. Ich hoffe, ich konnte Ihnen spannende und unterhaltsame Lesestunden bereiten!

Herzliche Grüße
Ihre Ilona Bulazel

WEITERE BÜCHER DER AUTORIN

Alle Bände der Reihen sind in sich abgeschlossen und können unabhängig voneinander gelesen werden.

- Sepsis – Schlafendes Englein (Psychothriller, Sepsis Band 10)
- Sterbendes Herz (Psychothriller, Hauptkommissar Stefan Junck Band 2)
- Die im Regen weinen (Psychothriller, Hauptkommissar Stutter Band 5)
- Der Todeseid (Psychothriller)
- Mein Zorn – Dein Schmerz (Psychothriller)
- Dem Tod verfallen (Psychothriller)
- Tödliche Heilige (Psychothriller, Hauptkommissar Stutter Band 4)
- Mädchen ohne Wiederkehr (Psychothriller)
- Der Engelshenker (Psychothriller, Sepsis Band 8)
- Lebendfalle (Psychothriller)
- Schattenleid (Psychothriller, Hauptkommissar Kaller Band 2)
- Der Schmerzjäger (Psychothriller, Hauptkommissar Stutter Band 3)

- Blutschwarz (Psychothriller, Sepsis Band 7)
- Der Todesprinz (Psychothriller, Hauptkommissar Kaller Band 1)
- Heimtückische Schuld (Psychothriller, Hauptkommissar Stutter Band 2)
- Blutmosaik (Psychothriller, Sepsis Band 6)
- Der Sündenfänger (Psychothriller, Hauptkommissar Stutter Band 1)
- Verdorbene Ernte (Psychothriller)
- Bitterblutige Wahrheit (Kriminalroman)
- Ufer der Angst (Psychothriller, Sepsis Band 5)
- Schmutzige Tränen (Psychothriller)
- Lautloser Hass (Psychothriller, Sepsis Band 4)
- Sepsis – Showblut (Psychothriller, Sepsis Band 3)
- Sepsis – Das Schandmaul (Psychothriller, Sepsis Band 2)
- Sepsis – Verkommenes Blut (Psychothriller, Sepsis Band 1)
- Das Geheimnis von Herculaneum (Historischer Roman)
- Blutiger Schein (Thriller)
- Projekt Todlicht (Thriller)
- Die Akte Aljona (Thriller)
- Operation Castus (Thriller)
- world: reset – Nach den Aschentagen (Krimi/Science-Fiction-Thriller)
- Mystery-Geschichten (Kurzgeschichten)
- SciFi-Geschichten (Kurzgeschichten)

Alle Titel erhalten Sie als E-Book (die Shops finden Sie auf der Website der Autorin unter https://www.autorib.de) oder als Taschenbuch über Amazon!

Printed in Poland
by Amazon Fulfillment
Poland Sp. z o.o., Wrocław

90976309R00174